我遇见了怎样的男子

洛克晓能 著

九州出版社
JIUZHOUPRESS

图书在版编目（CIP）数据

我遇见了怎样的男子/洛克晓能著．—北京：九州出版社，2012.8

ISBN 978-7-5108-1631-4

Ⅰ.①我… Ⅱ.①洛… Ⅲ.①长篇小说—中国—当代 Ⅳ.①I247.5

中国版本图书馆 CIP 数据核字（2012）第 189724 号

我遇见了怎样的男子

作　　者	洛克晓能　著
出版发行	九州出版社
出 版 人	徐尚定
地　　址	北京市西城区阜外大街甲 35 号（100037）
发行电话	（010）68992190/2/3/5/6
网　　址	www. jiuzhoupress. com
电子信箱	jiuzhou@ jiuzhoupress. com
印　　刷	北京紫瑞利印刷有限公司
开　　本	710 毫米×1000 毫米　16 开
印　　张	14
字　　数	210 千字
版　　次	2012 年 8 月第 1 版
印　　次	2012 年 8 月第 1 次印刷
书　　号	ISBN 978-7-5108-1631-4
定　　价	28.00

目录

王小能，身高160cm，体重50kg，胸围75C，恋爱零次。

妙龄剩女，玲珑悍妇，朋克村姑，天使般飞扬跋扈，魔鬼般人见尤怜。人格扭曲，精神分裂。被朋友嫌弃，被男人抛弃，所到之处，尸横遍野，惨绝人寰，唯有胸前还算波澜壮阔。

但就是这样一个王小能，却依旧固执地相信在茫茫怪胎中会有那么一个不做作，不花心，不外在的火星男爱她的内在美，爱得死去活来昏天暗地。

第一章 太阳般耀眼

2010年6月，毕业典礼的第二天，我坐在车里挥手告别车窗下表情激荡的兄弟们和我那名不见经传的大学时光。车子慢慢驶出了校门，我留恋地回望这个我撒欢了四年的地方，那个猩红的大门却仿佛一个血盆大口朝我斩钉截铁地吼了句：“滚！”

我挠了挠了额头，“是该滚了，王小能。”

回到家，我扔下行李，穿过客厅，路过我妈，冲进卧室，倒在床上。整个过程风尘仆仆一气呵成。我只觉得一瞬间的身心疲惫。我妈猛地推开我的房门义正词严地警告我说：“单位已经打了无数个电话催你去上班，再不去就不要你了！”

“哼，吓谁啊？”嘴上这么说，我还是在第二天一早就屁颠屁颠地上了班，马不停蹄。

早上一进公司，就撞上了主管Z，看着她深不可测的眼神我不禁打了个寒战。我不得不承认，从我看到她的第一眼就被她的威慑力震住了。Z快四十岁的样子，长相柔和，有时候说话也很温柔，但是我依然可以感受到她呼之欲出的杀气，令我不得不俯首称臣。早会结束的时候，Z开始向整个部门介绍我，我酝酿了一番的调侃式自我介绍撞上一张张面无表情的脸时，自动缩减成："大家好，我叫王小能，以后请多多关照!"

我深深鞠了一躬后抬起头来，发现大家都已经作鸟兽散。

我拍着胸口长吁了一口气，就这样波澜不惊地迎来了我职业生涯的第一天。

我签约的是一家世界500强的国有金融企业，中国人寿。我在客服部每天的工作就是坐在柜面接待各种各样的客户，办理业务。这种工作对我来说绝对是一种挑战，我是极其容易对枯燥无味的工作产生厌倦感的。整个客服部都是上了年纪的大婶，屏气凝神地处了半月也没处上朋友，因为我实在无法融入到"哪家早教中心比较不错"以及"婆婆很抠门"之类的交谈，只好作罢。更令我沮丧的是，我进去了一个星期才知道原来下班时间是六点。当我在光天化日之下得知这个事实的时候，差点气炸了胃！于是当天六点半，我拎着包光明正大地准备下班，走到半道，Z带着令人毛骨悚然的笑脸，功力深厚地问："啊？你下班啦?"

在这种情况下，我毫不犹豫地回头坐下来。对，我很孬。

没有激情，没有冒险，甚至连男人都没有，只有孤单地消耗耐心。Z没几天便看出了我的苗头，每当我烦躁地抓着脑袋跟发型过不去时，Z总会适时敲敲我的桌子："沉下心来，王小能。"

"哎，我何时才会有大婶们这般淡若冰水的心境?"

"同样把自己变成大婶。"哲学专业的学姐老边在电话里吐气如兰地说。

"但是变成大婶也是需要男人的。"

我常常坐在柜面巴巴地看着其他部门的人到了六点拎着包一溜烟从大厅闪过，只留下袅袅青烟。善良的姑娘文菁就是其中一个，她面试的时候就坐在我旁边，亲眼见证我穿着工商局制服去面试的磅礴场面。所以她每次闪到一半都会碍于情面坐下来跟我寒暄几句。就在这样矫情的催化下，有一天我俩竟不经意地擦出了火花。文菁性格温和、思想单纯、感情细腻，在怨气浓郁的剩女阵营里和我同甘共苦，终于让我体会到了一丝暖流。

一向重色轻友的我终于体会到，在孤单的日子里身边有朋友是多么可人的事。当然，是在方圆十里没有男人的前提下。

转眼就到了八月份，业务量的急剧上涨，我们忙得昏天暗地。在 Z 的据理力争之下，终于以史前绝无仅有的规模又招了五六个和我一样的热血青年，全部尊称我为大师姐，当时我便觉得浑身一阵洋气。公司一下子充满了朝气，不免叫人心旷神怡。唯一的遗憾是，我敏锐的嗅觉依旧没有嗅到一丝男人的气息。

可还没来得及多陶醉陶醉，没过几天我就接到了公司要我去南京参加新人培训的通知。一想起要有一个星期的军事化培训我就觉得天昏地暗。

不过这个想法很快在我见到一堆帅哥时烟消云散得无影无踪。

当我拖着行李箱，拿着门卡费力地打开酒店房门时，房间里一个美女正朝我看过来。我微微一怔，随即热情地打招呼：

“你好，我叫王小能。”

美女轻轻一笑，放下手中叠好的衣服：“我叫小美。”

小美是那种典型的美女，脸蛋儿清秀，皮肤细滑白嫩，周身散发出一种少妇的妩媚。她话不多，我们偶尔聊聊天，但都没有激动人心的话题，因为她大多数时间在发短信，聊 QQ。也许还有另一个原因，那就是她不屑跟我这种不谙世事的小清新多费唇舌。于是我自然地把她归类为只可观赏不可亵玩的花瓶。

我坐到床边拿着培训流程表，念道：“六点准时集合用餐，七点训前会开始。”转头看看小美，正沉浸在手机里不可自拔。于是我在房间无趣地晃悠到六点，礼貌地喊她一起下楼。

一到楼下发现过道里都是穿着正装的男女，当然我的大部分目光都停留在英姿飒爽的雄性身上，荷尔蒙一阵暗藏涌动。大家在过道骚动了一会儿，餐厅门就开了，菜已上齐，我跟小美选了个靠门的位置坐了下来。刚一坐下就觉得周围有种奇异的光芒，抬头一找寻，看见一位清新俊逸品貌非凡的帅哥带着一抹温暖又邪恶的笑容坐在灯火阑珊处，突然觉得阳光明媚。

在这种场合下，大家纷纷自发地进入速配程序，搭讪的搭讪，调情的调情，而这个英俊潇洒风流倜傥的男人一开口，沙哑的声线牵扯得我一阵激荡。虽然他并没有跟我说话，但看着他旁边笑得花枝乱颤的姑娘，想必一定是妙语连珠妙趣横生啊。而他的眼神就像是一潭温泉，泡得我浑身舒展。更要命的是在他的仪表堂堂中又透着一股难能可贵的……粗俗，真是众里寻他千百度，得来全不费工夫！左脑里他的综合评分一路往上飙升，荷尔蒙瞬间喷薄而出。

训前会正式开始，按照固定流程先挨个自我介绍。

“大家好，我叫王凯，85年的，我来自泰州机构。”

过了N久，我依旧托着下巴沉醉在他毫无特色的自我介绍中。

突然有人用胳膊肘捣我，我一惊，慌慌张张地站起来脱口而出：“那个，我叫王小能，未婚单身……”猛然意识到这样的自我介绍有点鹤立鸡群的饥渴，我懊恼地坐下来。美女们都很受欢迎，我长相平平自然落在凡人堆里发霉。不过我在那时候知道小美29岁未婚，不禁为她的大龄剩女身份感到扼腕。

接下来分组，选组长，过程相当“轻浮”。我们组的组员在班主任宣布选组长这项活动后，六个人开始齐刷刷低头静默。直到班主任说，“好，下面各组公布结果。”大家才开始抬头互相打量对方。直到轮到我们组的前一秒，一个小哥指着我们组唯一一位大叔面相的男人说：“就你吧。”大家立马似抓住了救命稻草一般，在班主任走到我们组时，齐刷刷地指向他。

组长选完后，开始选班长。我一看王凯居然是班长候选人之一，我自然是不顾一切地把票投给他。王凯英姿飒爽地往那儿一站，那不就是活生生的班长么？本以为王凯会胜出，可谁知却出现了一位劲敌——刘真。我承认他也是大众公认的那种帅哥，眉宇间英气十足，棱角分明，像吴卓羲，但是确实不是我喜欢的长相。尤其是他那太过磁性的声音，一出声，我的耳朵和脑袋就开始共振。但不可否认的是，他真的超具人气。当我看到我们组的女孩们花痴一样高举着手大叫他的名字的时候，我知道，王凯可能要输了。

一阵无比混乱的计票之后，班主任喜气洋洋地宣布刘真以绝对优势当上了班长。听着他用司仪般的声音发表获选感言的时候，我突然有种想朝他扔矿泉水瓶的冲动。

培训第一天，处心积虑着。

时间排得满满的，既要上课又要做任务，睡觉的时间很少。小美和王凯一组，分组的时候我一直在心里念咒，希望上天八卦地成全我一下，结果我只能眼巴巴地看着上天眷顾了小美。不过她每天在房间还是会抱着手机天荒地老地聊 QQ，我羡慕地想："跟男朋友感情真好。"

培训期间有很多表现很活跃的同志，我嘛，深谙中庸之道，刚好配合路人的长相。我最大的乐趣就是吃饭的时候迅速扫视王凯在哪一桌，然后装作很自然地坐过去，偶尔搭搭话。在其他任何一个可以接近他的场合我也都不放过。

培训第二天，快乐进行时。

在房间换衣服的时候，小美那曼妙的身姿就明晃晃地出现在我面前，如果我是个男人此刻必定血脉贲张。想起自己那虎背熊腰的身材，我默默放下准备脱衣服的手，提起衣服自觉地走进卫生间。

下午上课，一位很优雅的女老师给我们讲礼仪，老师特别有创造力地搞了个山寨版《非诚勿扰》，选三个男同学做男嘉宾，让女生给他们的礼仪打分。后来喊了王凯去做示范，王凯说话很幽默，特别自然，完全没有任何矫揉造作。跟刘真太过磁性的声音比起来，王凯的声音就是那种典型的变声时期鬼哭狼嚎过导致声带永久性损坏——沙哑性感。我喜欢听他说话。

面对王凯，女老师连说了三个帅字，感叹连连！大部分女生在打分卡片上给他写了满分十分。不过我至今不明白为什么还会有女生不停地给他挑刺，什么领带打得不对，衬衫条纹不对，还有说裤子太长了，我心想，你们是有多想演欢喜冤家的戏码啊。王凯无奈解释说："我活了这二十几年，从来没穿过西裤打过领带，这一套是借的我爸的。"

看，多实诚的小伙子，我喜欢听他说话。

培训第三天，太阳般耀眼。

到了教室后，班主任说要先玩儿一个游戏。规则是：班主任报出一样东西，每个组都要立刻递过去，看哪个组送的东西最多最快。

各个组一致在起跑线排开，一个人负责冲刺，其他人做后援。我们培训时是不准带很多东西的，所以我在比赛前从各个桌上搜刮了各种物品，甚至连书签都给人家抽了。本想给我们组争个第一，结果几个轮回下来，班主任叫的东西从手表、皮带、袜子，到女生的长头发（我有罪，我身为女生，很不争气地没有长发），我们组啥也没送过去。就连唯一我们有的东西（男士皮鞋一双）组长都送的比别的组晚。我们的士气开始一落千丈，被迫打起了酱油。谁知游戏进行到高潮，也就是两个组决定胜负的时候，王凯和另一组的男生站在起跑线上随时准备冲过去。班主任在渲染了一下紧张的气氛后，优雅地道："男士衬衫一件！"

我凌乱了，眼见王凯箭一样地冲在前头，手开始解衬衫纽扣，我屏住呼吸：要看到了！要看到了！就在王凯边跑边解了三四个纽扣的时候，他，渐渐停住了。后面的男生忙不迭地冲上去，两秒钟露出白花花的肉，冲击得我一阵头晕。

我黯然，本以为今天很有眼福，可王凯最后宁愿小组失败也没脱！我后来跟他说起这件事，他说："哥突然想起来哥有胸毛……"

看！他就像太阳一般刺伤我的双眼。

第二章　不想说再见

晚上课程结束之后，班主任宣布接下来将进行每次培训班的必有项目：小组辩论赛。组员们开始推来推去，我干坐着不说话，最后选了与世无争的我去做二辩。本想在一堆美女中时刻保持低调的我，就这样事与愿违地被推了上去。我是那种典型的处女座龟毛性格，喜欢列举一二三是我无法克制的强迫症。我有个变态的嗜好就是跟人讲道理，非常 enjoy 别人被我说得无言以对，肝胆俱伤。我立志要做一个有说服力的人，如果你看过《绝望主妇》，你应该知道我喜欢 Lynette Scavo。

辩论赛一番唇枪舌剑后，伴随着空气中依旧挥之不去的火药味，我慢慢坐下来，一眼瞥见对面刚刚辩论时被我呛得一阵口吃的小白脸正一脸仇恨地看着我，眼里两团熊熊烈火差点没把眉毛给燎了。我赶紧扭过头想：哥们，能别这么入戏么。

我就这样被改变了与世无争的低调初衷，不过却也因此跟大家熟络起来。我常常在上课时给他们传些小纸条附上少儿不宜的笑话，时光变得欢乐起来。当然我常常会装作不经意地看向王凯，看他和坐在旁边的小美开心地聊天。

培训第四天，累并抖擞着。

早上晨跑的时候，我落在队伍后面觉得再跑下去一定会肝肠寸断，吐血而亡。于是我悄悄落在后面，准备等大家在前面跑远了我打个车直奔饭店吃早饭。正盘算着，后面一串铿锵有力的脚步声，一回头，连暴躁的阳光都瞬间柔和起来，王凯在金色的光芒中正跑向我。我屏住呼吸，他跑到我身边的时候放慢了速度，微笑着探头示意我说："走啊。"

我呆了两秒之后，撒了腿就跟着他往前跑，一直跑到饭店。这一路没有肝肠寸断，只有打了鸡血似的兴奋。

多么美好的一天啊!

晚上在教室又搞了个白目的活动：班里每个男生都要找一个平时不怎么熟的女生，两人进行交谈。交谈结束之后，各自向全班介绍你的 partner。在班主任宣布开始之后，我静静地无比娇羞地坐在位置上开始念咒，希望王凯走过来。我的感情之路起码也要郎有心妾有意，情投意合地顺当一回吧，可是等了半天，不仅王凯没来，周围都他妈配对成功了，就我还干巴巴坐着，就像个男人。正紧张着，一不小心和一个站在人群中迷失了自己的头发油黑锃亮的小青年对了眼，他立刻躲开了我的目光。我是有多糟糕？两秒之后，突然发现他经过天昏地暗的思想斗争走了过来，我立马低下头开始念咒：不要过来，不要过来……一回头，他已经坐了下来。我一边笑容凝固地打招呼，一边在心里给上帝默默记下一笔。

我找了下王凯，他还迷失在人群中。我四下观察了一番，还好，没有美女剩下来了。各自交换了信息后就开始介绍，各种狗血，本来可以记住的人这么一介绍之后头都大了。最后一组，王凯拖着凳子和另外一男一女一起上去了。王凯边走边说："大家都是两个人，下面我们给大家来点重口味，三个人……"

我凌乱了，我说过我喜欢听他说话。他的幽默总是那么恰到好处。

培训第五天，有点慌张。

早晨课间休息时，一胖胖的小哥突然来找我："昨晚听你介绍的时候说喜欢摇滚，我会弹吉他，要不在结束晚会上你唱歌我弹吉他吧。"我愣了两秒，心想："小哥，口口声声装逼地说喜欢摇滚，但事实上五音不全、大言不惭的妹子，那就是我啊。”我本想礼貌地拒绝，但是看着周围众望所归的殷切目光，当下把心一横：“好吧！”小哥听后心满意足地走了，我长叹一口气：王小能，叫你下次再敢口出狂言。

接下来，空闲的时候排节目的排节目，做小组作业的做作业。我常常在晚上下了课之后在房间练歌，小美有时候不在房间，保守估计是在其他组员房里商量作业，大胆估计暂略（涉及限制级内容）。我有时候会在楼梯口碰到刘真，但是擦肩而过，没有任何眼神交流。有时候会看见他和小美走在一起，我也漠不关心。我记得有一次小美的手机 QQ 响了，她在厕所，我忍不住看了一眼发现备注名是刘真，哟，看来他俩关系有那么点不简单啊，又是美女和帅哥的轻浮组合啊，我唏嘘了一下。有一天快十二点的时候，小美不在，刘真送了一堆吃的过来让我交给小美，我打开后偷吃了一根香蕉。

我常常希望我在某个地方和王凯有些联系，哪怕一点点。训前会的时候，每个人抽了一张写有同学名字的纸条，抽到谁，谁就是你的国王，你就是他（她）的天使。在一个星期的培训里，你要默默地关心他（她），并要让他（她）感受到你的关心。到最后会揭晓各自的国王和天使是谁，然后每个国王都要在最后送给天使一个礼物作为回报。哇，这是绝好的机会耶，我在心里默念希望抽到王凯或者让他抽到我。可是当我眯着眼睛慢慢打开那张小纸条时，脑袋立马就垂在了桌上。接下来的几天我发现他的国王也不是我，我也不希望是我，因为我没有感受到丝毫的关心……

培训倒计时，不想说再见。

课程结束之后，国王和天使交换礼物的时候，我给我那个几乎隐形的天使随便买了俩果冻，至于我那个我几乎每天都在他桌上悄悄放上一个亲手折的千纸鹤的国王，也随便搪塞了我一个我至今回想不起来的东西，连交换礼物的那画面都假惺惺的像新闻联播。我沮丧地坐下来，瞥见我的组长从他的口袋里掏出一盒避孕套交给他的天使王凯，然后俩人表情猥琐地握手。班主任在讲台上特八卦地大声问：“王凯你收到了什么礼物？王凯大喊：口香糖！”

晚上的结束晚会，饭桌上破天荒有了酒。短短一周的培训就要画上句号。虽然只是一周的同学，但依然挡不住漫山遍野伤感的气氛，毕竟这一周是朝夕相伴。大家边吃饭边看表演，王凯并没有专心看表演，他有时候会走出去，有时候又回来。我呢，在大家大吃大喝的时候，一想起一会儿要上去唱歌，胃里就一阵翻滚，恶心得食不下咽。

“下面由王小能和薛峰给大家带来《Knocking On Heaven's Door》。”主持人小美喜气洋洋地宣布。我硬起头皮走上去，事实证明装逼必自毙，还没开口我居然没听懂吉他伴奏。最后不得已，在台上把本该属于后台的排练又排了一遍。等终于顺当地唱起来时，我看见王凯打着节拍从后排挤到了前排，唱到高潮的时候，听见刘真在一边用司仪般的声音说了声：“哇塞！”伴随最后一个尾音，我长嘘了一口气，吉他手回头给我竖了个大拇指，我很开心。匆匆走下台发现大家在餐桌下已经开始拍照了，我赶紧拉住王凯说：“我们拍张合照吧。”于是他又顺手拉了旁边的路人甲一起拍了张照。

一切都只是礼貌性的。

后来渐渐散了，小美不在酒店过最后一晚，晚上有人来接她回扬州了。王凯也不知道在做什么。我准备回房间的时候看到楼梯口有人在拍照，就嬉皮笑脸地参与了进去。和辩论赛上得罪的那小白脸拍了张合照，他那个假惺惺的笑容，想来真是反胃。我准备上楼的时候，刘真走过来用很夸张的声音说：“你唱歌好好听哦！”你们知道的，那种很欠揍的台湾腔，我一时不知道怎么接，顺手拉过他，“来拍张照片吧！”

他的手臂很结实，而我唯一的感觉竟是“拜托，快点结束！”原来，爱情的线索竟是这样充满戏剧性的伏笔。

到了楼上发现大家都很激动，有人揪结了一帮人说要去 KTV 包夜，很多人加入，我惊喜地发现王凯也在其中。于是我们一起下楼准备打车，外面下着倾盆大雨，我们在酒店门口等了很久都没有看到一辆车过来，最后大家不得不放弃。在电梯里我沮丧地说：“只好上去群聊了。”电梯里一阵万籁俱寂，只有王凯一脸坏笑地看着我。到房间大家又散开了各自活动，我留在了王凯的房间和几个大男孩打牌，一边打牌一边吹牛，烟雾袅袅场面极其糜烂。那晚上打牌，我应该是赢钱了，不过那不重要。夜深的时候我们散场回去睡觉，走到门口，王凯不忘调侃我：“留下来陪哥哥单聊呗？”

培训结束了，躺在床上，突然不想说再见。

早上我醒来得比较晚，洗了个澡出门的时候发现大家几乎都走光了，我赶紧跑到王凯的房间，门开着，屋里一片狼藉，桌上是一堆昨晚没吃的葡萄。

突然觉得心被冰水泼了一样凉飕飕的，我慢吞吞地走过收拾房间的阿姨，回到房间收拾东西，启程回家。

第三章 我是个白痴

坐在大巴上，心情从未有过的低落。我打开 QQ，看见王凯在线，却不知道说什么，我们本来交情也不深，我也不知道怎么搭话。再说，好像听到他昨晚提到女朋友了，虽说勾引异性是每个公民的合法权利，但是像我这种平凡无奇的，从来都是自动放弃。

正想着，QQ 响了，我惊喜地发现居然是王凯！

“在哪儿呢？”

我连忙说：“我上车了。”

“昨晚你唱歌很好听。”

我心头一热，回道：“当然，那是姐的年度巨献。”

聊着聊着，我拿出了我的流氓搭讪必杀技，事实证明，这是个百试不爽的必杀技。我曾经慷慨地向姐妹们传授此法。具体操作流程是给他发了个 QQ 表情里的 OK 手势加闪电表情：

“你猜猜这是什么意思。”

“不知道……”

“叁劈啊……”

"……"

接着再发个太阳加枯萎的玫瑰花表情，我说："这是什么?"

"不知道。"

"阳痿啊，这么显而易见。"

"嘿，你哪儿学的啊?"

"切，是本小姐我自个儿发明的。"

他不禁惊叹："你真的很神奇!"

最后他在QQ里很开心地跟我说："你真的是个很特别的人，我本来心情不好，跟你一聊天马上开心好多了。"

听到没？他认为我很特别，他认为我很特别耶！顿时觉得头顶一束金光撒下来，照得我闪闪发亮。

晚上回到家，打开电脑，他的头像又亮起来，我们又开始了插科打诨、耍贫吹牛地聊天，不知不觉就热火朝天，大有相见恨晚之势。就在气氛高潮迭起的时候，他突然冷不丁地说："我向你打听个事。"

"什么事?"

"你不是跟小美一个房间吗？她有男朋友了吗?"

一道雷劈下来刚好击中我，烤得我外焦里嫩，原来我只是个桥梁。

"帮帮忙啊，我一般都是看准才下手的。"

我努力稳定自己跌宕的情绪："班长刘真知道吗?"

"知道，他和小美都是扬州机构的，刘真有女朋友，而且是为了他女朋友去的扬州。"

"那我就不知道了。"

"那我该怎么办？我觉得我喜欢上小美了。"

我赌气地抛下一句："不要问我怎么办，我也不知道!"

新人班结束的第二天，王凯又被公司拉过去进行为期一个月的培训。我们几乎每天都聊天，天文地理限制级，当然在他的空闲时间。他说他觉得自己很容易喜欢上人，我说处女座都这样。他说房间的隔音效果不好，经常会被不和谐的声音搞得睡不着觉。

后来有一天我突然想起来，我问："你不是有女朋友吗?"他说："我分手了啊。"

用敲锣打鼓来庆祝别人分手似乎并不合适，但是我还是果断地从床上跌落在了地上。

一个星光灿烂的晚上，手机突然收到一条彩信，打开一看是他裸着上身的照片，我觉得有点突兀，但我还是窃喜地观摩了好久，胸毛是没看清楚，但他这种出卖色相的行为瞬间秒杀了花痴的我。

他参加的培训后期战地转移到了盐城。我一直想等他培训结束了就找个借口请他吃顿饭。

星期六晚上，我姐捉住我说："我给你化妆吧。"想着反正没事，我便没有反抗。于是她把我的刘海夹到上面露出光溜溜的脑门儿，开始给我化妆。我姐是标准的大美女，一看就是我妈和我爸的闺女。每次跟她出去，大妈们都会毫不留情地问："你俩是亲姐妹？"偶尔有个不长眼的说句："噢，是有点像呢。"我姐就好像受到了莫大的侮辱。最伤自尊的是，小时候有一次我穿了双绣着小花的鞋子出去，一个蹬三轮的人坐在自己的三轮车上嘲笑我："你个小男孩穿人家女孩的鞋子干吗啊？快来让我摸摸有蛋蛋没有。"

……

看着我姐那张天生丽质的脸在我眼前一个劲儿地晃悠，这些悲从中来的记忆不禁涌上心头。哎，我悲剧的人生啊。

完成最后一道程序之后，我姐表情扭曲地看着我，最后挤出僵硬的笑容昧着良心说："嗯……挺……好看的。"我狐疑地拿过镜子，一照，在镜子里赫然出现了一个七八十年代的妓女。最出彩的就数那个香肠嘴了，本来我嘴唇就厚，一涂上红亮的唇彩，简直就是俩苏丹红香肠。我姐也终于无法再欺骗自己了，于是我俩狂笑起来。正笑着，我姐夫就来接她回去了，看见我，他露出一抹猥琐的笑容："小姨娘今晚要去站街啊？"我甩了个抱枕就把他俩轰走了。

上厕所的时候发现家里只剩下一个卫生巾了，拿了钱包我就匆匆去楼下小卖部买。等我拎着两包卫生巾走到门口的时候，一摸口袋两眼一黑钥匙没带。钥匙只有我妈和我有，而我妈正好回乡下了。一阵捶胸顿足哭爹骂娘之后，我绝望地上街打车准备去我姐家。

刚走到大马路上，口袋里手机响了。一看是王凯，我惊喜而忐忑地接起来。

“在哪儿呢?”

“在……在家呢。”我觉得心跳加快，不祥的预感笼罩住我。

“出来，我在迎宾路口。”

“啊?”我顿时觉得有点站不稳。

他急道：“你怎么这么扭捏了？我可是逃出来的，顶多就一个小时。”

我慌慌张张地说：“噢，我一会儿到。”

挂了电话，我打量了下自己，随便穿了件破棉袄，脚上是奶奶给缝的棉鞋，配上我姐精心打造的妓女妆，我俨然一个农村妇女，还是个拎着卫生巾的。天呐，我是造了怎样的破孽啊。我在一番挣扎后做出了一个艰难的决定，扔掉一包卫生巾，另一包塞进了口袋里。

等我下了出租车，就看见王凯站在路口看着我笑，一如我记忆中的那样帅。我把手塞在口袋里，低着头走向他。走近的时候，他一脸不可思议地打量我，弯下腰一个劲儿地看我的脸，扑哧一声笑了。我仰起头一副大义凛然的样子等着他嘲笑我。

“哟，大半个月不见你从朋克风直接转乡土风了?”

我本想解释，但想想，越解释越乱，只有说：“见网友嘛，当然要特别一点了。”

他又打量了我一番说：“你还真神奇。”

我说：“去哪儿?”

“不知道，边走边聊吧。”

“你跟小美怎么样了?”

“哎呀，早忘了，她的情商跟哥不是一个档次。”他一脸不屑地说。

“这普天之下，也只有我的情商能跟你鸾凤和鸣了吧。”

他一阵无语，气氛开始活泼起来，就像我们在网上聊天那般自然。

“你培训结束当天就回淮安吗?”

“嗯，我女朋友生日。”

我的心猛然往下一沉，脚步也停了下来：“你不是说分手了吗?”

他也停下来用我猜不出是什么表情的表情说道：“闹过，又和好了，分不掉的。”

我突然开始不想往前走，我想回头。此时此刻，我们对峙般站在路边，身边车水马龙。我蹬着老棉鞋，鼓鼓的口袋，如此怪异的造型站在一个帅哥面前，这个画面是如此的碍眼，如此的不合时宜。

我们分开的时候，他一再叮嘱我路上小心，我说："没事，我长得安全。"他说："这不是天黑看不见么。"我踢他一脚："滚！"

一个人走在大街上，我觉得自己像一个白痴，活在自己的世界里。

第四章 走路去扬州

万恶的星期一，公司。

烦躁不安地坐在柜面。一叫号，一个粗壮大汉悠悠地坐在了我面前。从我手里接过申请书就开始拔柜台上的笔，不管换了多少种姿势都没拔出来，急得满脸通红。我本不想打击他的自尊心，但最后实在看不过去，拿手轻轻一提，笔顺顺当当毫无阻碍地出来了。壮汉愣了一下，一脸的窘迫。

这时，文菁嗖地一下跑过我身边，装作不经意地低头说："一点钟方向，帅哥一枚。"我顺势一看，这不是王力宏么，太心旷神怡了。我常常在想，要是每一次叫号坐在我面前的都是帅哥，那工作岂不是贼带劲儿，对客户岂不是贼热情，领导岂不是贼满意。

可是话又说回来，每次接待到帅哥，我都想拍死灰头土脸的自己。

正纠结着，电脑上跳出一封公司邮件，一看居然是刘真发的。打开一看是我跟他的合照。培训班的照片，大家都已经群发过了，这张我早有了，干吗要你再发一遍？我心里嘀咕着，但还是礼貌性地回复了一下，大致意思是别流露出去影响我婚姻仕途什么的。他说："哈哈，好的。"

从那晚会晤之后，我和王凯的网聊渐渐少了。倒不是我疏远他，而是他的培训要结束了，结束了培训的他应该就不寂寞得想要找人聊天了吧，也有可能他被我那晚惊悚的形象吓到了。

虽然事实上，我有点难过，但是我依然铁齿地说：“Whatever, I don't care.”

Z依然孜孜不倦地在我屁股后面盯着，一会儿：“王小能，你这个申请书证件类型勾错了，赶紧打电话叫客户过来重签。”一会儿：“王小能，你能保证这个客户接受总部电话回访时给你打个非常满意吗?”一会儿：“王小能，你怎么不给客户多办几个业务，增加我们的指标量?”于是我紧绷着神经，捉住一个来咨询的大叔，给他身份证升位，之后又欣喜地发现他登记的邮编不对，赶紧给他改邮编。再一核对，地址里“盐城市”少了个“市”字，欣喜若狂，赶紧改！最后实在找不到要变更的了，我就嬉皮笑脸大卖loli的萌态，请求大叔在公司回访时帮我选个非常满意。

正小心翼翼地等着站在一边的Z给我一个赞赏的鼓励，可Z从一边气势汹汹地冲过来：“王小能！你居然没有起立迎接客户，而且你居然没有双手递送客户的身份证!”

……

在她这样的狂轰滥炸下，我确实得到了她期望的成长。成长就是客户犯二的时候，从撸起袖子准备对骂到面带微笑，心里默默骂一声：“有病。”另一个成长，就是我气势恢弘的人生大戏又多了一个举足轻重的角色：马小猫。马小猫是在我之后招的一批，泼妇一个，活的也是风生水起花样迭出。已婚两年，跟老公是从一而终，从初恋到结婚，这样的神话故事就活生生出现在我身边。从此，我、马小猫、文菁，我们仨经常混迹在一起到令人发指的地步，Z看不过去，连公司开会都要把我们隔开坐。

我常常想，Z哪天能对我说一句：“嘿，王小能，你干得真棒!”那一定是太阳从西边出来了。于是我开始幻想，Z的老公叫她回家做家庭主妇，或者Z再度怀上第二胎，这样，我就能逃离她的魔掌，培育自己的势力，等她回来时，已经物是人非……

但是幻想总是那么遥不可及。

国庆节假期，在亲戚家吃完饭，我姐夫喊我和他一起把旧电视机搬到楼下车里。我乖乖去了。那是个令我悔恨终身的决定，姐夫头撞到了扶梯，我一得瑟，瞬间一脚踩空，伴随着撕心裂肺的叫喊，我就那样生生滚了下去，一直滚到楼下，顿时觉得腰部爆炸似的痛。送到医院，医生诊断：腰部肌肉撕裂，内膜破裂，建议卧床休息一个月。

于是我请了假在床上躺了一个月，偶尔想起王凯。Z 几乎天天打电话过来："你看你留下的这些个烂摊子都要我来收拾！"最后，她忍无可忍地说了句："王小能！你要躺下也要把屁股擦干净啊！"我只好不停地说对不起，心情糟糕得很想杀人放火。

再次上班的第一天，Z 把双臂抱在胸前，看了看行动不便的我，无比嫌弃地说："你这几天就先在后台吧。"我心里一阵窃喜，但还是假惺惺地摆出一种因不能为公司效力而无比伤感的凝重表情，慢吞吞地拿了东西去后台。

打开邮箱发现刘真一个月里给我发了几封邮件都没什么具体的事情，我看了下最近的一条，说："我又要去南京培训了。"我随口问："有我吗?"他说："没有。"然后他在"没有"后面加了一排"5555555555555"，害我起了一身的鸡皮疙瘩。紧接着又跳出一封马小猫的邮件："你不在的时候，Z 跟我们说曾经有个同事腿断了打着石膏来上班的。"

我抬起头看了一眼 Z，悄悄给马小猫比划了一个中指，她心领神会地笑了。

虽然 Z 一脸的不乐意，但一个星期后，我依然悠哉地坐在后台，捧着一杯小茶，美滋滋地啜上一口。

电脑右下角突然跳出刘真的邮件："我回来啦！"

一口水差点喷在键盘上，想说"跟你很熟吗？你回来关我鸟事?"本来不想搭理，但是突然想起我正准备参加国考，考点就选在扬州，而刘真碰巧就在扬州，于是我放下茶杯，随口回复道："我要去扬州考试。"他很热情地说："好啊，我请你吃扬州小吃。"

"嘿，好嘞！"

人嘛，逢场说笑而已。但是故事之所以成为故事，是因为上帝早就有了你意想不到的安排。

在考试期近的时候，我开始着手订酒店，打了好几个电话都被告知特殊时期不接受电话预订。我只好无奈地给刘真发邮件请他帮我订下酒店，他热情地说："没问题。刚好公司有个定点酒店，我和老板很熟，给你找个名目，你把钱省下了打车。"

虽然对他有些先入为主莫名其妙的偏见，但是我倒是蛮喜欢人好的男人，他此刻的热情已经让我不像之前那么讨厌他了。

扬州。

当我拎着包走下公车的时候，刘真正撇着嘴坐在站牌的凳子上看着我，再次见到他我发现我还是想朝他扔矿泉水瓶。我抱着装熟的心态打招呼，因为显然我们不熟，从没正儿八经地聊过天，更没聊过人生。

"哟，这个把月不见帅了啊。"

事实上我从不欣赏他的帅，我常常不欣赏某种帅到讨厌的地步，比如我讨厌吴彦祖的帅。

他站起来拎过我的包说："瘦了。"

心里打了个颤，多无厘头的对话。

他领我走向马路对面的酒店，我这时注意到他很高，比我高出一大截。果然是公司定点的酒店，前台小姐都认识他。小姐问我要身份证的时候，我遮遮掩掩地给了她，一边转移刘真的注意力。曾经有个割了双眼皮的朋友跟我说她每次跟帅哥去酒店都谎称身份证没带。我虽然没整过容，但是年少轻狂的长相还真是随心所欲了点。

到了房间，他坐在床边，我开始拾掇东西。我第一次和不熟的男人共处一室，我虽然一再安慰自己，但还是觉得一阵兵荒马乱。突然脑海里出现一个画面：边姐坐在宿舍的椅子上跷着二郎腿，露出白花花的胸脯，修着指甲一脸风尘地说："这男人跟女人共处一室肯定能搞起来，就算没有床也能搞起来，就算是动物也能搞起来，除非是两株植物。"

这个画面再次叫我打了个寒战，但很快便自我安慰。第一，我早上起来迟了又要赶火车，我就脸也没洗牙也没刷（当然最后还是没赶上那趟火车）。第二，我大概有三天没有洗澡了，因为我当时腰还没好，还是会不时敷些难闻的中药。所以我想我当时身上的气味一定不会好闻。第三，大姨妈拜访，即使有心也无力。第四，我是去考试的，心无旁骛。

这超具杀伤力的四点确实在一定程度上宽慰了我。

我把包放下来，把洗漱用品拾掇进卫生间。在卫生间里挣扎半天，最后把心一横，开了水龙头，在马桶上铺了层卫生纸，用史前最慢的速度做贼似的小心翼翼地撕下卫生巾再换上。完了之后开始刷牙洗脸，我一边刷牙一边走出去，看见他躺在一张床上。因为有些尴尬我就开始叽叽呱呱地说话，毕竟沉默是尴尬的催化剂。

我一边刷牙一边跟他讲些工作中的趣闻。我双手比划着："曾经有个客户问我为什么不能刷别人的信用卡。我说这是人行的规定，结果她很鄙视地说：'我这是建行的！'"

"哈哈哈哈哈哈……"

很可惜，这是我自己笑的。他干挤也没挤出个笑脸来，我顿觉无趣，想想自己满嘴泡沫地在帅哥面前叽里呱啦确实不太合适。

漱了口之后，我又跑出去跟他讲有个客户拿着中国银行的卡特牛气地对我说："我这是中国人民银行的卡！"

说完我又自己一个人哈哈大笑。

他对这些并不是很感兴趣，我笑的时候他就眼神闪烁不定地看着我，要命的是，他的眼神突然让我觉得心里的小鹿开始乱撞。我暗自深吸一口气，转身进卫生间洗脸。

卫生间里我不停地拍着胸脯："王小能，要经得住男色的考验！"

水龙头哗哗地冲着，突然余光瞥见他走到卫生间门口。我心头一颤，房间本来就很小，卫生间更小，那么小的一个空间，他站在旁边，我只觉得脊背一阵发凉。

洗漱完毕后，我走出卫生间，脱了羽绒服半躺着靠在床头，和坐在另张床上的刘真聊天，气氛渐渐活络起来。我们甚至有了打闹的趋势，他突然张牙舞爪地装作要扑过来，我赶紧杀猪似的把他踢回去。

但是我想我是紧张的，我虽然很粗犷，但怎么说也是一妙龄剩女，我们现在共处一室，悲剧的是，我俩都不是植物。

正聊着，他的电话响了，他站起身接电话，我听见他一再对电话里说："我有情况呢，真的。"他边讲电话边朝我床头走，越走越近，我不敢看他，低着头看他的身子越来越近，他突然伸手准备拨拨我头发，我很慌张地挡了回去，把他推开。

暧昧的气氛开始在房间里慢慢酝酿。他接完电话说："走，带你去买回去的车票。"

走在扬州的大街上，我突然开始欢乐地唱："走路去扬州，看看这一路我曾经忽略的一切……"

我们走在街上的时候靠得很近，我想很多人都会以为我们是情侣，那是一种很奇怪的感觉，我承认有时候并不想抗拒。他有时候会突然停下来认真地看着我撇着嘴说："你好呆哦。"我后脑勺又颤了一下，想这表情怎么这么熟悉呢？噢……陈冠希也爱撇嘴。想着自己在心里乐呵了一下，不管是陈冠希还是吴彦祖，我都不喜欢。

但是看到他，我突然觉得没那么讨厌了。

我们并排走着，他突然伸出手来要给我拎包，问："这是不是还有款白色的?"

"不知道啊!"

我的包是小熊的经典款，确实是有黑色和白色的两款。这是我后来知道的，而她女朋友的是白色的。

吃完饭回去的路上我顺便逛了水果摊，他到底会不会跟着我进房间这个问题其实已经纠缠了我一路。

就在这时，水果妹突然很欠揍地说："这个柚子刚好够你俩吃。"

本来人家还不准备陪我进房间的，被你这么一说为了吃柚子也得进去了啊。事实是，他很自然地跟我进了酒店，我开始觉得又一阵兵荒马乱。上楼的时候，路过前台，前台小姐看着他的笑容很诡异，他有些不好意思，迅速走进了电梯。

进了房间，他打开电视机坐下。我看了下时间，六点多，这个点也不是送客的时候啊，何况这柚子也还没吃呢。我给马小猫发了条短信："我第一次跟男人共处一室，好紧张。"马小猫那时刚好回徐州娘家的，没有立即搭理我。但是即便她回，我也起不了多大作用，她也无法真正陪我。

而我开始度日如年起来，耳边是清晰的秒针滴答的声音。

当量变逐渐累积到质变时，我突然不由自主地脱口而出："我好紧张。"

“紧张什么?”他立刻问。

“那个，明天要考试了，我好紧张……”

王小能你可真孬！我在心里暗骂。柚子！对对，是柚子的问题，我赶紧剥了柚子喊他一起吃，吃着柚子我试探性地问：“你什么时候回去?”

他无赖地说：“今天不回去了。”

我斜他一眼：“不可能!”

就在我们这样耗着的时候，他坐在床上突然拿起我考试的笔袋，准备看我的身份证。那是一张鬼斧神工的极品身份证，把一个如花似玉的小姑娘硬生生地拍成了男流氓，我曾经此地无银地用大头贴的照片把它覆盖住，但是后来发现是个人都会产生无限的好奇心。后来我常常想去派出所谎称身份证丢了，可同学跟我说：“没用！还用你以前的照片。”我迟早要被身份证影响了婚姻仕途。

我突然升起强烈的信念，就是誓死也不能让他看到我的身份证，绝对不行!

于是我奋不顾身拼了命地去抢。他把抓笔袋的手背在身后，我跑过去伸手去夺。他突然翻身把我压在身下，低下头吻了我。那个吻并不重也不急。我能感受到我的下嘴唇被他轻轻含在嘴里，然后又松开，像一朵花瓣轻轻飘落在水面上。

王小能，妙龄剩女，玲珑悍妇，恋爱零次，饥渴指数：五颗星。

我赶紧坐起来，用手触碰着刚被亲吻过的嘴唇，纠结得恍如隔世。而他只是坐在那里微笑着看着我，仿佛一切都在他的预料之中。我承认那一刻除了慌张之外，还有一种难以名状的……回味无穷……

但我还是铁了心说：“你回去吧。”

他靠过来轻声地说：“那再待五分钟吧。”我说：“不要。”他笑了，我第一次那么近距离地看他的脸，在培训的时候我曾经跟很多人说过我讨厌他的帅。但那一瞬间我突然觉得他真的好帅，轮廓那么分明。他身体的线条是那么匀称，我承认我开始沉醉于他的男人味。我灰头土脸地像个男流氓，长到这么大，每次都只有痛苦在单相思里煎熬的份儿，即便偶尔有人不长眼对我有那么点意思，也会立刻被趾高气扬的美女横刀夺爱。边姐曾在宿舍语重心长地对耷拉着脑袋的我说：“没有男人想探究你的内在美!”

所以真的第一次有人在不熟悉的尴尬中吻我，第一次有人在第二次见面就吻我，第一次有人在我灰头土脸的时候吻我。那一刻静止的世界，停止的心跳，让我从此颠倒了整个世界。如果说，爱上一个人只要一瞬间，那么我想我就是在那个瞬间爱上他的。那种爱，跟学历、家庭、工作没有任何关系。

他过来抱住我，我伸出手抚摸他的侧脸，他开始吻我，舌头迫不及待地伸进来，等我被他挑起热情回应他的热吻的时候，他把我压倒在床上。我感到他重重地压过来，开始喘息着吻我的脖子，我赶紧推开他。他开始并不想停，直到我激烈地反抗，他才起身。

不好！王小能要失身！我仿佛看见边姐得意地把我的案例做成 PPT，题目就是《论非植物共处一室危险度调查》。刘真看我脸色惨白，赶紧一边哄我一边抱住我。

我起身坐到另一张床上，他在对面拉过我的手说："好肥哦！"我甩过手打他，不过他说的没错，我的手真的又肥又短，一直是我人生的硬伤。但鉴于我人生中的硬伤实在太多，手的部分也只是偶尔才会被注意。他把我的手拉到嘴边亲了一下，我突然觉得好温馨。我想他在试图安抚我的情绪，他又把自己的手伸给我，说"你看看有什么不同。"我抓着他的手看了半天没发现什么不一样。他说："当然，短不算啦。"他把手指往掌心弯曲，我惊奇地发现他的手指居然可以完全贴着手掌心，我试了一下每个指头都是，特别软，好像没有骨头一样，我大叫："好神奇！"

他很得意，趁我不备再次拿起我的笔袋，我赶紧伸手去抢，他说："那你亲我一下。"

我犹豫了一下说："好，那你先让我摸到它。"

他抱住我，我把手伸到身后抓住笔袋，低下头亲他，他突然很用力地吻我，急切地把我扑倒在床上，整个人又重重地压过来，用力到我觉得喘不过气来。我说了好几遍"不要"并试图推开他，但他太用力了，我根本推不动。我开始拼命地大叫，他才慢慢起身。

我赶紧跑到厕所，开着水龙头想要冷静地思考。从开始到现在，他从来没有亲口跟我说过他有女朋友的事，我知道他有女朋友是王凯跟我说的，他说刘真本是泰州人，还是为了他女朋友去的扬州呢。但是不可否认，他有女朋友，是我知道的事。我承认我的爱情观有些畸形，因为我从来没有像样地谈过一次恋爱。之前都只能算是一些小暧昧，直到大四快毕业的时候，一个在南京定居的男人开始追我，我那时觉得也蛮喜欢他。我毕业要回盐城的时候，去问他怎么办，他说：“王小能，不如我们纠缠一辈子吧。”“纠缠……”我把手里的一杯奶昔全倒在他脸上：“纠缠你妹！你自己纠缠去吧！”

也就是说我七零八落的人生从来没有得到过男人的承诺，没有人会因我的尖酸刻薄而给我承诺，没有人会因我的一腔热血而给我承诺。我爱上一人只需要一瞬间，我甚至记得每一个曾经让我心动的男生在哪个瞬间抓走我的心跳。人生很短暂，我没必要什么事情都要探求有始有终的完美，幸福不会那么容易眷顾一个人，而我又何德何能能够得到守护。我当时并不觉得我爱刘真，只是觉得他会带给我心跳，而这种心跳是我渴望已久的。他有女朋友，我知道。我自己在做什么，我也知道。我并不想伤害她的女朋友。而我，可以做到不伤害她，我当时是这么想的。

关了水龙头，胡乱地抓了几下短发走了出去。

他说：“你上这么久啊？”

“嗯。”

“是不是在里面挣扎了？”

“是啊，俩小人在里面打了一架。”

他捏了一下我的下巴就起身去上厕所，他进去之后我收到一条短信，打开之后发现是他发的：“傻瓜！”他出来后，就躺在床上把我抱在怀里，亲吻我。在热情快要迸发的时候，我趴在他身上说我来例假了，他一把抱过我说：“我知道。”我才想起来他刚去过厕所，所以才会骂我傻瓜。

我把头埋在他的胸口听着他的心跳，悄悄对上帝说谢谢。

扬州一夜，我们两个人的世界。

第五章 再见了扬州

我不是背着书包的学生妹，事实上我已经华丽地奔向大龄剩女的阵营，所以没有必要娇羞装纯地抗拒他，只是有种不确定的感觉让我感到怯懦，那种不安全感让我感到害怕。

他说他只想抱抱我，但是他的手却不知不觉从腰背后伸进我的衣服里，手划过我的腰的时候我大叫了一声。他没有停，试探性地往前探，看我没有拒绝，就用力扯开我的内衣，他的眼神开始变得迷离，焦急地似乎想要寻找一个出口。我伸手去抚摸他的胸膛，我把手移到他的腹部，开玩笑地问："有腹肌吗?"他用一下力，我真的摸到好几块腹肌。我学他的台湾腔夸张地说："真的有哎，刘先生!"他突然伸手触不及防地抓着我的手向下移……

在卫生间漱完口回来，我就收到了马小猫的短信，她说："怎么样，你没事吧?"我回她："我被强吻了。"她立刻很激动地回道："王小能！你没有扇他巴掌的话就太不像话了!"我仿佛能看到她手叉着腰指着鼻子骂我，不禁又打了个颤。我回她："放心，没事啦。怎么着也是我占他便宜啊。"

扔了手机，我躺在他身边聊天。

“你谈过几次恋爱?”

“四次”

“睡过几个?”

“六个，不多吧?”

四次恋爱睡过六个，真够可以的!

沉浸在这样的小学算术题中30秒后，我转头问他：“什么时候走?”他无赖地奸笑道：“不走了，晚上就在这里睡。”我推他说：“不行，不方便。”他就又开始调侃起我来。大概到11点的时候，他起身穿了鞋点了根烟说：“我回去了，你毕竟不方便。”他拉我起来抱了我一下，挤得我的胸部生疼，低头在我耳边挑逗地说：“王小能，挤扁你的胸。”我一把推开他：“滚!”他抽了口烟指着我说：“我可真滚了啊。”

我笑着看他，他踱到门口停下来撇着嘴看着我，我冲过去一把抱住他亲了一口便飞快关上了门，我生怕自己关迟了会后悔。

那一刻觉得心里下了场大雾，说不清道不明，直到现在我才知道，那，就是爱情滋长的开始。

那个晚上，我的睡眠断断续续，会在某个点突然醒来回想自己是不是做了一个梦。梦里有无数个声音对我说：“王小能啊王小能，你到底在做什么!?”连上帝都摇着头叹着气对我说：“王小能，你连男色的考验都禁不住，你还想要你的人生怎么个辉煌灿烂腰缠万贯?”

“啊!”我不禁蜷起身子裹紧被子咬紧牙关铆足劲儿哀嚎一声。

第二天早上我自己醒来的，虽然刘真说他早上7点会叫我，但7点多依然没有接到他的电话。我无心顾及这个，一心想着考试。直到吃完午饭坐在草坪上等下午考试开场的时候才接到他的电话，问我考得怎么样，然后解释了下早上为什么没有叫我，我不记得他说的理由，因为我当时并不在意这个。我告诉他我下午考完就会直接去车站赶车了，他说：“嗯，好好考。”

挂了电话，看着草坪上叽叽喳喳各种神态的考生，我突然感受到一种渴望已久的……幸福感。

晚上6点，我飞快地奔出考场在众多的竞争人流中终于挤进了一辆难得的出租车，一打开手机，刘真的电话就进来了。他很急切地带着责怪的口气问：“你怎么到现在才开机，在哪儿呢？”

“刚上出租车，去车站了。”

“我去送你吧。”

我赶忙说：“不用，你别麻烦了，我到车站就上车了，你没必要来送我。”他说：“没关系。”很明显他真的很想来送我。我说：“真没必要，别来了。”于是他叮嘱了路上小心之类的话就挂了。

不知道为什么，我很怕他再见到我的时候，就后悔了。在车站洗手间的镜子里，我绝望地看着挂着丰满的黑眼圈，带着厚厚黑框眼镜的自己，想：“这张脸我还真没脸让他在光天化日之下看我第二次。”

我不知道，是不是有姑娘跟我一样对自己的外貌如此自卑。

但我确实就是这么极度自卑的自恋狂。

这样肉欲的开始，夹杂着间歇性的自我否定，毫无疑问，前景是不甚明朗的。但是“活在当下”、“跟着感觉走”、“Nothing's Impossible”之类的情感励志座右铭漫天飞舞，我是一个菜鸟，我不知道这种感情发展的固定规则，我知道的是，因为他，我开始觉得自己的人生终于有了幸福的可能性。

拎着包，站在盐城的大马路上，大街上每一个垃圾桶、每一个路灯、每一棵小树就连每一只发情的野猫都突然风姿卓越起来，我突然不想回家，想随便拉住一个男人说：“嘿！我们私奔吧！”

至此，我的扬州行就这样结束了，不紧不慢，却在心里开了一朵迎风摇曳的小花。

第六章 孤独的女巫

回到盐城之后，我的生活开始了翻天覆地的变化。我甚至突然觉得吴彦祖其实也没那么讨人厌啦。刘真每天都会给我发邮件、短信、QQ 信息，我们的联系频繁迫切开始到令人发指的地步。开始的几天我们在 QQ 上会聊上一整晚，虽然他那时在准备信用社考试。我问他考上了是不是就回老家了，他说是的。他从不讲他女朋友的事，除非我问他。

那么如果你回老家是不是就意味着你要分手了？他说是吧。

他完全不像王凯那样有幽默感，但他会问一些关于我的信息，比如我喜欢什么样的歌，喜欢什么样的电影。当一个男人想要了解你的生活的时候，那是不是就意味着他对你不只是肉体上的兴趣？

柜面。

正在接待着一位客户，我把电脑向她倾斜，教她如何登录我们公司的网站。正讲解着，右下角嘭得跳出刘真的邮件：小泼妇，快来给哥哥亲亲。顿时气氛一阵凝固，我尴尬地看着这位优雅的阿姨，一脸嫌弃地看着我。我默默地用胳膊挡住了胸前的工号牌。马小猫路过我，停下来凑到我耳边：丫今晚给我好好交代！

我开始体谅为什么公司禁止办公室恋情，因为真的很影响工作。虽然我尽量表现正常，但还是有大妈一脸八卦地问我：“想什么呢，小丫头！”我赶紧四面环顾一下，看Z有没有在旁边捉到我开小差。

下了班，我就约了文菁和马小猫，一边吃着鸭血粉丝一边漫不经心地讲起了我的扬州行，描述一如我现在这般细致。

马小猫眼里闪烁着凶狠的光，听完破口大骂：“这肯定不是什么好男人！”

文菁忧心忡忡，苦口婆心地跟我说：“王小能，你听我的，有些东西真的碰不得，你们是不会有结果的。”文菁总是这么琼瑶风。

“他根本就是一个不负责任的男人！”马小猫气势汹汹地再次表明立场。

最后她俩一致瞪着眼睛含情脉脉地对我说：“我们不想看你受伤。”

鸭血粉丝吃得我浑身冒汗，我拿了纸擦了擦鼻涕若无其事地说：“没事，我不会陷进去的，你们放心。”

两秒的沉默之后，马小猫边拿包起身边指着我警告：“你最好别给我陷进去！”

我扔下擦完鼻涕的纸站起来：“哎呀，没事！”

当我们仨推开鸭汤馆的大门时，寒风猛烈地吹过来，我们紧凑地拉在一起欢闹着走在大街上。

回到家我就问刘真：“你为什么要来招惹我？”

他说：“我也不知道，就觉得你对我蛮有吸引力的，你记得么，你唱完歌那天我就主动跑去跟你说话了。”

我问他：“我的朋友们都不想看到我受伤害，我该怎么办？”

我期待他说：“宝贝，给我点时间。”我一定会说：“好！我等你！”可惜的是，我不是导演，我决定不了剧情。事实上，凡是我梦寐以求的剧情，都没有上演过。

他说：“我也不知道，我现在只想着下个月的考试，你是个好女孩，肯定会找到好的……”

我的心沉下来，我并没有想要跟他在一起，但当他真这么说的时候，我还是觉得心被猛烈地晃了一下。“你是个好女孩”，这么烂的耳熟能详的台词也只有他还在用吧。我跟他说："那就这样吧，时间会淡化一切，你专心考试吧。"他说："嗯，你也保重。"扔下手机，我的眼泪就不自觉地掉下来，我不知道自己为什么会哭，我后来跟文菁还有马小猫分析，我为自己被动地陷在这么狗血的剧情里感到羞耻。

那天晚上，我以为和刘真结束了。可是第二天他像什么也没发生一样给我发邮件，我原本沉浸在一种莫名其妙的阴霾中，在收到他一如既往的邮件时，突然觉得豁然开朗。但是当时，我依然不知道，那种感情，其实就是爱情，因为还有什么能让我即便被陷进这么耻辱的剧情里还会可耻地感到幸福呢？

和刘真的联系依旧频繁，他不会像王凯那样会说得唾沫横飞，不会像王凯那样和我肆无忌惮地耍贫。平平淡淡却渐渐变成一种习惯，一种甜蜜的却充满隐患的习惯。而我，慢慢开始记得，从开始到现在，他从来没有说过一句能表明他立场的话，哪怕一句我喜欢你。而我，在某一天，不小心先说了这一句。我想，这应该是我注定悲伤的伏笔。

我第一次跟他吵架应该是他考完信用社之后，在聊天的时候他突然说："我有一次在办公室里 ML 的。"

"……"

"和当时的女朋友啊，人寿柜员 XXX。"

"你现在是要充分调动我的想象力吗？"

"……"

"你在 AV 界做了这么一个壮举，没拍照留念真是太可惜了啊！"

"……"

"你凭什么认为我能听你的三级故事？"

"……"

"你难道没有情商吗？你会跟你女朋友讲这个？"

"我跟她讲过。"

我们就这样吵了起来，他后来很不情愿地认输了。他不可能吵得过我，这点是不用怀疑的，我不能说我天生就是会吵架的料，但是我在讲道理方面确实很有天赋，我甚至能搬出《圣经》上的条文给他。

曾经有一次在公司，我即兴地用了一大串非常整齐的排比句控诉他的罪行，炮轰得他根本无力还击无地自容。他说：“你真是个小泼妇。”

“对不起，有人就爱小泼妇。”

“嗯，人见人爱啊。”

我常常一针见血地剖析一件事情，剖析得极其血腥，我承认我很享受这种快感。他常说我：“你真尖酸刻薄。”我说：“你喜欢我的尖酸刻薄吗?”他说：“喜欢。”我一直为我的说服力感到骄傲，我认为这是我的优点，但后来发现这竟是我的死穴。他那句喜欢，我以为是真的喜欢，但后来发现那只是个谎言。而我，竟在那时为了这个谎言洋洋得意地飘飘然起来。

早上刚开完早会，我就坐在柜面一边整理材料一边哼着《旅行的意义》，刚哼到“却说不出你爱我的原因”，马小猫就在一边做了个抖落鸡皮疙瘩的行为艺术，我顺势耍宝说：“说说你们爱我的原因。”马小猫提着嗓子喊：“因为你胸大!”

Z路过，瞪了她一眼，但我还是发现她的目光可耻地扫过我的胸前。文菁在一边偷笑，我瞪了一眼马小猫恶狠狠地说：“谢谢!”

我耀眼的C罩杯一直是我人生中矛盾的双刃剑，骨感MM就算穿地摊货也有时尚味，可我穿再时尚的衣服都有村姑味。大学里有个姐妹问我秘诀是什么，我很认真地告诉她：“我没有什么秘诀”，看着她期待重生的眼神，我话锋一转：“就是吃豆腐。”她欣喜若狂地拽住我：“真的吗?”我很认真地说：“以前在发育期的时候，我妈几乎每顿都做豆腐吃。”结果，从那以后，她在食堂吃豆腐吃到看见豆腐就想吐。每次在她要放弃的时候，我都会装作很惊奇地对她说：“真的觉得又大了点哎。”直到大学毕业我才在电话里告诉她真相，她那句“王小能你不想活啦”差点没震碎我手机。我无耻地安抚她：“谁让你不爱吃豆腐的，看你吃得皮肤多好。”我常常在姐妹们聚会的时候叹气：“其实你们不懂C罩杯的烦恼。”每次话音刚落倒戈声就此起彼伏：“王小能少装啊。”这些疯女人……曾经有次我跟高中同学说：“我买了最外场的五月天演唱会的门票，但是我一定会挤进内场去的，到时候看我身手。”结果同学一挑眉：“就你那俩大胸，身手还不是一般的不敏捷……”

想起这些万恶的温暖回忆，我坐在柜面鼓起嘴巴忍俊不禁起来。一个搔首弄姿的女人走进大厅，和我对视的那一刻，我就开始念咒："不要过来，不要过来，不要过来……"当她在我面前坐定的时候，我微笑着起身："您好，您办什么业务?"

她把包放在柜台上，说："给我改一下交钱的账户!"

"好，您还记得您的用户名和密码吗?"

"问我干什么?"她皱起眉头不耐烦地说，"上次用户名和密码不就是在你这儿设的吗?"

虽然严重怀疑我是不是欠了她钱，但我还是微笑着说："那我给您试试。"

我每次给客户设置用户名都是直接用客户名字的汉语拼音，于是我在用户名那里输入了CHENHUI，电脑提示错误。正准备给她重新找回时，脑袋突然一闪光，我默默把电脑显示器扳到她死也看不见的角度，在用户名那里飞快地输入了"CHENHUI38"，她输完密码后，成功登录……

……

我喘了口气正准备到厕所安抚一下情绪，电脑右下角就弹出刘真的邮件："宝贝!"我确定这是世上最好的安定剂，我开始考虑其实办公室恋情也有有益之处，起码让上班的心情不至于像上坟那样沉重，不是吗？这样想着，便安心坐下来和他打情骂俏起来。

我小心翼翼地问："你今晚有空吗?"

"有啊!"

"那晚上你陪我聊天吧。"

"嗯!"

正聊着，马小猫把头凑过来逮了个正着，我像做错事的小孩一样给了她一个抱歉的微笑。

晚上6点一到，我就收拾好材料，跟马小猫文菁使了个眼色，蹑手蹑脚做贼似的闪进了更衣室准备赶紧奔回家。马小猫和文菁紧随其后，拉住我问："怎么回事？你怎么还不觉悟啊？当初是谁信誓旦旦地说不会陷进去的?"

我谨小慎微地弱弱地说："哎，我就是矛盾的女人。"

"矛盾？我看你是有毛病的女人吧。"马小猫一脸嫌弃地骂道。

然后我们仨就开始在更衣室笑得人神共愤。

一会儿文菁说："走，今晚姐请你们吃好的。"

我支支吾吾地推脱："我今晚有事呢。"

"什么事?"

"……我妈她……有个姨娘……不不……我姨娘……表的……生病住院了。"

看着她俩无比鄙夷的眼神，我真想找个缝隙溜进去。正在这时，听见Z在大厅外烦躁无比地喊我的名字，接着说："啊？这么早她就下班啦?"我一把拽过她俩就从后门奔出去，走到外面我坦白从宽："今天跟刘真约好了聊天呢!""怎么着，还裸聊啊?"

我一边发动电动车，一边给了她俩一个赞许的眼神："好主意!"

吃完饭，我就打开电脑等他，等了半天他才上线，给我发了个淫荡的表情。我赶紧逮住他，我有一肚子的话想对他说。我的人人网里有我从大二就开始写的日志，可是他从来没有点击过。是的，他从来没有试图了解过我。我又不好意思毛遂自荐，这多没面子。所以我迫切地想要和他交流，想了解彼此的世界。不管他说什么我都想听，哪怕是无关紧要的废话。可是当我很贱地说："刘先生，我们聊聊天吧。"

等了半天，他才回复一句："我在打游戏啊。"

我能记得的我们上一次聊天是我刚从扬州回来的那几天，他会很用心地问："王小能，你喜欢什么样的音乐?""王小能，你喜欢什么样的电影?"当时我还特转地调着胃口不愿搭理他，不知道从什么时候起我们不知不觉转换了角色。文菁说："男人就是贱，你越不搭理他，他就越当你是块宝。你越是粘着他，他就只当你是根草。"是的，但是处女座的王小能，热脸贴冷屁股是我难以抗拒的又一强迫症。屁股越冷，我脸就越热，还有种莫名其妙的快感。

我敲着键盘在电脑上一遍遍删除打出的语句，"打你妹的游戏"变成"就知道打游戏"变成"你能不能少打一会儿"变成"噢，那我等你"，最后发送。我半躺着靠在椅背上想："王小能，你真卑贱!"我无事可做就开始看电影，等一部电影结束的时候，我嬉皮笑脸地说："刘先生，你现在有空了吗?"

这句话就像石沉大海一样没有回应，半个世纪之后才说：“还在游戏。”

“你不是答应我晚上聊天的吗？”

又过了半个世纪说：“这不是一直聊着呢嘛？”

我越想越觉得委屈，顿时琼瑶附身，文思泉涌一句一句地发道：“算了，随你，我总是对你有所期待，期待你会给我想要的，却总是一次次失望，我多想奋不顾身一次。”

刚准备再酝酿一下，他打断我：“求你了，我在打 Dota，不想关 QQ。”

我关了电脑，觉得心里有种暗流涌动，我不住地运功深呼吸压制着。宣告失败后，我飞快地打开电脑，以最快的速度打出：“do 你妹的 ta，关你妹的 Q，想排比句不用耗脑子的吗？说这么煽情的话不用费感情的吗？还关 Q，小企鹅闪碍着你什么事了？会给你减血吗？会叫你武器失灵吗？会妨碍你杀怪吗？你个冷血动物，我每天 11 点准时睡觉，为了陪你 Dota 要到 12 点，我对 Dota 的支持你看不见吗？我容易么我？猫了个咪的！”

发完这段之后，电脑那边不再有回应，我开始觉得慌张，开始后悔。只好给他发条嬉皮短信：“嘿，你下线了吗？没听见我骂街真是太可惜了。”

他回说：“睡觉了，亲亲，晚安。”

关了灯，我觉得自己就像个哀怨的女巫，在亦正亦邪中徘徊不定。我把手放到魔力球上，却无法放出我期待的耀眼闪电。我想反省自己耗了太多的时间在他身上，却还是得不到他的热情似火。我努力地想要拉回自己做个天真烂漫的小女孩，却只觉得越来越孤独。

我是个孤独的女巫。

第七章 磨去的棱角

其实对我来说他还是很陌生，但也许是他的乘虚而入让我觉得亲切。其实很想狠下心来，但一次次失败只能叫我更难堪。感情的世界里有一条成文的规则：谁先动了真格，谁完蛋！这个道理我耳熟能详，但我更信奉一句话："实践出真知。"我固执地相信我能避开这些恼人的规则限制，开辟出别样的感情之路。

但我忘记了，规则就是成千上万的人用血泪的实践得来的真知，是万能黄金定律。

躺在水疗洗浴会所的包厢里，我姐按了铃叫人过来给我拔火罐。全身被戳满了玻璃瓶，我趴在床上一动也不能动，甚至面前的电视机我都不能灵活地抬起头来看。就在我哼哼唧唧蠕动的时候，看见我姐夫正坐在一边，带着一抹邪恶的笑容翻看我的手机。

"NO!"我大叫着，"不可以！昂都哎（棒子文）!"

但是，他依旧无耻地无动于衷。想着我手机里那一堆限制级短信，我顿时想死的心都有了。奈何我一动也不能动，只能眼巴巴看着这么血腥的事情赤裸裸地发生。我想他是翻遍了我手机的每个角落，然后友好虔诚地把手机还给我。我严肃地说："郭先生，麻烦你自挖双眼。"

他依旧不说话，一脸真诚地向我点点头。走了几步，顿了一下，回过头无比卑鄙地说："奶妈！"

我想起了最近的短信，我跟刘真说："乖，妈妈爱你。"刘真说："要吃奶！"

一想到这个，我立马声嘶力竭地咆哮："你卑鄙无耻！"

是的，连我的家人都开始知道了他的存在。但是，很快，规则就迫不及待地站在历史唯物主义的角度显示了它强大的威力。

我们每天都会有联系，但是不再像开始那几天一整晚地聊天。虽然我有很多话想要对他说，但他常常在我忙着打字的时候说："我 Dota 了，你自己玩。"或者说："我去洗澡了。"或者说："我洗衣服去。"我开始想为什么开始的时候，他不要做这些事。他从来没有说来看我，除了视频聊天我们没有再见过面。但是这些都不是最糟糕的事，最糟糕的事是虽然我们每天都有联系，但他会在某一天下班之后，消失得无影无踪。短信不回，电话不接，QQ 不在，一周三四次。于是我一周有三四天无法入睡，我忍不住地想此时此刻他们在做什么，我觉得自己正慢慢走向一个深渊，像个失足少妇。没有人愿意听你诉苦，你是被钉在道德的木板上谴责的人。

第一次这样的时候，我质问他，他说："昨天有情况，她拉我去逛街。"后来次数越来越多，他就不再解释。每天我都开始担心，今晚他是不是又要和她在一起？不会，他昨天刚消失过。有一次，我在电话里酸酸地问他："昨晚爽吗？"他说："不爽，太冷了。"

他居然还很认真地回答我！我突然很想哭，他在电话里安慰我说："哎呀，有什么，又不会少块肉。"

我觉得遇到他之后，我一直在慢慢地妥协，我以前觉得不可能接受的事在无可救药地慢慢接受。他慢慢磨平我的棱角，而那些棱角便是尊严。

我不要这样，我发神经似的删掉和他有关的一切，并且严厉警告公司一小哥袁尹："下次我再跟你要刘真的号码，你给了我就和你绝交！"袁尹说："我不敢不给啊！"在说过这句话之后没几天，我又嬉皮笑脸去要了，他当晚没理我，第二天早上给我发公司邮件说："我昨天没给，够义气吧?”我说：“谢谢哥们。”

事实上我已经通过其他渠道要到了号码。

我开始希望我也能在我生活的城市找到很多像搏击俱乐部的各种同病相怜的俱乐部、妻管严俱乐部、阳痿俱乐部、拍死老板俱乐部，虽然我很抗拒这个词，但我无力为自己辩解，就像粘在衣服上的陈旧污渍，很碍眼但是洗不掉。

终于有两天他完全消失了，我打了无数个电话都是通的，可是他没有接过。人人网、QQ 都没有他的任何讯息。我开始睡不着觉，坐立难安，我觉得自己都有神经质了。不知道为什么，我是一个很爱钻牛角尖的人，如果我打一个电话他不接，我就一定会打第二次、第三次……直到这种重复变成完全没有意识的机械行为。我的自尊心告诉我，我不要这样被甩掉，这样太难堪。我删了他的电话、QQ，这种痛苦就像是敌人就在前方飞扬跋扈地叫嚣，你却接到了必须撤退的命令。

我决定彻底地了断，我不要在下班后发现他跟他女朋友在一起的时候坐在床边哭泣，我不要凌晨两点依然清醒地想着他在抱着另一个人，我不要在对他有所期待却一次次失望的时候伤心难过。

我满世界都找不到他，我想报警。我脑海里有个声音对我说：“王小能，你什么时候变得这么可悲了，需要警察来帮你找出躲着你的男人吗?”

我不知道的是，他这样费尽心机地甩我，是第一次，但不是最后一次。

我行尸走肉般地出现在了班上，我不敢跟文菁还有马小猫哭诉。因为这样悲催的事情，我突然觉得无法若无其事地说出来。一个女人究竟要糟糕到何种田地，才会被这样甩掉。早会唱司歌的时候，我一脸木然，前排的 Z 突然转头，我只好不情愿地张开嘴。进公司这么长时间，我依旧无法做到像 Z 那样，神情无比激昂地唱司歌。

文菁说：“等到你当上了领导也会这么激昂的。”

嗯，这倒是真的，斯德哥摩症候群典型症状。

早会结束，我游离般地坐在了柜面，后台舒服的日子结束了。我觉得整个世界都不对劲，“上穷碧落下黄泉，我一定要找到你”，我想起了这句话，可是我竟没有立场去找你，没有名分去找你。我只能坐在这里，无可奈何地肝肠寸断。

“交保费!”我打了个激灵，回到了现实，开始工作。我觉得自己只是个机器，身体在这里机械地工作，灵魂却早已出窍。不一会儿，人越来越多，越来越多，我赶紧紧急把灵魂招回来，忙碌的工作才是最好的疗伤药。我收保费从来不用计算机，都是口算。有个客户接了我找给他的钱，一个劲儿地算，然后轻哼一声说：“你找错了吧?”“不可能!”我当着他的面飞快地算给他听，他顿时豁然开朗，当时我就觉得自己特牛，在心里轻哼一声：“疯了，敢质疑我的口算能力!”就是这令我引以为豪的口算能力，常常在下午对账时多出那么几十几角几分来。我曾经有次晚上回到家扔给我妈收多出来的五十块钱：“拿去，买只鸡给我炖汤。”

我妈拿了钱果真去买了只鸡。

下午5点，银行过来收钱。我一对账，顿时觉得血雨腥风，整整少了五千块。对了好几遍，都少了五千块。我坐在柜面，看着脸色阴沉了一天的Z，觉得天都塌下来了。我瘫坐在椅子上对自己说：“王小能，好样的!你要卷铺盖走人了。”马小猫说：“你不能坐以待毙，去调录像看看。”我想想，这是唯一的办法了，于是我赶紧跑到保安室调录像。本想今天一夜可能都不能睡了，结果录像一开场，画面一位大叔叫醒灵魂抽离的我交保费，而我，居然忘了收钱就把发票直接开给了他！更可气的是，他拿了发票一溜烟就跑了，真给中国人丢脸！我飞快地跑去一查，果真早上的第一笔保费就是五千。

死罪可免，活罪难逃。我最后给了她们俩妞一个大义凛然的眼神，视死如归地走进了Z的办公室。Z看我进来，说：“正要找你呢，你看看你最近的问题件，都到百分之十了。我说王小能，你能不能改改你那粗心大意的毛病!”我站在那里想象着下一秒Z的脸会是怎样的扭曲，突然觉得两腿发软。

我低着头支支吾吾地说：“我今天收保费开了发票忘了收钱了。”

话一说完就发现整个办公室死一般地沉寂，3秒之后，就听见一个无比阴沉的声音问：“多少钱?”

“五……五千……”

“王小能!”Z站起身冲到我身边，“你一天到晚在想什么呢?你还想不想干了?”

我觉得耳边一阵轰鸣，低着头闭着眼连大气都不敢出，生怕呼吸重了煽动她暴躁的情绪。Z 就这样在办公室惊为天人地骂了我足足一个钟头，当我头冒着一股青烟走出办公室的时候，发现那俩妞正鬼祟地趴在门口，我闭起一只眼给她们比划了个“耶”的手势。

一会儿 Z 过来，告诉我她找到客户了。我心想，系统里客户信息都有，干吗要找，Z 似乎看出我的想法，凑过来一字一句地说：“这个客户就在我们三楼搞装修。”我张口无言，只有顶礼膜拜的份儿。看着她趾高气扬远去的背影，我不得不感叹她这个人虽然有点不合时宜，但是却无法否认她的能力。突然觉得有这样的领导也蛮好的，起码不用去死啊。

走在回家的路上，我对自己说：“王小能，我倒要看看你这杂乱无章的人生究竟要怎么个硕果累累法？”在一家饰品店门口，我停住了脚步，里面传来陈绮贞的《旅行的意义》。我就那样突兀地站在那里听完这一首歌，我想对他说：“我熟记书本里每一句我最爱的真理，我流连电影里每一个不真实的场景，我欣赏你撇嘴的表情，我迷恋你眼角的皱纹，我能说出在什么场合你曾让我动心，却说不出我爱你的原因。我写给你的每一句话，都是我离开的原因。我忘记你，就是旅行的意义。”

12 月 24 日，平安夜。早晨一到公司我就拎了公司两个无比寒碜的大礼包（就一套对联）到楼上，软硬兼施，连哄带骗把那位杀千刀的客户骗下来还了五千块钱。虽然我满脸堆着笑，但在心里却诅咒了他几万遍。直到把那五千块钱妥帖地放进柜子里，我终于坐在椅子上长嘘了一口气。文菁从一边风风火火地跑过来：“今天下午就上到 4 点，晚上开平安夜晚会。你那个新人展示准备得怎么样了？”我这才想起来，晚上还要做展示。我赶紧翻遍了电脑，终于在某个文件夹里找到我做了一半的 PPT，实在不懂这 PPT 要怎么做，我随便加了几张照片进去说：“就靠姐姐这三寸不烂之舌吧。”文菁惊叹道：“你的心态真好！”马小猫在一边插话：“你就这样介绍：‘我不是别人，我是阜宁县陈良镇三烈村 8 队的村姑王小能！’”“滚！我可是城里人！”

正说着，一姐姐来发抽奖券，我特意选了个吉利号码，那姐姐一再叮嘱：“晚上去酒店一定要带着啊，没这券就不能参加抽奖！”

我把手一挥：“这还用说吗？”

一晃就熬到了下午下班，文菁先走，临走时一再叮嘱我：“记得抽奖券啊！”我把账对完，等银行来收钱，做好之后就打了车去酒店。一路杀到楼上，看见硕大猩红的抽奖箱的时候，我两眼一黑：“奖券还在我抽屉里躺着呢！”晚会已经开始，我只有哭爹骂娘的份儿，我的液晶电视啊！

等我坐下的时候，新人展示已经开始，我接在马小猫后面，马小猫可谓是我们客服一枝花啊，深得好色领导们的喜爱，当马小猫最后一句“读万卷书，行万里路，做万人迷”收尾时，领导们乐开了花。气氛顿时一阵温热，全场迎来了一个小高潮。等我摇摇晃晃地走上台，拿起话筒，对着PPT上那张巫婆状搞怪的毕业照开场：“我上学的时候，有一个风尚特别流行，就是装……”

前排领导们的笑容瞬间僵硬。

“当然，自从进了中国人寿之后，我就脚踏实地再也不装了，偶尔因为工作需要装装纯……”

刚刚进入小高潮的气氛完全降至冰点，Z在下面抓着脑袋，试图不愿承认我是她的下属，只有公司的新进职员们唯恐不乱地鼓掌。

我很享受这样的滑稽场面，心安理得地走下台。后来文菁跟我说，她当时想掐死我的心都有了，因为她是在我后面一个上场。

晚会接近尾声的时候，我拿起手机对他说圣诞快乐，轻描淡写。坐在欢闹的人群中散场音乐响起的时候，我突然有点哽咽。最后我还是什么都不是，这不能怪他，因为我有一万个理由说不，可是我没有。站在离DJ最近的地方我笨拙地甩着头，却被节奏震得心痛。不过没关系，就像我对他说过的，我最喜欢的摇滚是《Back in Black》，我有九条命。

走出酒店的时候，马大姐提议去KTV唱歌。马大姐也是在我之后进的一批，虽然年龄比我大，但她严格遵循师门之礼，带头尊称我为“大师姐”。她被Z分在建湖县上冈镇，我想她大概被镇上大妈大婶推举为上冈形象大使，因为她进了城就一口一个“上冈国际大都市”，非常尽责。马大姐要去K歌，我们哪有不陪的道理，我们就大闹起哄着往KTV进军。这时，队伍后面的马大姐突然回头，礼貌性地对Z说：“Z姐，也一起来吧！”

我想马大姐邀请的时候，是抱着她一定会拒绝的心态开口的，谁知她欣然加入……

于是 K 歌房里出现了这样的情景，我们几个张着嘴巴坐成一排一脸惊恐地看着 Z 和马大姐抱着话筒，把《爱情买卖》唱了两遍！当她俩那个无比撕心裂肺地唱："亲爱的，亲爱的，亲爱的……"我忍无可忍地对文菁说："她们怎么会唱这么多农民工的铃声？"终于在她俩喉咙已经支撑不住这么有爆炸力的旋律时，我跟文菁抢到话筒唱了那首《下一次爱情来的时候》，还有什么歌比这首更适合失恋的人呢？

散场之前，我们所有人张着嘴巴坐成一排，听 Z 声情并茂地唱着："我可以爆你吗，宝贝……"

第八章 颠倒了世界

走在回家的路上，我一次又一次地打开手机看有没有短信跳出来。被我摸出满手机的指螺印，它却仍旧死一般沉寂，连张三李四的一句“圣诞快乐”都没有。哎，这都是我奉行“君子之交淡若水”酿成的恶果。直到我回到家，躺在沙发上的手机突然响起了撼动心房的短信声。是他吗？我惴惴不安地走过去，屏住呼吸拿起手机，赫然在我眼前的是：“您好，您的话费已不足20元……”我想问问10086，你到底是有多爱搅局？

刚把手机摔在沙发上，短信声又响起来了。这一次，一定不会是10086！我冲回去，一把抓起手机，发件人：刘真。内容：猪猪。

突然有种获奖的激动。

我很恨自己，每一次在我决定将他彻底剔除我的生活时，他一句随口而出的“猪猪”就会轻而易举地击溃我所有的防备。而他，就像什么也没发生一样，似乎他的手机里从来就没有我的那几十个未接来电，似乎从来没有想过那些未接来电背后是多么焦急的心境。即便我质问他，他也不想解释，他甚至懒得去思考，就算我请求他去好好思考我们的关系，我并不奢求能等到他分手，虽然他跟我讲过很多次他跟女朋友不能在一起了。我只是想知道他是如何定义我们之间或者说他有什么打算。我所希望的只是能跟他好好沟通一次，知道他心里在想什么。然而每次我引导他跟我沟通的时候，他的台词重复而简单："我不知道"、"悲剧"、"杀了我吧"……

除此之外，别无其他，而他把这归结为他不善言辞。

在我不断请求他说点什么的时候，他说："你好凶哦!"

我虽然恨，可是我别无他法。我无法对他说："给我滚!"我跟很多人说过滚，我之所以敢对他们说滚，是因为我知道他们一定不会真的离开我。而他，我真的不敢赌。

日子就这样过得平淡而烦躁，我开始常常在接待客户的时候停下来想起他，有时候开心地想笑，有时候难过地想哭。我的喜怒哀乐开始被他牵动着，每个角落里都是他的影子，思念也开始愈发地张狂起来。

这一天格外忙碌，柜面是一片硝烟弥漫。我在人群中已经是满头大汗，这时旁边一位新人伸过头来脸急得通红地问我："大师姐，身故受益人能不能改成妹妹?"我想都没想就脱口而出："当然能，改成姘头也行!"

我们面前的所有人表情都开始僵硬起来，额头上开始慢慢惊现三道黑线。

当我终于暂时离开位子的时候，突然觉得厕所才是唯一包容我的地方。这种与世隔绝的温暖如果非要有个地方跟它媲美的话，那只有天堂了。在厕所待了10分钟后，我不情愿地走下楼，突然觉得一晃神，面前的那个身影怎么会那么熟悉？等王凯眼见为实地出现在我面前时，我还一度以为自己产生了幻觉。

"天哪!"我惊叫一声，"你怎么会在这里?"

他展开一抹灿烂的笑容说："我来开会的。"

"怎么不提前告诉我?"

他意味深长地说了句："怎么？给你点时间再化个妆?"

我踢了他一脚："滚，下班后等我电话，我请客啊!"

他一脸认真地说："哥开房从来不要女人掏钱。"

我正想再踢他一脚的时候，他已经飞快地闪了，边跑边对我说："晚上联系啊。"

再坐到柜面，心情出奇地明媚，客户各种扭曲的脸也变得可爱起来了，硝烟弥漫的大厅仿佛被配上了欢快的口哨做背景音乐。

我和王凯一边吃着韩国烤肉一边无边无际地聊天。我一边烤着肉一边听他吹牛。

“哥的俊朗在泰州绝对排前三。”

“就你那鱼泡眼，不是吧？”

他一听急了：“哎，王小能，你说这话可得负责任啊，哥都用欧莱雅的眼霜！你用什么？”

我用生菜卷好抹了酱的烤肉递给他：“姐用雅霜。”看着他瞬间求知若渴的眼神，我一边卷肉一边接着说：“袋装的，特滋润。用剪刀剪个小口，可以用好久。”

他又抢过我刚包好的烤肉塞进嘴里：“王小能，你真的很神奇！”

他说：“哥要被公司调到乡下去历练了。”

我趁机调侃他：“不会是领导觉得你太帅了，让你去秒杀下面那帮少妇的吧？”

他义正词严地呵斥我：“王小能，哥可是有操守的帅哥！”转眼话锋一转，“说起来哥已经半个月没碰女人了，哥太忙了没空去找你嫂子。”

我嘲笑了他一番，试探性地在他面前提了一句：“刘真也是泰州的吧？”

他头也没抬：“提他干吗？他又不俊朗。”

“你不喜欢他噢？”

他抬起头夹了片马铃薯：“那个傻子跟哥不能比。”

我嘬着筷子看着他狼吞虎咽的样子想大概是竞选班长的时候结下的梁子吧。刘真也不喜欢我在他面前提王凯，他一直认为王凯喜欢我。有一点很肯定，他们都不喜欢对方。

王凯把我塞进出租车的时候，我欢乐地跟他挥手告别。我们是无话不谈的哥们，这种感觉很妥帖。但是依然遮掩不住孱弱的小暧昧，他会说：“哥每天都洗小屁屁，比你还讲卫生。”他会说：“王小能，我不想你不开心。”

他是一种神奇的力量，让我觉得没来由地清新愉悦。

和王凯欢聚的第二天，我在公司无意间看到刘真后来去南京培训的那次参训名单，发现了里面有小美。我回想起了新人班的时候他俩那些亲密的举动。于是晚上我跟刘真打电话的时候，装作很笃定地说："你跟小美的事你不打算告诉我吗？"（事实上，我当时什么也不知道）

他沉默了一下，不以为然地说："我确实在她房间呆过。"

我的心开始慢慢往下坠。

"培训的时候我一个人住一个房间，小美的室友是南京人，晚上回去，所以我有一次晚上去她房间的。"

我绝望地说："别告诉我什么都没发生。"

事实上，我好希望他说："王小能，你想什么呢？怎么可能?!"

可是他居然带着玩味的口吻说："她勾引我哎。"

我强压住不断冲击胃粘膜的怒火："怎么勾引？"

"她穿得很少，还坐在床上要我端水给她。"顿了一下说，"她还跑过来跟我打闹。"

"然后呢？"

"后来我自己下来了。"

后脑勺嗡的一声，我闭着眼睛深吸一口气："为什么下来了？"

他一字一句地给我分析："一个是她太瘦了，我怕她硌着我。另一个是，她跟公司一个前辈有点问题。"

我不知道自己此时此刻该说什么，我不知道作为一个正常的女人此时此刻会说什么。因为很明显，我无论如何都不能算一个正常的女人。我甚至能听见上帝在叹气的声音，幽长深远而毛骨悚然。比这件事情更让我难以接受的是他在讲这些的时候，语气很强硬，丝毫没有觉得要顾及我的感受而稍微柔和一点。

我轻轻地说了句："刘真，你真是离谱得让我摸不着头脑。"没有恶言相向，没有气急败坏。但是他依然说："你干吗这么凶？"

挂了电话，我坐在透心凉的地板上，看着我卧室每一件再熟悉不过的东西，窗台上安娜苏的香水瓶，床头龇牙咧嘴的毛公仔，枕得中间有点发黄的枕头，桌上的毛笔架和砚台，还有我最心爱的马克杯。它们都一如既往地在它们该在的地方，一脸嫌弃地看着我。是的，在这个房间里，唯一改变的就是我。

我很想对它们说，我多想回到认识他之前的那个没心没肺的我，我那嬉笑怒骂的人生需要你们的陪伴。但是，不管文菁怎么劝我，马小猫怎么骂他，我却又一次选择了刘真。为了他，我可以颠倒黑白是非，可以颠倒整个世界。而他，只需要远远地撇着嘴说：“实在想不通你们女人一天到晚悲天悯人的有意思吗?”

我说：“对，我是知名怨妇。”

第九章 再见说再见

听了我的倾诉，马小猫拿起货架上的酸奶扔进推车里，翻了个白眼："我现在听见刘真两个字我就烦！"

我转而求向文菁，文菁语重心长地说："王小能，当初就跟你说了，有些东西碰不得。看你平时思维挺敏捷，怎么这么明显的事情你就不明白呢？"

我一脸狐疑地问："什么事？"

文菁叹了口气，看着我一字一顿地说："他根本就不喜欢你啊。"

这句话在我耳边拖得极其幽长，还余音袅袅，我一时怔在那里感觉万千岁月在我耳边呼啸而过，而我此时终于从群山之中走出来成为一览众山小的旁观者。可我只是个混沌的旁观者，我一把拉住文菁的手："他不喜欢我，叫我宝贝干吗？"一边的马小猫一把把推车推到我面前打断我："王小能，你不是嫌他打游戏不理你吗？不是教你了吗，裸聊啊！Dota 是死的，你是活的。你那俩极品丰胸还斗不过 Dota？"

说完推着车转身走了，只留下一个酷女背影，我和文菁不得不在后面感叹："果然是过来人啊！"

在收银台付账的时候，文菁特花痴地指了指我身后，我转头一看，一个金光闪闪的帅哥非常绅士地站在我后面排队。我非常淡定地转过头立马给了文菁一个巨花痴的表情作回应。我把购物车里的东西全堆到收银台上，猛然发现刚刚只顾着取经，忘了拿卫生纸了。转头对站在一边的马小猫说："快，赶紧帮我拿包卫生纸！"她就以迅雷不及掩耳之势冲去拿了袋草纸扔在收银台上，要死不死地说了句："哎，可是这纸很硬哎，不知道你受不受得了？"我瞬间蒙了，以最快的速度反应了一下，我应该回答受得了呢，还是受不了呢？在她问完这句之后，我一阵急躁，用余光瞥了一眼帅哥，想看他有没有在嘲笑我，可是没瞟到。其实我对那纸本身倒没什么反感，而且我妈今天千叮咛万嘱咐一定要买纸。想说要不买了吧，但是如果要了就要回答受得了。我脑海中出现一个画面：一个妙龄少女对着镜头无比娇羞地说："受得了啦"绝对不行！如果回答受不了，这纸就要眼睁睁被送回去，回去我妈一顿骂是少不了。

想起身后的帅哥，我眼睛一闭："受不了，你赶紧拿回去吧！"

后来我没敢掉头就一溜烟地逃了，出来后我抓住马小猫就是一顿暴打。最后，我在大街上特风尘地指着她喊道："告诉你，老娘多硬都受得了！以后你再问这种问题就把你送到青楼去！"路过的大叔大婶大哥大姐都一脸唾弃地看着我，马小猫和文菁伏在树上笑得起不来："王小能，你真是奇女子一枚，太欢乐了！"

我突然觉得心满意足，曾经有很多人跟我说："王小能，有你的地方就有笑声。"如果我能给别人带来欢乐，那我自己再如何地纠结烦躁也只是微不足道的。你们知道我忘情于打情骂俏时警告你们不要骚扰我，你们也知道我感叹情路艰辛时希望你们拥抱安慰我。你们知道我重色轻友，见色忘义，但你们也知道我时常沉浸在鱼和熊掌不可兼得的苦恼中。

你们知道，这就是贱得无敌的王小能。

等我回到家，一推门，我妈看我拎着一堆东西笑逐颜开道："幸好你买卫生纸了，家里一卷都没了。"我默默走近房间装作面无表情地说："你今天就先用面巾纸吧。"说完以迅雷之势关上房门，就听见我妈在外面一阵破口大骂。我安抚下受了惊吓的心肝脾胃肾，走到桌前打开电脑，想起今天在超市文菁的一言惊醒梦中人，我就觉得头皮一阵发麻。

终于，刘真的头像望穿秋水地闪了起来：“宝贝，干吗呢?”

我赶紧拉住他跟他唾沫横飞地跟他讲今天在超市的趣闻，他终于乐了一回，还无比调戏地问：“那宝贝，到底是多硬你受得了呢?”

“去！告你调戏良民啊。”

“就你这么不正经还良民?”

“滚!”

正当我沉浸在这样色眯眯的打情骂俏时，他突然说：“我要去洗衣服了。”他又来了，想起超市马小猫对我的指点迷津，我啃了一阵指甲，竟然默默地无耻地在对话框里打出：“裸聊吗，刘先生?”删掉又打出来，再删掉再打出来，直到我纠结地海都枯了石都烂了，刘真说：“我去了啊，你自己玩儿。”

我连忙说：“等下!”

他问：“什么事?”

我终于人生中第一次开口问他：“你为什么没有说过喜欢我?”

他说：“你自己想啊。”

“你不说我怎么知道。”

他开始沉默，我试探性地问：“喜欢?”

他轻描淡写地回：“嗯。”

我突然觉得好泄气，我说你的喜欢跟我的喜欢不是一种喜欢。他说：“我知道啊。”

他说“我知道”，他没有辩解说“王小能你胡思乱想什么呢”，而是漫不经心地说“我知道啊”。他真的不会撒谎不会装傻，他的毫不掩饰顷刻间直刺我的心脏。我强忍剧痛气若游丝地问他：“你干吗这么对我？那你跟你女朋友呢，你不是说不能在一起了吗？什么时候分手?”他很不耐烦地说：“你干吗把自己想这么可怜，你们女人一天到晚地想着这些情啊爱啊的有意思啊?”我还想说什么，他说：“走了，心烦。”

呆坐在电脑前，我对自己说：“王小能，你是孤独的女巫吗？你就是个哀怨的女鬼!”我幽怨地跑到洗手间洗了把脸，拿起粉饼把脸拍得苍白，用腮红把眼睛周围涂得很血腥。我坐在马桶上看着镜子里的自己止不住地哭泣。我，是个无可救药的女鬼，街坊四邻都能听见我惨绝人寰的哀嚎。

那一晚，他又不出所料地消失了。我知道在我上演女鬼的悲情戏码时，他的怀里正搂着一个幸福的女孩，而不是女巫或者女鬼。

第二天上班的时候，Z站在我面前双手抱胸状："王小能，这个客户打热线问他上次在你这边领的钱怎么还没上账?"

我赶紧查了一下，向领导汇报："转账失败了，提供的账户名跟他本人的名字不符。"

Z面部肌肉一扭曲："转账失败件为什么不及时追踪?"

我弱弱地说："这是昨天刚下来的失败件，准备今天追踪的。"

这一句激起了Z的斗志。

"王小能！你这是借口吗？昨天下来为什么不昨天做完再下班?"

我知道我撞枪口上了，不再做无谓的挣扎。

"好几次想说你了，一到下班时间就走了，你看看多少前辈天天加班，就你们这几个新人一下班就想走，工作一点积极性都没有!"Z依旧不依不饶。

我默默在脑海里开始数："一只羊，两只羊……"

就在这时，电脑上跳出刘真的邮件："宝贝，干吗呢?"Z站在我面前，我动都不敢动，直到她说："王小能，这个月底看你表现，不行月度例会写检查!"然后愤愤地转身走了。我终于可以回复刘真了，刚被骂过，刚好有气没处撒："我们女人能干吗，触景生情悲天悯人顺便再装装可怜呗。"

"你真尖酸刻薄!"

"想感受我的柔情似水吗？想见识我的妩媚动人吗？夜色撩人，请拨打138××××××22。"

"……你真酸!"

我正要发一连串的排比控诉他的时候，他拦住我说："好了好了，不要再攻击我了。"

我觉得我拿他没有办法，不得不一次又一次地做出妥协和让步，而这种妥协和让步就像是个无底的深渊，一个会让我死无葬身之地的深渊。我想起自己刚从扬州回来的时候，心里开了一朵小花，而现在，那朵小花依旧迎风摇曳风姿卓越，只是周围开始长满肆无忌惮的荒草。

这是怎样一番矛盾得死去活来的景象?

回过神来的时候，看见Z正从她的小房间探出头往外张望，我不小心跟她对视了一下，那万恶的一眼啊，真是倾国倾城，我赶紧伏案做劳碌农奴状。这时只听Z朝我大喊："哎？王小能你怎么不叫号啊？"我这才发现有好几个客户在等，赶紧手忙脚乱地点击叫号系统。小心翼翼地抬眼瞥见Z正一脸嫌弃地摇着头，哎，她一定在想："当初面试时火眼金睛的我是如何被这小丫头片子蒙骗的？"

"你好，我想领一下生存金。"

一个非常优美又略带磁性的声音瞬间把我拽了回来，我一转头，一个奶油小帅哥正坐定在我面前。见我看向他，朝我微微一笑，我顿时觉得整个人都要像巧克力一样融化了。既阳光又干净，即便是我很迷肌肉猛男，也不得不对他有几分垂涎。给他办理业务的过程中，我一直沐浴在他阳光般的微笑里，不得不在心里感叹："王小能啊王小能，你这个内心阴暗得见不得光的女人何时也能笑得这么阳光灿烂啊！"

一边做着事，电脑上弹出马小猫发给我和文菁的邮件："王小能，看你那殷勤样！"我默默一抿嘴，事情办好后，想起Z耳提面命地叮嘱："一定要留下客户的手机号码，以防转账有什么问题。"

于是我随口说："这样，把你电话留给我吧。"

只见小帅哥微微一怔，尴尬一笑后面露难色，我突然意识到这怪异的气氛，连忙解释："那个……我是怕后面转账有什么问题。"

情况就在我的解释中越来越糟，最后帅哥说："那我留下我爸的号码，有什么问题你跟他联系吧。"

马小猫在一边幸灾乐祸，我就这样被莫名其妙地拒绝了，看着小哥远去的背影，我不禁想，我看起来到底是有多贼眉鼠眼。

我给俩妞群发了封邮件："我有种欧洲十八世纪的荡妇被伯爵拒绝玩一晚的沮丧，你们懂的……"

忙了一天，大厅拉闸后我伸了个懒腰从位子上起来，邀请她们去上厕所。在厕所里，我跟她俩说："我问刘真是不是喜欢我，他说嗯。"

话音一落，她俩齐刷刷无比犀利地看着我。我只好无趣地打圆场："当然，如果你问我是不是喜欢赵本山，我也会说嗯。"

文菁愤愤地说："这么没有诚意的话你也信。"

我说："我也不是信。"

“你看你那沉醉样说不信谁信！他说句嗯你就要天荒地老了。”马小猫一边洗手一边从镜子里用眼神杀死我。

“我真的不信。”我一个人苍茫地说道，那么我为什么会时常想起这段并试图从他那一声“嗯”中找出一线情真意切的线索，“因为这是一无所有中唯一的救命稻草。”跟在她们身后，我自言自语地说道。

晚上下班前只觉得腰酸背痛，正活动着筋骨，文菁拎着包坐在我面前，看她一脸谄媚的样子，我就知道没好事。

果然她谄媚地一笑：“借一百块钱呗。”

“干什么?”

“哎呀，请人看电影。”

“男的女的?”

她娇羞地说：“男的。”

“好啊，你居然瞒着我们!”

马小猫也凑了过来：“快说，谁!”

她支支吾吾不肯说，一把抢过我的钱包从里面掏了一百块钱，欢天喜地地跑了，边跑边说：“以后再告诉你们!”

“哎，文菁的春天来了啊。”我摇着头感叹着，马小猫推了我一下：“你是有阳光大道不走，偏偏往火坑里跳!”

我曾经不断地告诫自己要善良，正直，有尊严，也不断地被告诫要修身自省才能嫁到好人家。然而现在，我却不可自拔地喜欢一个混蛋。可悲的是，我是如此清醒地知道他是一个混蛋却还是无能为力。

马小猫愤慨地说：“当初是谁赌咒发誓说不会陷进去的?”

晚上回到家，吃着饭的时候我都快要睡着了。猛地一惊，发现我妈正鬼魅地盯着我看，正想问，她困惑地说了句：“你小时候不是长得挺好看的吗?”我正想说点什么，她又自顾自地说：“但是怎么也比李二好看。”

李二是我家邻居，跟我一样大，我们从小一起上学，我妈和她妈是明争暗斗的同事。念书时我成绩一直都比李二好，最让我妈欣喜癫狂的就是我考上了本科，而李二念了大专。这让她在李二妈面前更有抬头挺胸飞扬跋扈的立足点。

我白了她一眼，她突然一脸严肃地说："你也老大不小了，打算赖我这儿赖到什么时候？"

"你自己闺女多大能耐你不知道吗？"

我妈顿了一下，似乎很认同，话锋一转，"你要是自己找不到，咱就托媒婆……"

"哎哎哎！"我赶紧做了个叫她打住的手势，"我自己找！"

说完，我就飞快地溜进卧室，只听见我妈在身后义正词严："再给你三个月！再找不到就给我相亲去！"

第二天一早，文菁很失落地来上班，在茶水间一脸委屈地告诉我们："昨天请人看电影没请成，被拒绝了。"在我们的一再逼问下，我才知道原来文菁看上了我们培训部的小伙子袁尹，就是我跟他要刘真号码的那个家伙。袁尹曾经主动请她看过电影，事实上他们已经一起去看过好几次电影了。典型的暧昧，文菁甚至在看电影的时候靠在他肩膀睡着过。马小猫说："你怎么这么大事搞得跟地下活动似的，你看人王小能做小三都搞得风生水起的。"我说："哎，我跟他熟呢，我们一起在南京培训的。"文菁很惊喜地拉住我说："那你帮我问问他有没有女朋友，注意，一定要旁敲侧击！"

我相当义气地找了个空档打电话给袁尹，开门见山地问："你有女朋友吗？"

他愣了一下说："没有。"

"知道了，谢谢！"

后来他发邮件问我谁问的，我没说，他说："不会是你吧？"

我赶紧奔去告诉文菁，文菁开心地一个劲儿地拍着胸口。我和马小猫趁机鼓动她再次邀请袁尹看电影，文菁有些犹豫不决，"下班再说吧。"

当晚，文菁在我们的怂恿下打了电话。袁尹在电话里说他今天下班可能会迟一点儿，我和马小猫站在边上摆着手做出"没关系"的口型，文菁看着我们乖乖地对着电话说"没关系"。挂掉电话，文菁就坐在我们柜面坐立难安地等他，紧张而期待。她扯着棉袄不安地问我们："我这件衣服会不会太脏了，好几天没换了呢！"

我和马小猫看着那件确实不干净的棉袄停了一下，异口同声地说了句："还好啦，没关系。"整个大厅里因为文菁而明显有点青春气息。一会儿，袁尹发了条短信说："今天来不了了，我电瓶车没电了。"文菁就很失落地回了个"噢"字后趴在柜面黯然神伤。马小猫一把抢了文菁的手机发了条："你不会打车奥?"马小猫发的时候，我按住文菁不让她去抢手机。

果真没过一会儿，袁尹就乖乖过来了，走的时候文菁拎起包对我们说了句："我和袁尹日后是不会忘记你们的功劳的!"

看着她一脸幸福的样子，我又想起了刘真。手机在这个时候响了，我一看居然是刘真。在我想他的时候打来，这么有默契的情境还是第一次。他在电话里说："元旦快到了，我女朋友去安徽，你来找我吗?"我说："我想想吧。"我一直很介意为什么不是他来找我，再加上他之前那样费尽心机地甩我，不答应就合情合理。而且他只说了一次，让我觉得不够热情不够诚意。

于是我挂了电话就发了条短信："我不去了。"他说："噢，那算了。"

文菁约袁尹看完电影的第二天刚好是周末，我们在一间茶餐厅里追问她怎么样。她说她表白了，看完电影，她跟袁尹说："你知道问你有没有女朋友的是谁吗?"

袁尹一脸惊恐地说："不会真是王小能吧?"

文菁说"是我啊!"

接下来就是袁尹一脸震惊。

我真的很佩服文菁追逐爱情的勇气。如果我是男生，我会很爱这么勇敢的姑娘。

文菁说："你要是不喜欢我你就直接说，没有关系。"

袁尹说："我最近只想着工作，没有想过谈恋爱，要不就先处处看吧。"

没有拒绝也没有接受，我一直觉得袁尹是个很好的男人，但是最终也逃不过"三不"男人的厄运。在红绿灯的地方，文菁说那你抱我一下吧，袁尹就过去抱了一下。

这是文菁讲的，她觉得结果没有很糟糕，毕竟没有被拒绝，就说明有希望。

我们原本都替文菁高兴，袁尹说可以先处处。可是就在元旦这一天，文菁就等来了拒绝的短信，很彻底的拒绝。而这一天，我窝在盐城，刘真窝在扬州，中间是倔强的距离。

之后的日子文菁开始彻底沉浸在行尸走肉的痛苦中，而我在那个时候，突然决定我必须去见刘真。就算是断也要当面说再见，我总结我为什么每次都断不了的原因，就是我没有一个推动的力量。就好像念书的时候常常说，吃完这个苹果就去做作业，而现在，再见一面就再见。

第十章　重逢倒计时

文菁终于每天带着苍茫的面具加入了我这个失恋专业户的阵营，我本想扮演一下知心姐姐，从过来人的角度传授点巧渡失恋的经验，但看着她耷拉的脑袋，想起自己那一团糟的情史，我扭曲了一下面孔，拍拍她的背，精炼地说了句："Welcome！"

如果你想安慰一个丧夫的女人，最行之有效的不是"我理解你的感受"而定是"我男人也刚死"。

下了班马小猫一拍桌子："走！今晚去吃好的！"文菁皱了一天的脸终于在这一刻舒展开来。于是我们趁 Z 不备，齐刷刷一溜烟闪了个没影。在金鹰悠仙美地里，我和马小猫美滋滋地切着牛排，文菁夹起一块肥肠，盯着看了半天长叹了口气，幽幽地说："真是断肠啊！"害得我刚喝进喉咙里的西米露差点喷薄而出。文菁干脆扔下筷子，正儿八经地开始向我们开肠剖肚："真的，我从来没试过想一个人想到这么心痛，真的心在疼啊！"

她最后的尾音拖地极，其地拖泥带水，配合着拖沓的幽怨表情，一边端着餐盘的服务员八卦地探过头来。

她俩眼珠里酝酿出沉重的光芒向我们射过来，嘴里的牛排开始嚼之无味。马小猫停下切牛排的刀：“放心，等过两三个月你就自动生机勃发了！你看王小能，哪次不是世界末日，现在还不是生龙活虎么？”

文菁看了看我，一副依旧不能释怀的模样。

我突然觉得很难过，我也曾这般心痛地想着这么一个人，而此刻对于她的煎熬我是如此真切地感同身受却束手无策。因为我知道极度心痛的时候能立刻缓解痛苦的不是人文物理，而是生物化学。就像中药虽然可以标本兼治但却不能像西药那样立竿见影。但可惜的是，我不能说“走，喝酒去！”“走，吸毒去！”“走，找男人去！”因为对跟娘亲一起生活的剩女来说，这每一样都是不可能事件。最后我们都要垂头丧气地回家，和娘亲一起坐在沙发上营造比邻居更欣欣向荣的生活气息。

而现在能做的，我只想给她一个无声的拥抱。

马小猫手机暴躁的铃声突然想起来，接完电话，马小猫说：“我老公来接我了。”文菁把筷子一扔，叹了口气：“那就回家吧！”

当我和马小猫不约而同岿然不动地不肯付账，文菁只好骂骂咧咧掏卡的时候，再次证明了失恋加交友不慎的女人没有最惨只有更惨。

吃完牛排喝完红酒我一脸微醺地回到家，开门就看见我妈坐在沙发上一脸阴云密布。我深谙更年期的妇女不好惹的道理，默默自觉地把自己隐形，蹑手蹑脚地踱进房间。刚放下包，我妈就破门而入，吓我一跳。

我胆战心惊地问：“什么事？”

“还好意思问？”

她这引子一出，我就知道要决堤了。

“人李二都要结婚了，你看看你还整天吊儿郎当！”

她拉了床边的椅子坐下来准备打持久战：“看人李二啊，你看，长得没你好看，尖嘴猴腮的，学历没你高，也就是个大专，家庭条件也没比你好到哪儿去，人现在找了个对象开了个奥迪车上他们家送聘礼，一套婚房就好几百万，你看她妈那个显摆样，你说你怎么就这么不争气呢？”

我妈开始喋喋不休地唾沫横飞，我不想听她的唠叨开始收拾东西转移注意力，但脑海中硕大的“李二”和“奥迪”这两个主题词开始挥之不去，一种可耻的羡慕嫉妒恨油然而生，不禁生平第一次开始认同她对我的控诉。

“你说你一天到晚不干正事干吗呢？人家都要结婚了，你到现在连个男人的影子都看不见。”

嫉妒心果然是害人害己啊，我不敢顶嘴只好默默摆弄我的毛公仔。

结果我妈更急：“你说你一天到晚不去街上拦男人，就指望跟这些小玩意过日子?”

一阵天雷滚滚，我嘟囔着说：“要拉男人也要等天亮啊，现在去大街上就被拖到巷子里了。”我一看她要失控的架势赶紧嬉皮笑脸地哄她：“您放心，我就是拼了这条命也会给您光宗耀祖的，奥迪算什么!”

我妈这才不情不愿地恨恨地走了。

有其女必有其母，在她孕育我的过程中剑走偏锋地遗失了精致的五官却唯独留下了傲骨尖酸。从我记事起，我和我妈的战争就没停过。算命先生说，我是我妈命中的克星，我妈是我爸命中的克星，而我爸恰恰四十多岁的时候出了事故去世了。年少无知的时代我常觉得，我和我妈的战争，必定弄个你死我活鱼死网破。但经过我爸去世，我姐出嫁，我离家上学，我们都开始慢慢变得温和，这就是相依为命的代价。

我们就是这样不可理喻地在爱恨交加中纠缠了二十多年，相互打磨直至今天的欣欣向荣。念书的时候，有一天早上我上学要迟到了，我恳求正在上班的她送我。她急匆匆地从班上熟练地逃过领导的火眼金睛却发现自行车被别人借走了，于是她临时借了一辆似乎不太顺手的。之所以说不顺手是因为她居然在路过菜市场的时候径直冲向路边的萝卜摊。我从车后座掉下来，看她连声抱歉地扶起自行车，然后骑上车飞奔而去。我在后面愣了两秒排除了她想试车这种可能，立马开始呼喊，可是她就那样在自己的世界里一路骑着自行车飞奔去学校，不管我如何声嘶力竭只能绝望。幼小的我只好窝着一团巨大的怒火，往学校走去。后来在路上碰到一脸尴尬的她，我硬是撅着嘴没上车。事后，她说快到学校的时候还碰到熟人了，熟人问她去哪儿，她还心想没看见车上的孩子吗？当然去学校了。

可尽管是脑海中不断浮现这种离谱的回忆，我依然在那一年的母亲节礼物上歪歪扭扭地写下：“Best Mommy in The Whole World”，然后她美滋滋地去找李二妈炫耀一番，因为李二从来不会送礼物给她妈。可有一年李二妈破天荒地收了回礼物，李二送了她妈一盆紫色的盆栽，寓意欣欣向荣投其所好。可是第二天，孤寡老人王奶奶就挨家挨户问：“你们看见我紫色的盆栽了吗？就放在门口……”

我把自己摔在床上，可是就连李二也修成正果了啊，我那风雨飘摇的人生何时才能安居乐业？上帝何时才会让我的人生也出其不意一回？

这一晚，刘真又例行消失了。然而，第一次，我破天荒地睡着了，连梦都没有。醒来后觉得很恍然。原来，习惯是这么可怕的东西。

公司开早会的时候，Z重磅宣布：“总部规定从春节后开始，各分公司停止收取现金保费，一律通过银行转账，年底列入考核指标！”接着Z慷慨激昂地说，“引导客户转账的重任就要靠我们客服部来担了，各位必须一刻不能松懈，要全面进入战斗！”

这都上升到战斗级别了，看来一场血雨腥风是逃不掉了，我面无表情地想。

“王小能！”

我一惊，莫非我想什么她都听见？

“年前交保费的会很多，你这几天就先专收保费吧。”

我顿时觉得一片黑暗，上次五千块钱的阴影还呼之欲出呢，偶尔做个噩梦都会出现五千块。我嘟着嘴走出会议室，马小猫回头调戏我：“领导是想叫你哪里跌倒就在哪里爬起来啊！”我回了她一个无声的白眼。

果然交保费的人蜂拥而至，我一看窗口一堆人头攒动，血就往上涌。忙得昏头脑涨的时候，一位高大的男士出现在我的柜面，递给我一张信用卡，我看了一眼背面还给他：“对不起，信用卡必须要由持卡人本人刷，麻烦您换张卡。”

高大男毫不示弱，语气傲慢：“为什么不能刷，为什么别处能刷就你这儿不能刷？”

“这是人行的规定。”我知道又一场博弈开始了，所以努力让自己看起来知性而有说服力，“我们是金融机构，遵守金融秩序是我们的责任。”

谁知高大男在这一句之后，噌一下火了：“你别给我打官腔，我今天就非要刷这张卡，你看着办。”

说完就挡在了我的柜面，后面的人无法上前。此时，凭着我刻薄的本能，我脱口而出了一句日后令同事们广为流传的一句话：“拜托你能不能不要这么幼稚？”

高大男在这一句之后，明显有些慌张，我想这一句定是触及了他的灵魂，这一定不是他第一次失态了。他的人生经历里必定有次被甩的时候，女方说：“你太幼稚！”

正沉浸在这样的揣摩中不可自拔，Z闻讯而至。赔笑谄媚了一番后，高大男做出了更极端的举动，一把抢过柜面的POS机：“今天必须给我刷，否则你们别工作！”

Z见这个架势，自觉无力回天，叮嘱了几句就闪人了，留我跟高大男继续对峙。于是大厅里除了我这个柜面凝固了起来，其他柜面都忙得硝烟弥漫。上班不用工作，我不禁一阵窃喜，电脑上突然跳出马小猫的邮件：“王小能，这大哥是你找的托吧？请他到我这儿来坐坐呢！”

同时，各个柜面的转账引导也在如火如荼地进行着。于是整个大厅里，客户的不满情绪开始不断地膨胀，耳边轰鸣的全是解释、争吵、抱怨、谩骂。掺杂着个别极端暴力型客户。自我上班以来，因各种原因拉帮结伙到公司闹的人不计其数，但技术上来说都没什么创新性，无非就是恐吓恐吓，有个别动真格的也不过就是拿桌子把大厅的大门封起来，但也封不了多久。对于我们这种唯恐不乱的小喽啰来说，这真是不痛不痒不尴不尬的伎俩。

节前最后一个工作日，明天就是春节长假。漫山遍野都是一派龙腾虎跃喜气洋洋的景象。就连在马小猫面前指着马小猫骂的客户也别出心裁地穿了件猩红的棉袄。而此时，我清醒地意识到：我的世界开始进入倒计时。

第十一章　若只如初见

2011 年春节长假，欢乐的气氛和跌宕的内心不依不饶地对峙着。

正在家收拾去泰州的东西，表哥一个电话过来叫我开车去接爷爷。于是，10 分钟后，我在繁华的商业圈里接过表哥手中的车钥匙，开着他那辆闪亮亮的宝马 X6 招摇过市地兜过盐城的大街小巷，暗想：“像我这样再两袖清风视金钱如粪土的人开着这活的宝马 X6 也难以抵制占为己有的冲动啊。”哈，我要是在光天化日之下说出这句话，估计连路边的流浪汉都会忍不住骂我。

“吱——”一个红灯骤然亮起，我触不及防地回过神来刹车，交警一脸嫌弃地看着我，带着仇富的心理勇敢地给了我一个白眼。我赶紧摇下车窗呼吸点新鲜空气清醒清醒，车窗刚一下来，就听见旁边人行道上坐电瓶车后座的女孩用手戳着男友的背说：“哎哎，看这二奶，开宝马的。”二奶？天崩雷鸣一闪电！王小能，宪法里可是白纸黑字写着“人格尊严不受侵犯”的权利！

就是这样被宪法赋予的盲目勇气，一瞬间促使我完全摇下车窗，把整张扭曲的脸贴过去，用短而粗的手指戳着，对着他们气急败坏地说了句：“你们看过长这么寒碜的二奶吗？”

关上车窗，周围的空气开始慢慢变烫，清醒过来的我开始悔恨交加。如果再给我两秒的迟疑，我宁愿选择被当成有资质的二奶也不要把这张残败的脸暴露在光天化日之下。

终于，绿灯亮的时候，我羞愧难当猛踩油门，恨不得把我甩出去的宝马呜咽而去……

大年三十。

满桌都是我渴望已久的“高级蛋白质”，我妈忙前忙后上演好媳妇冰释前嫌以德报怨的戏码，爷爷心满意足地嘬一口小酒，脸颊泛着红晕半眯着眼睛道：“二子啊，咱村头的小花前几天刚生了个胖小子！”

“哪个小花啊？”瞥见春晚里朱军那一如既往的死鱼脸，我漫不经心地问道。

我妈防不胜防地给了我一下：“忘了？你把白浆草里的白浆骗人家当雪花膏抹在脸上，结果害人家起了满脸红疙瘩，肿了一星期。后来她爸找到咱家，我给人家赔脸赔笑还赔医药费！”

我从朱军的鱼脸中挣脱出来，被拖进这惊悚的回忆，想起了可怜的小花。

爷爷又嘬了口酒：“就是跟你打架，你把人家塞阴沟的那个。”

“就是被你看见从地上捡了个嚼过的泡泡糖，你把人家满世界发扬光大的那个。”一直在心不在焉地发短信的我姐也加入了这口诛笔伐的激动时刻。

我赶紧叫他们打住这么锋利的回忆。我天真烂漫的孩提时代，没有抱着洋娃娃穿着公主裙去萌大叔，竟是如此的阴森残暴。我终于知道，我究竟是在哪个点惹怒了上帝。

端着可乐走到阳台，火锅里蒸腾出的热气飘散出满屋子的其乐融融，明争暗斗了多年的我妈和爷爷终于携手志同道合地欣赏着春晚，等待着小沈阳的出现。祝福的短信声此起彼伏，漫天的恭喜发财、万事如意、早生贵子灌入耳朵。在这欢乐祥和的气氛感染下我也开始沉浸在这三世同堂的天伦之乐里。

远处的烟花出其不意地在夜空中绽放，绚烂地让我觉得心疼，而我和他的故事也如此这般的凄厉和短暂。

“我初三去找你，我有话要当面跟你说。”

“你没来例假吧?”

“你还想伤害我到什么程度?”

“我不想撒谎。”

我无力地垂下手机，再见还没有说出口之前，我是多么希望有一个可以咽下去的理由。

坐在去泰州的车上，接到马小猫的电话，劈头盖脸骂了我一通，最后说：“要保护自己，有什么事赶紧给我打电话。”

“行！回头给我立个贞节牌坊!”

“滚!”

我把头靠在车窗上，如此大费周章地去说一声再见真是可笑，更可笑的是，我竟阻止不了自己做这么可笑的事。如果再见必须要说出口，那么在说出口之前，我想好好感受和他在一起的最后片刻，以笑靥如花的姿态。

于是在这种心态的铺垫下，我竟嬉皮起来，我给他发了短信：“我去不了了，爷爷不放我走。”

“我就知道。”

“你不觉得失望吗?”

“还好，本来就没抱什么希望。”

本来还想着来点情调的我瞬间被泼了一盆冷水，从头到脚。

“去你也不觉得开心，不去你也不觉得失望，你难道没有喜怒哀乐吗?”

手机那头又是一如既往的寂静，映衬出我震耳欲聋的隐忍负重。

下了车，我在车站附近找了家宾馆住了下来。一到房间我就给他打电话：“我其实已经在泰州了。”

“你在哪儿?”

“你不是对我来不来没什么感觉吗?”

“快说在哪儿！”

“等我想想吧。”

挂了电话我就心安理得地去洗澡了，边洗边听着手机来电的铃声，心里升腾起报复的小快感，一直到我出来才假装很不情愿地告诉他我在哪儿。他说我回家一下就去，20 分钟。

我特意戴了隐形眼镜，我在抹隔离霜的时候突然想起我第一次去扬州见他时候的样子，头发乱糟糟，黑色羽绒服特别臃肿，小眼睛带着厚厚的黑框眼镜，别说抹隔离霜了，脸都没洗。我不禁感慨，这是要多强大的内心才会对我有兴趣？而这一次，我连指甲都做得雪亮，闷骚指数爆灯。我为什么要做这些我不知道，我只想漂漂亮亮地像个女人一样出现在他面前，而不是像第一次那样粗犷地像个假小子。

在楼下大厅看到他出现的那一刻，漫长的思念顷刻决堤，所有的心酸瞬间崩塌，我多想冲上去抱住他痛哭一场，可是我忍住了。他高大的身躯杵在我面前撇着嘴打量我，眉宇间挡不住的英气。偏黑的皮肤有些干燥，气色并不太好。但是只要他活生生地站在我面前，光这点就足够让我荡漾起来。

他微微一笑：“上去吧！”就像第一次收服我的那个笑容一样击溃我脆弱的防备，让我怀念起和他独处的时光。进房间之前，我义正词严地警告他：“咱这可是正儿八经的会晤，举止可不许轻浮！”

他邪恶地睁大眼睛假装恶狠狠地瞪我。

我们面对面坐着，他再次打量我，然后恍如隔世地说：“仔细看看还挺漂亮的嘛，怎么会没人追呢？”

“去！谁告诉你我没人追的？”我说这话的时候明显底气很不足，因为事实总是胜于狡辩，可怎么也挡不住我的厚脸皮，“为我杀人放火嗑药上吊的多了去了……”

他突然站起身触不及防地亲了我一下，然后握住我的手蹲在我面前，看着他邪恶的笑容我突然想要投降。慌乱地抵抗住这种无知的冲动后，我整理了一下情绪，问他：“为什么一直处心积虑地想甩我？”

“没有啊。”他闪烁着躲过我的眼神。

“那你不接电话是跟我过不去，还是跟所有人类过不去？”

“所有人类。”

“你对动植物好有爱心哦。”我苦笑着淡淡地说。

“你真尖酸!”他突然站起身往床上逼，他压过来我就开始杀猪似的嚎叫，他受不了耳膜的冲击只好作罢。这样两三次之后，气氛突然很尴尬，他趴在床上，我坐着倚在他身上，他开始慢慢亲吻我的手指，我开始不知道如何转移话题，时间也开始不争气地慢慢凝固。

直到他起身上厕所，出来的时候难以置信地说：“原来你又不方便?”

我说：“我们去吃饭吧。”

他突然拉过我说：“来抱一下。”

就这样他给了我第一次正式的拥抱，像真正的恋人之间疼爱的拥抱，不带任何的情欲。在那一瞬间，我恍惚觉得我就是他疼爱的女友，我们就要这样天荒地老地下去。

而这个拥抱也从此定格在我温暖的记忆中，成为我一次次放下自尊的帮凶。

走在大街上，他突然叮嘱我说：“如果遇到熟人的话你就站在旁边不说话就好了。”

“你嫌弃我吗?”

“不是啊，跟你出去还蛮有面子的。”

“为什么?”

“因为你漂亮。”大概是自己也意识到自己刚刚说的话有点不恰当，他立刻补救，“哈哈，骗你啦。”

一辆车猛地停在了路边，发出刺耳的刹车声。他总是这样脱口而出他最真实的想法，然后用道德底线衡量之后再改口。

我和他一起出去后才知道，原来他可以在出租车里牵手，可以电梯里牵手，可以在电影院牵手，但是在外面曝光的地方，是绝对不可以牵手的。

是的，到处都是狗仔潜伏。

回到房间之后，我们又开始了一轮又一轮的拉锯战。我大叫着叫他停住，我想告诉他我只想跟他好好说说话。但是我不知道，那时的男人是什么话都不想谈的。我趴在他身上，贴着他的耳边问："知道我为什么喜欢你吗？"

"为什么？"

"因为在我人生的大部分时光我都觉得自己是个男人，跟男人在一起像哥们，跟女人在一起又很 Man，但是跟你在一起的时候，我觉得自己是个女人。"

"所以其实我喜欢的是和你在一起时的那个自己。"

我自己都被自己这一段即兴表白感动了，可是他却不合时宜地说："你真变态！"

"你会娶她吗？"

"不知道，走一步看一步吧。"

我低下头在他耳边唱："She's so stupid what the hell were you thinking"他翻过身来说："你真恶毒。"我按住他不安分的手大声问他："你对我怎么样你自己不知道吗？你还想伤我伤到什么程度？"他就闭着眼睛沉默，不说话是他惯用的套路。我曾经以为或许他是真的不善言辞，直到有一天我发现不是。

时间一分一秒地过去，他开始变得有些烦躁，那种明显的不安分的烦躁。虽然我一再拒绝，他还是拉着我的手开始抚摸。在我们之前并没有愉快交谈的情况下，空气中除了怪怪的尴尬没有半点可以挑逗情欲的性感味道，我抚摸着他的手也明显感觉到他没有任何的快感。他扫兴地点了根烟坐到一边，电视放着施瓦辛格卸任的新闻。于是我抓住机会调侃起施瓦辛格，试图走出这尴尬的怪圈，但是没有效果。

我想他是真的有些生气，我们又不说话。

就这样过了好久，他再次过来抱我说："我要回去了。"他把我紧紧地拥在怀里，热烈地吻我，我想推开他却被他紧紧按住。我偷偷睁开眼睛记下这一刻的炽热。

然后他头也没回地走了。

我能明显感觉到他的不开心，但我别无他法。我问自己如果这是我们第一次见面，我会不会还像今天这样防备？

门"砰"的一声关上的那一刻，我知道这一次是真的要说再见了。可是谁懂我多么不舍得？我拉开门冲了出去，他在走廊里回过头来皱着眉头说："什么事？"我就站在门口望着他，望着这个从里到外没有一寸自留地属于我的男人，泪如雨下。

我那笑靥如花的最高理想就在这一刻白旗飘飘。

于是第一次，我在他面前哭泣，像个孩子，也像个怨妇。

他什么也没说，走过来把我塞进了门里。我慢慢躺到床上，擦着眼泪回想刚刚那一幕琼瑶苦情戏，觉得自己真是个人才。短信响了，我拿起手机一看，是刘真："我走了，注意安全，LP。"

"LP"？"LP"！我突然觉得好欢喜，他第一次这么叫我！他居然这么叫我！我在那一瞬间突然就忘掉我此行悲伤的基调，我觉得开始飘飘然起来，甚至开始期待起明天的相见，并且在这样莫名的欢喜中我竟然安心地睡着了。

当我睁开眼睛的时候，猛地抓起手机一看：8点。我立马从床上跳下来冲进洗手间，我可不想蓬头垢面地给他开门。可是等到9点的时候，他依旧没有出现，连手机也没有任何动静。我觉得有点生气，发短信故意对他说："我走了。"刘真说："嗯。"他居然说"嗯"！我甩掉手机开始生闷气，搞什么调调，不知道我开玩笑的吗？为什么不提要来送我？我一个人孤独地生了一会儿气就给他打电话："你在干吗呢？"

"还躺在床上呢。"

"你不来送我吗？"

"……噢，我起来了……"

他声音里掺杂着浑厚的不情愿，透过移动电波向我袭来。

我挂了电话开始等他，心里开始有种火山喷发的冲动，他居然不是主动想要来送我！我盘算着等他来之后要摆出哪种万般委屈的柔弱姿态来叫他内疚。我开始无聊地看着电视机，想着等20分钟他就会出现在门口，竟也有种恬不知耻的期待。

要说开始的20分钟是惴惴不安的等待，等到10点的时候我的不安跟莫明其妙的期待就变成了汹涌澎湃的悲伤，奔腾地淹没我仅存的希望伴随刺耳的嘲笑声。直到11点，这种悲伤，排山倒海。

11点，我再次打电话给他。我竭尽全力用正常的语调问他："你人呢？"他有点不耐烦地说："好了好了，我起来了……"

哀，莫大于心死。

我就这样被爱情玩弄了一把，它让我先入为主地爱上一个空壳，然后往里面填入所有和我整个人都背道而驰的特质。而我，要么全盘接收然后去死，要么肝肠寸断然后去死。

我别出心裁地坐在地上开始唱歌，紊乱的气息让整个房间响起一片万恶之音。我一边抽泣一边唱着，眼泪滴下来打湿了床单，直到后来泣不成声。我知道我来之前小心翼翼怀揣的希望破灭了，我远道而来下定了决心说再见，然而在心里某一个角落，我依然在微弱的祈祷哪怕一个让我把再见咽回去的理由。

但是显而易见，我的祈祷都转到了上帝的语音信箱。

那么剩下的时光我会好好珍惜。我擦干眼泪收拾好东西，开好门等他。他在12点的时候出现在门口，我努力让自己看起来很平常，我甚至撒娇似的把脚放在他腿上向他挤个微笑。但我承认，方圆一里之外都能闻到我整个房间浓郁的怨气。他问我怎么了，我躲过他的目光低下头穿鞋。起身的时候，他在我脸上亲了一下，拎起包走出了房间。

车站，售票窗口前，我们面对面站着。

“我不想回盐城。”我盯着他说道。

“那你去哪儿?”他的眉头皱起来。

“我想去阜宁，我同学在那边，我想去聚聚而且我想去看看外公。”

（去盐城的车是下午1点，而去阜宁的车是下午3点半）

“买去盐城的吧。”他的语气有些强硬。

“可我想去阜宁。”

“那你要等到3点半哪?”

“……”

这样的反问语气让我一时失语。僵在那儿几十秒后，我倔强地说我要去阜宁，坚持主见是我的原则。他很不悦地说：“那你去买呗。”

我们出来的时候，他的脸阴云密布。我自己跟自己翻了一会儿白眼，实在受不了这种瘆人的气氛，拉住他哄他说：“我不就是想要跟你多待一会儿吗?”

“那你说现在干什么?”他没好气地说。

“去市区吃饭吧。”

“我本来的计划都被你打乱了。”

“什么计划?”

“下午说好和叔叔打麻将的。”

……

这是怎样的三流蹩脚电影里才会上演的情景？这是怎样的三流男女关系里才会有的对话?

到了市区，我们又开始纠结去吃什么，他又开始烦躁。我实在不想看他这样，就说要不我们去看场电影吧，一场电影看完也差不多可以去车站了。他虽然也不是很愿意，事实上他什么都不愿意，但是又没有更好的想法只好答应。到金鹰的时候我说要不我们先去买点吃的然后再看电影，因为那时已经快一点了，我从早上到现在都没有吃过饭是显而易见的，谁知他又劈头盖脸地凶我：“你怎么一会儿一个主意?”我说：“我不是怕你饿吗?”

这种蹩脚的尴尬我实在不想多做停留，我苦笑一声说：“走吧，去看电影。”

那场电影很冷清，整个电影院空空荡荡只有零星的几个人。我们坐在漆黑的电影院的后排，之前所有的不愉快仿佛都烟消云散，他牵着我的手。我真的很想和他看场电影，因为我实在不知道在我们的现实世界里如何让他安心和我一起感受生活。虽然不是爱情电影，而是《武林外传》。也好，我无法逗他开心大笑或许电影可以。他会在一个爆笑点开心地一把搂过我，这种类似于情侣的感动再一次轻而易举地秒杀了我。

我的手就握在他手里，我在屏幕投射的微弱光芒里看着他，这么近，那么远，轮廓就像我第一次看见的那样分明。如果这是最后一次见面，那么我要留给自己一个温暖的回忆。我把头慢慢埋进他的怀里，我想乞求时间就此停止，哪怕带走我所有仅剩的尊严。

但是总归是要曲终人散。

第十二章　怎样的男子

车站的路上，大街上一件件崭新的棉袄反射出耀眼的光芒冲击得我一阵头晕。

刘真的手机响了，接完电话，他终于笑逐颜开道：“赶紧把你送走，我朋友喊我打游戏呢。”

……

我只好无趣地翻了个白眼伴随着心底的苦笑。

坐在候车大厅里，他拨弄着我的包说：“我女朋友的是白色的。”

“那你喜欢白色还是黑色的?”心里为自己想出这么别有用心的问题暗自鼓掌。

他轻笑一声，眉毛高高耸起：“你真酸!”

之后我们就烦躁不安地坐着，车站里人来人往，每个行色匆匆的人都好像有个惊天动地的秘密。

穿着刻意整齐的老爷子拎着大蛇皮袋不时地看着手腕上的民国手表；刘海遮住两只眼睛的学生妹拉着小男友不停地切换着非主流表情；对面咸

湿的大叔贼眉鼠眼地偷瞄姑娘肉感十足的大腿；一旁的大妈紧蹙着眉头，不停地摩挲着手中早已稀巴烂的餐巾纸。

每个人都有自己的世界。唯一相同的是，这里的每个人都在等待告别，等待离开，等待出发。不管他们有着怎样波澜不惊或惊天动地的故事。

“哇——”整个车站不设防地突然响彻某个不上道的儿童撕心裂肺的哭喊，挥之不去的万恶之音激活我尖酸的本性，让我开始有种想要见血的冲动。

我把脸转向正在发愣的刘真准备开刀，但他侧脸英俊的轮廓还是让我开了一秒钟的小差。

回归思维后，我说：“你从来不表明立场，你说你不善言辞，那么你喜欢玩 Yes or no 的游戏吧。你现在不用说话，我来问，你只要回答 Yes or no 就行。”

刘真看着我，重重地呼出一口气：“好！”

显然，他知道这是种酷刑。

“你喜欢我吗？”

“Yes.”

“喜欢我的尖酸刻薄吗？”

“Yes.”

“想跟我上床吗？”

“Yes.”

“想我做你情人吗？”

“No.”

“想我做你女朋友吗？”

“No.”

“想结束吗？”

“No.”

一连串的问题没有停歇地问下来，盯着他淡定自若的眼神，我努力克制就要千军万马杀出来的眼泪。

就在这时“砰”的一声，一直嚎叫的男孩终于摔碎了妈妈的茶杯。看着一地的碎玻璃，我听见心里某个地方什么东西摔碎的声音，震耳欲聋。

“如果着急就先去游戏吧，不用陪我等了。”我淡淡地说。

“不行。”

“我以后再也不来找你了。”我越来越面无表情，因为显然，我笑不出来。

“那我就去找你。”

我转过头尽量不去想象他说这句话的表情。我怕我一心软会抱着他的腿说：“求你让我做你小三儿吧。”

检票提示响起的时候，他拉着我站起来。我突然觉得很害怕，走过去就是一次生离死别。那么最后，我要记住他的脸。我看向他，他的眼神深邃到我无论如何都猜不透。这是我至今看过的最有棱角的脸，剑一般的眉毛更让这张脸英气十足。

我突然希望我还有时间，拿起画笔能为这张脸画一幅素描。但是鉴于二十几年来我只会画五角星，所以这只是个幻想而已。

“你会想我吗?”突然发现自己已经泪流满面。

“会。”他没有犹豫，接着皱起眉头说，“不要哭了。”

“保重。”止不住哭泣的我最后挣扎起一抹微笑，然后头也不回地走过检票口。

我根本不敢再回头看他，我怕那张脸会击溃我刚刚建好的堡垒。如果说这是一场战争，那么敌我力量太过悬殊，所以尽早全身而退是最明智的选择。

坐在车里，梨花带雨的我引来众多揣测的目光。

没开出去多久，刘真的短信跳了出来，还是“猪猪”。我曾经跟他讲过很多次，我怀疑“猪猪”是他对所有女孩的统称，所以我强烈要求换昵称。即便这样，每次他这样叫我的时候，我依旧能立马沉沦下去。我打开后盖把电池从屁股后面抠出来，然后一股脑儿全扔进包里。是的，第一次，我选择视而不见。我默默为自己喝彩：“王小能，好样的!”

刚切换到坚毅的表情，才想起关机其实是不用卸掉电池的……

车子一路颠簸带着我离他越来越远，车里一张张面孔渐渐开始木讷起来。而我，半眯着眼睛突然觉得好累，脑海也慢慢开始混沌起来，恍惚中还能闻到他的气息……

“吱——”伴随着刺耳的刹车声，我猛地睁开眼睛，整个车重心全部前移，所有人“啊”的一声，身子瞬间前倾，只觉得五脏六腑都跟着颤动。还没平稳下来，大巴车里一阵骚动和抱怨，我顿时觉得肝火郁结，嗖的一下站起身，对着司机大喊：“他妈的怎么开车的?”

这一声也把我自己彻底喊清醒了，看着大家伙诧异又略带敬畏的目光我怯生生地坐下来。

我刚刚居然加了个“他妈的”，显然，大伙都没想到面相如此忍辱负重刚刚还梨花带雨的小姑娘说起这三个字竟然这么铿锵有爆发力。我赶紧闭眼假寐，这时听见过道一边的女孩小声对旁边的大妈解释：“她肯定是被吓到了。”言下之意就是我刚刚的粗鲁完全是应激反应，并不影响我正常的人格。虽然这解释并不符合事实，但感激之情依旧油然而生。谁知，大妈却在这时来了一句：“丫头刚分手……”我赶紧歪过头做倾听状，却怎么也听不见。我微微一睁眼，发现前后大哥大姐都伸着脑袋做侧耳倾听状。我说：“大伙，要不要这么八卦?”

大巴车驶入阜宁车站的时候，夜幕已经拉了下来。为了避免尴尬，我飞快地站起身就往前冲，却不小心绊到了大爷的蛇皮袋，在我面容扭曲地跌倒的那一瞬间，我终于明白，祸，是从来不会单行的。虽然你一再请求上帝点到为止，但是上帝正在兴头上玩儿得起劲儿。

终于，平安无事地走到了大街上。我从包里掏出被肢解的手机装好，一开机文菁的电话就来了。

“你，还健在哪?”

“健在谈不上，还活着。”

“什么时候回来?”

“现在在阜宁，明天回去。”

“我今天街上看见袁尹了。”

“怎么样?那一眼倾国倾城吧?”

“去死，回来说。”

挂了电话，看看手机上并没有跳出一连串急切的短信出来。我叹了口气，直奔外公家。

一进门就发现楼下客厅里满坑满谷的叫不上号的亲戚正喝得面红耳

赤，幸好二姨及时出来迎接我。一阵手忙脚乱之后，我带着一抹僵硬的笑容坐在桌子上。已经饿了一天的我，顾不得满桌的客人开始自顾自地狼吞虎咽起来。

“小能啊，你看你就顾吃也不认人，这是你表侄。”二姨笑着介绍。

我一抬头，看见一30出头的大哥：“嘿，侄子好！”心里再次为我们家族惊悚的辈分感到无奈。

“旁边那是他妹妹。”

一个温婉可人的美女正优雅地朝我微笑。

“在哪儿工作啊？”桌上一位称职的大婶终于不负众望地问。

“噢，我在国税局，我哥在地税局。”美女从容不迫气宇轩昂地答道。

一桌人立马骚动，连连赞叹：“好，好单位啊。”

“有对象了吗？”大婶按着惯例继续追问。

“我男朋友在国家电网，我们差不多明年结婚了。”

“房子在哪儿买？”另一位大婶也不甘寂寞。

“河蓝湾。”

“哟，那是别墅区啊。”

“哎哟”、“啧啧”、“好好”，这种也不知道是不是发自肺腑的赞叹声开始满桌地飘荡。是不是每个人的家庭聚会都有那么一个哪儿哪儿都出类拔萃，轻轻松松就能把人生过得风生水起，看起来还不骄不躁的同龄人叫你自惭形秽哭爹骂娘想挖个地洞钻进去？

虽然她说的语气淡定自若，但是依旧能感到那种从骨子里透出来的显摆。这不明显吗？问你在哪儿工作，非要同时说你哥在哪儿工作。人问你哥了吗？问你哥了吗？问你有没有对象，就说有没有好了嘛，人问你对象工作了吗？人问了吗？人问了吗？

“那丫头，你在哪儿上班啊？”正在嚼着肉丸的我感觉一股寒气向我逼来，也不知道这位大婶究竟是有心还是无意。

我愣了两秒，我不知道当其他人被这样问的时候，是不是和我一样想说一句“关你屁事”，但最后还是把心一横笑着说：“我在保险公司。”

气氛不出所料地凝固起来，大家脸上都带着一种难以名状的古怪表情。

“她不卖保险的。”二姨赶紧尴尬地解围。

嘴里的肉丸开始苦涩起来。

“噢……就说嘛，有对象了吗?”

“做了小三刚被甩掉。”我想象自己说完这句全桌的表情，最后乖乖说，“没有呢。”

“你在盐城吧?”大婶的眼神突然有点放光。

“嗯。”

“我有个朋友托我给他儿子找个，他家就是盐城的。今年27，公务员，人长得很帅。”

……

“哎哟，这个好，她就要找公务员呢。”二姨连忙凑上去，“那他们家找个不是公务员的人愿意吗?”

“我这条件，我高攀不起啊。”我无奈地抗议。

“去去!”

见她俩不可自拔地谈起来，我悄悄起身离开桌子上了楼。

推开半掩着的门，看见90岁的外公正气定神闲地看着书，他心爱的紫砂壶就在手边，桌上一边摆着刚写好的书法，墙上挂着各位名家的墨迹，和饱满的书柜一起给了我来自书香门第的自豪感。

我在门口站了一会儿，屋里的宁静和楼下的喧嚣格格不入。我关上门，走过去：“外公!”外公抬起头：“噢，你来啦。”自从我记事起，我们一般都只是这样的对话。他不爱跟子孙多说话，他的诗词集我也看不懂。记得念书住在外公家的时候，有时候在路上碰到他，俩人都能相视无言。

我拿起他刚写好的字，想起小时候踮着脚看他写字的情景，转眼就过了这么多年，如今他的字已经明显少了腕力，他也到了风烛残年的年纪。我拉了把凳子坐在他旁边，看着他脸上岁月坚韧的痕迹，一瞬间觉得心里无比妥帖。我不知道其他人是不是有这样的感觉，在老人身边，他饱经岁月的心境能感染你。不用说话，就能感到内心无比的宁静。

我就这样陪他坐着，所有惊涛骇浪的情感都神奇地平静下来。再汹涌的感情也抵不过岁月的力量，哪怕你只是轻轻碰触。

那么今天，我遇见了怎样的男子，我该如何形容他的样子。

第十三章　你就是毒药

早上到盐城的时候，街上飘起了毛毛细雨。

下了公车我一路小跑奔回家。刚到楼下，手机就急促地响了起来。不是刘真，接了电话听见马小猫懒洋洋的声音。

“回来没?”

“嘿，刚到。”

“我和文菁在街上溜达，一不小心就溜到你的地盘了。”

“我说你们真是重口啊，大冬天大早的就出来溜达。”

“我们早饭还没吃呢，刚喝了碗豆浆，准备到你家楼下这片吃个早饭。”

“好，到张记吧，我请……”

刚想说你们先等会儿，电话就没心没肺地挂掉了。得！踩起风火轮直奔张记。

张记的生意依旧红火，大年初五店里就坐满了悠闲地吃着早点的居民。一眼就看见她俩已经坐定，文菁耷拉着脑袋一脸幽怨，马小猫端着小镜子左右端详。

我风尘仆仆地走过去，敲着桌子："哎哎哎，现在怎么换口味了，改大早上出来溜达了？"

马小猫一抬头："哪儿啊，我可是出来遛她的。"边说边指着苦笑着看着我的文菁。

"怎么了这是？"我拉了把椅子坐下来。

"昨晚上就奔我家去了，硬是赖着没走啊，你说这大过年的。"马小猫喝了口豆浆继续说，"你说你们年轻人谈个恋爱要殃及多少无辜啊。"

"究竟怎么回事啊？"我开始越来越疑惑。

"让她自己说。"

我把脸转向正笑得无比委屈的文菁准备听她倾诉。

"哟，这不是小能嘛！"一个声音猝不及防打断我们，我一抬眼发现是张记的老板张叔，正乐呵呵地站在我们桌前。

"嘿，张叔，给您拜年了！正好，给我们来三碗豆腐花加三个茶叶蛋。"

"好嘞，你可有一阵子没来了吧？"

"嗨，我这工作了哪儿还有时间悠闲地下来吃个早点啊。"

"也是，也是，现在赚钱啦！"

打发完张叔，我赶紧催促文菁快说。

"我昨天街上看见袁尹了。"文菁顿了一下，重重地说，"和一个美女。"

说完捂着脸做悲痛欲绝状。

"你就不准人家跟表妹堂姐去逛街？"

"你跟你表哥牵手逛街？"

文菁这一句问得我彻底无语，马小猫在一边抱着豆浆一个劲儿傻笑。

"节哀顺变吧。"除了这样苍白地安慰我实在不知道说什么。

文菁叹了口气，哭丧起脸："真的想起他我就觉得心疼，他上次拒绝我的时候还说他现在只想工作不想恋爱。"

"男人拒绝女人无非就那么几句，颠来倒去换呗。"马小猫蔑笑一声说道。

"是啊，我小学时的男朋友报了好几个课外班也没有因为负担重而拒绝我啊。”

再次听她回忆起童年轰轰烈烈的爱情故事，我和马小猫不约而同地抓着脑袋扑哧一声笑出来。

“来喽！”张叔和羞涩的服务员一齐把早点端了过来，“等急了吧？”

“张叔，我们没点南瓜饼啊。”看着桌上一盘金灿灿油酥酥的南瓜饼，我疑惑地问。

“这个是特别赠送的，你们尝尝。”张叔憨笑着答道。

“嘿，谢谢您！”

“这大叔真好！”文菁边夹起一块南瓜饼边感叹道。

“你呢？跟刘真怎么样了？”马小猫触不及防地问，文菁犀利的眼神也瞬间逼向我，颇有风水轮流转的意味。

不知道为什么，心突然抽搐了一下。

“能怎么样，结束了呗。”我淡淡地说。

“真的假的？”

“真的，我想明白了，我天生一当主角拿奥斯卡的料儿硬是跑到别人的蹩脚戏里当配角，掉价！”

“早就该断了！”马小猫剥着茶叶蛋，“人家当小三要么得到钱，要么得到爱，你说你得到什么了？”

“一句喜欢而已，就骗得你奋不顾身了，说你什么好。”文菁也不甘寂寞地加入讨伐的阵营。

“反正现在结束了，就当姐误入歧途了一回。”

“你别下次他又说点好听的你又屁颠屁颠的。”

我扔下调羹，端坐着把手摊开悬着，做出把手放在《圣经》上的样子：“我叫王小能，我发誓我跟刘真彻底结束了。如果他回头哭着求我跟他好，我撒腿就跑。”

“得了吧你！”她俩齐刷刷叫我打住。

“走吧，明儿个好好上班。付钱去！”

抓起餐巾纸，我飞快地跳到收银台：“张叔！结账！”一边掏着钱包。

“不用了，不用了！这顿我请你们吃！”张叔一个劲儿摆手。

“这怎么能呢，我不能白吃啊。”看着张叔一脸的情真意切，我惊悚地问。

“嗨，你都好久没来了，下次来再给钱。”

我还没来得及硬塞，张叔就赶鸭子似的把我们推出了门外。第一次碰上这种吃饭不用给钱的好事，我有些发愣，等我拽着钱包站在张记外面时，我们仨是面面相觑。

“嘿，老板真好！”

“不对啊，虽说张叔平时人就很 nice，但是也最多是加量不加价。”我嘀咕着回过头咬着嘴唇疑惑地望向张记，“吃饭不要钱，是不是想泡我？”

“也有可能是想泡你妈。”马小猫八卦地开玩笑。

大家都乐了，推推搡搡地往前走。我把她俩送到路口红绿灯，突然想起文菁和袁尹那段，于是立马深情又楚楚可怜地望向马小猫：“你抱抱我好吗？”马小猫立马心领神会地演起来，就在我们相拥的那一刻，文菁无比幽怨的眼神，让我再次体会到往朋友伤口上撒盐是多么欢乐的事。

看着她们摇曳的背影，我突然觉得很感激。遇到的人形形色色，情商智商参差不齐。这个世界让我越来越困惑，谢谢你们让我看清楚。

什么是喜欢？当一个男人说喜欢的时候，就好像一个小男孩在橱窗里看见很酷的小坦克和玩具手枪，他会觉得很想拥有它们，但如果你拉他走开，他事后也不会记起。如果给他买了，他会高高兴兴捧回家，这时你会发现他有一个大盒子里面装满了他喜欢的玩具。下一次他看见喜欢的还是会想要，捧回去扔进盒子里。

转过身，我拖拖拉拉地往回走，人格也慢慢分裂开来。

一个人格说：“喜欢这种感情太浅薄了，就算王小能你思维再敏捷也想不出个皆大欢喜的结局。所以这次就来个彻底的了断。”

另一个人格说：“王小能，他的拥抱你还记得吗？他看着你的时候温柔的眼神你还记得吗？那个空旷的电影院还记得吗？也许，他的苦衷是你这种毛孩子禅悟不到的。”

而第三个人格，说不出话。为自己人格分裂的现状感到无可奈何的悲伤。

拖着三重人格，我疲惫不堪地打开门，我妈立马嬉皮笑脸地迎了上来，害得我抖落了一地的鸡皮疙瘩。

“干吗?”我畏畏缩缩地问道。

“你二姨打电话跟我说了，这回人家给你介绍了个警察，公务员呢!”我妈眉毛一挑，双眼放光，仿佛看到了活的小沈阳。我叹了口气，逃避她等待回应的殷切目光，径自快步走进房间。

谁知我妈不依不饶地跟着追了进来：“你没本事给我考上，起码给我找个公务员吧?”

“你可别忘了，你小学一年级就答应给我光宗耀祖的，我可是一直等着呢!”

……

我把包扔下来，僵尸一样地倒在床上。

“不是我不去，您忘了? 大三我可是欢天喜地奔去相过银行的金融小开，结果怎么着? 跟我装神弄鬼谈了一个小时对美国的深仇大恨，拖着不让我走，硬是鼓动我加入邪教组织。我那次可是连滚带爬屁滚尿流地回来的啊！您差点就在塔利班的通缉令上看见我了!”

每次想起这万恶的回忆，心里就是一阵后怕。

“除了这个，人家哪点配不上你?”我妈嘟哝着，但是明显底气不足。

“再说大四上学期，你威逼利诱，以不给生活费做筹码，我又去相了个老师。我倒是一见倾心了，但人见了我之后跟我讲了一个小时他弟弟怎么怎么好，怎么怎么适合我。我的自尊心受到严重的创伤，直接导致我现在心里严重畸形，间接导致我贼眉鼠眼没人要。”

我妈在我这番悲愤陈词之后，并没有要投降的意思。

“您要实在觉得闲得淡……然无味”，“您就整点老年人喜闻乐见的活动，别整这些不靠谱的。”

“这个还真靠谱，你去见见，你二姨说脸模子长得比小沈阳还好看。”

……

说起小沈阳，我妈一脸的沉醉，大妈的面孔配上少女的情怀，我瞬间觉得小沈阳真可怜。

“哎哟!”一不留神，我妈就在我大腿上狠狠拧了一把。

“今天这个你必须去，李二妈昨天给我打电话了，显摆得要死！我……我一时没忍住……说你找了个……”

一听这话，我立马气急败坏地坐起来瞪大了眼睛盯着她，她降低了音调继续说剩下的半句："公务员家里还很有钱。"

……

"我都已经替你答应人家了，你晚上就去看看嘛。"

"看在您是我亲妈的份上，我去最后一次，下不为例!"我只想求她快让我静一静。

看着我妈欢喜离去的背影举起胜利的旗帜，我嘴角突然挂起一抹邪恶的笑容。我和我妈的风起云涌的战争，反败为胜是我一贯的杀手锏。

把自己重重地摔在床上，却又不自觉地拿起手机，我为自己感到泄气，我还在等待他的只言片语。我把手机关掉，我要睡一觉。就算你是毒药，我也要努力戒掉。

总有一天我会像电影角色一样沧桑淡然地说道："I'm clean now."

第十四章 谁是火星人

吃午饭的时候，我妈一脸忧愁地仔细打量了我好几轮，最后实在忍无可忍地说：“你吃完饭能好好洗把脸吗?”

“就算拿搓澡巾把脸搓烂它也不会变成章子怡。”

我妈刚要抬手，房间的电话铃声及时解救了我。

接完电话出来，我妈喜眉笑眼地说：“崔阿姨打来的，定了晚上相亲，一会儿人小伙子会联系你的。”

吃完饭开了手机，就看到了“晚上在哪儿见面?”的短信，刚要回，电话就不耐烦地打了过来。我立马按掉了，不知道为什么，我很怕一接就听到小沈阳村哥般的乡音。想着如果场面实在尴尬得无言以对，我起码还能闭着眼睛友好地跟他交流下涮火锅的心得，我回道：“老城火锅店吧。”

过了 30 秒，那头传来简单精练的两个字：“6 点。”

这，似乎不是小沈阳的风格。

出门前，在门口穿鞋的时候突然想起我妈的话，于是跑进洗手间洗脸。不管怎么说，人小沈阳毕竟是个男人。我一口气开了四盏暖灯，把镜子擦了好几遍，最后绝望地发现我妈叫我洗脸是多么人性化的委婉建议。年轻时白里透红的脸，此时却是黑里透着黄，黄中泛着黑，细纹和痘痘此起彼伏。

叹了口气，我随便登了双棉鞋就出门了，去给这张本该孤独终老的脸找个归宿。

“A8 桌。”又是简单精练的两个字。

在外面架好电瓶车，我就直奔 A8。这个桌子是有板隔着的，比包间就少了一道门。当我奔到 A8 的时候，眼镜上起了一层雾气，模模糊糊看到瘦高的黑乎乎的一团。

“嘿，你好！”对着那一团边打招呼，边坐下。一坐下，我就立马摘了眼镜，在棉袄上胡乱擦了两下。

重新戴起来的时候，我怔住了。我突然有种想要把我妈拉过来当面对质的冲动。这他妈的是小沈阳吗？金三顺你没看吗？这明明就是盐城版现场版活生生版的玄彬啊。即便是在冬天，他也让我感觉到了夏天的清爽和干净。

而他，正倚在椅背上一脸不可思议地看着我，眼神中还残留着一丝还没褪去的惊恐。

我这时才注意到，我穿着傻大姐般的卡通版小棉袄，帽子还盖在头上，臃肿得像个面包，从面前的火锅清汤里都能倒映出我的傻样。如果对面坐着的是小沈阳，我甚至还能怡然自得地吹个口哨。

但是现在，我默默地把帽子拿下去，同时不自在地咳了两声。抬眼看他依旧在用猜不透的眼神看着我，而他的周围仿佛有一种强大的气场叫我自惭形秽，很想说：“那个，对不起，我刚从火星掉下来。”

“我的情况崔阿姨都跟你说了吧。”他终于开口了，语气虽然很平和却掷地有声。

“噢，你派出所的。”我急忙回答，感觉有点不对劲儿，立即改口，“不是，你 110 的。”似乎更不对劲儿，“不对不对，你公安局的。”这时，我已经很想拿砖拍死自己了，王小能，你真逊，见到帅哥就语无伦次。我在心里暗骂。

花了两秒稳定了下沸腾的荷尔蒙，我终于抬起头微笑着用王小能的语气说：“你是警察叔叔。”

他嘴角终于微微上扬，似乎很享受我一个人二百五的表演。

“我叫修远。”他的背终于离开了椅背，两只胳膊放在桌上，身子探了过来：“听崔阿姨说，你长相甜美，礼貌孝顺。”顿了一下接着用一种极其玩味的语气说，“身材丰满，容易生养。”

说完，目光滑过我的胸，带着一抹邪笑。

他靠近的时候，我可以清楚地看见他下巴的胡须青茬。我不自觉地猥琐地吞了口口水。但他傲慢不羁的眼神瞬间把我拉回，我狠狠地咬住下嘴唇，挣扎了两秒终于把心一横紧急召回我尖酸刻薄的人格：“崔阿姨说的没错，只不过甜美萝莉卖萌风只是我的多重人格之一，我走精神分裂路线。”

我说话的时候他就盯着我的眼睛，嘴角依旧上扬。我不卑不亢地迎着他的目光继续说：“礼貌孝顺是我们家暴力教育的伟大成果，其他妈妈还在试图跟小朋友讲道理的时候，我妈就直接操起一把菜刀架在我脖子上了。”

“至于丰满生养问题，虎背熊腰的女人还真有得天独厚的优势。”

他安静地听着，饶有兴致的模样。

服务员小哥这时推着小车走了过来，他似乎回过神来，说：“这家上菜比较慢，所以我先点了，你要吃什么还可以再点。”

我接过小哥递过来的碗，“这是辣酱吗？”

“是。”

“麻烦能换芝麻酱吗？我最近有点音道发炎。”

小哥端盘子的手猛地颤抖了一下，对面的修远也凝固了正专心致志擦桌子的手，抬头惊恐地看着我。

我终于意识到问题的所在，一把抓住小哥端着盘子的手腕，指着喉咙拼命地解释：“是这个，是这个音道……”

对面桌子上的男女赶紧扭头围观，羞涩的小哥有点被我吓住了，我慢慢松开他的手，低下头去。人生总是这么让我泄气，不管我如何上进想要风度翩翩却始终甩不掉这如影相随的二百五气质。

小哥退下之后，修远敲了两下桌子，我抬起头来，他指着自己的喉咙：“哎，这个，叫声带。”然后嘴角又挂起狡谲的笑。

他笑起来的时候居然隐约看到酒窝，却难得没有丝毫奶油气。我虽然心里一再痛骂这次相亲的始作俑者，但却在某个角度感激起她莫名其妙的厚爱。

他的电话这时候响了起来，他拿起电话，又深不可测地看了我一眼。迟疑了一下，接了电话说："我有事呢，回去再说吧。"

想着这次相亲反正已经注定是我人生中一个难以抵抗的失败污点，我开始安心地涮起肉来，却发现他一直没有动筷子。肉还挂在嘴里，我问："你不吃吗？"

他看了我一眼，拿起餐巾纸伸过手来把我这边滴在桌上的汤水擦了个干净。

"你有洁癖？"

"噢，有点。"

"处女座？"

"对。"

"我也是处女座哎。"

"你有洁癖吗？"他显然不相信我是以注重细节著称的处女座。

"我吗？我一星期没洗澡了，你闻闻。"说着我就欢乐地把头伸了过去。

他立马下意识地往后退，嘲着筷子看着他惊恐嫌弃的眼神，我顿时觉得一阵洋洋得意，笑嘻嘻地看着他，看出我的伎俩他轻笑一声拿起了筷子。

小哥又过来了，递给我芝麻酱，又拿起泡在冰块里的鸡肉滑开始往修远的锅里挤。

"你刚刚从厕所出来吗？"修远问。

"嗯。"小哥腼腆地答道。

"你洗手了吗？"

……

小哥明显很慌乱，他干燥无比的手就是铁的证据，修远果然是警察。

"那你是要我们吃睾丸味的鸡肉滑吗？"

修远说话的语气仍然很平和，却字字重磅。小哥的脸涨得通红，怯生生地不知道该怎么办。气氛极其尴尬，我赶紧接过他手里的鸡肉滑往自己锅里挤："额……我不介意尝尝新口味……"

小哥赶紧顺着这个台阶逃了。

看着小哥含恨而去的颤抖背影，我盯着淡定自若的修远，发现他的洁癖真的严重到强迫的地步。而他，却不以为然。

两口锅欢腾地沸腾起来，手机突然跳出短信来，是刘真，他问："宝贝，在干吗呢?"

心又被勾了起来，我必须承认的是，在任何时候，他都能轻而易举地越过我开启的防火墙，荼毒我心里的每一个角落。可是正因为他如此致命的破坏性，所以尽快安装全面的杀毒系统才显得迫在眉睫。

"我在相亲。"

"你怎么这样?"

多可笑的问句。

"我为什么不能这样? 我现在反正是一个人想怎么样就怎么样。"

我就这样撂下狠话惹怒了他，可是我不想再没有原则地说对不起。但却觉得心里突然一阵慌乱，我抓起手机对正在擦着汤渍的修远说："我去打个电话。"就逃到了洗手间里。

蹲在厕所里，我默默召回我果断决绝的人格，她拍着我的肩膀，用无比坚毅的目光说："王小能，好样的！你终于往重生勇敢地迈出了第一步！"

我把手机塞进口袋里，起身的时候裤兜里的五块钱不小心滑了出来，我惊叫一声，钱就不偏不倚地飘到了便池里。我本想算了，但一想起楼下王大妈的鸡蛋饼都涨到了三块五，我毫不犹豫地把手伸了进去……

我一边把湿答答的五块钱摊在桌子上，一边随口跟修远解释："刚刚洗手的时候弄湿了。"

修远放下手中的筷子，胳膊垫在桌上，嘴角微扬，盯着我的眼睛说："你刚刚上厕所的时候，五块钱掉了进去，你伸手把它捞了上来，在水池冲了一下。"

擦拭五块钱的手剧烈地颤抖了一下，我羞愤难当地问："你怎么知道?"

他笑了，右手两根指头一动，做了个让我靠近的手势，我怯生生地把头伸了过去。

"你裤子拉链没拉。"

我赶紧低头一看，拉链打开和里面的阿嬷红秋裤正张成一个血盆大口。我顿觉人生坎坷，哭丧着脸无比辛酸地拉好拉链。发现修远正憋着笑，我破罐子破摔似的酸酸地说："幸好不是一抬屁股就冲水的那种，不然今天我这5块钱就没了。"

在一个帅哥面前这么掉场子，如果不是我王小能有举世无双的厚脸皮，估计早就含恨上吊了。不过话说回来，如果没有这举世无双的厚脸皮，我王小能也不会在险恶的江湖上生龙活虎地活到现在。

"你说咱俩有戏吗?"我托着下巴调戏地问。

如果要把刘真抛在一边，我确实需要找点乐子。

"你说呢?"他轻笑一声，表情就像我问的是："我今天会中五百万吗?"。

我不满地撇撇嘴，随即继续调戏："那你喜欢哪种类型的?萝莉?御姐?"

他扫视了整个餐厅，最后指了指正在收银台付钱的性感美少妇。

"啧啧，这身材，翘臀爆乳小蛮腰，简直就是AV界一颗闪亮的明日之星啊。"

他终于看着我温柔地笑了，笑得很阳光很温暖，像牢房里的杀人犯看到自己疼爱的妹妹来探望他的笑。也许我这个形容很怪，但他就给我这样的感觉。

"吃完就走吧。"他站起身。

还沉浸在他的微笑和自己独自揣摩中的我不情不愿地拎了包跟着他走了。

走到街上，冷风吹在脸上，人越清醒心就越沉重。我想把跟刘真有关的一切连同那个空旷的电影院都一层层地锁进铁盒里，抱着它一路跋山涉水翻山越岭地站到悬崖边上，把它狠狠地抛下，然后转身带着坚毅而轻松的表情从此停止流浪。可是现实是，没有那样的铁盒，没有那样的悬崖，我只能选择暂时性视而不见，等着他随时随地地乘虚而入。

我慢吞吞地取完电瓶车，开到修远面前。

"哎，王小熊。"

……

“我们也见过了，各自回去也有个交代了。但你知道的吧，你不是我喜欢的类型。”修远认真地跟我说。

“嗯，知道。”我撇着嘴瞪了一眼一脸傲慢的他。

他轻笑一声，转身走向他的别克车。

我看了看自己的破雅迪电动车：“要不要坐坐电动车?”我笑呵呵地调戏他。

他回头看了我一眼，就钻进了车里。

我微笑着开动了电瓶车，虽然这次相亲还挺欢乐，却最后连做个朋友的约定也没有，甚至连一声轻描淡写的再见也没有。不过没关系，人生中有很多的擦肩而过和匆匆过客，他有他自己的世界，他有他喜欢的美女。他是个耀眼的男人，却是注定不属于我的人。就像橱窗里的昂贵衣服，很闪亮却不适合我，重要的是我也舍不得。所以，最后也只是欣赏一番，看完价钱后笑笑走开。

我们来自两个星球，邋遢的王小能和洁癖的张修远。那么，究竟谁才是火星人?

第十五章　失恋大过天

一开门，我妈就穿着睡衣八卦地迎了上来，一副恭候多时的模样。

“怎么样?”

“八竿子打不到一块去。”

她闪烁的眼睛立马黯淡了下来。

“那肯定是人家瞧不上你。”又触动了我妈恨铁不成钢的心结。

“那你要喜欢人家就主动点嘛。”

我把包扔在沙发上，做了个让她哪儿凉快哪儿待着的手势，她只好愤愤地转身进了卧室。

我缓缓地陷进沙发里，死寂沉沉的手机毫无悬念地保持安静，宽敞的客厅给了我巨大的空虚感。突然觉得好想他，想得眼泪夺眶而出。那种想念一瞬间漫山遍野疯狂地生长，淹没我残存的斗志，吞噬我抵抗的勇气。

于是 2011 年 2 月 7 日 8 时，在二十三年光阴的静默里，我终于清醒地意识到，我爱上刘真了！我浑浑噩噩横冲直撞假不正经地活了二十三年，第一次遇见了，不是高于友情低于爱情或纯属色情的任何一种情感，而是以维纳斯女神的名义定义的神圣爱情。在这个世界上，有那么多人转过无数次生命的转角，也从没感觉到爱情真的来到。那么，我王小能以爱情的名义，扔掉原则，放下骄傲，舍弃尊严统统都不为过。所以，这一刻，我可以忘记我跟所有人包括他说过的那句再见。

我怕我不努力，上帝就无法给我机会。

墙上时钟滴滴答答地响着，我坐在沙发上越来越无法抗拒要联系刘真的冲动。这种冲动终于在烦躁的滴答声中冲破了重围，旗开得胜。我抓起手机拨通刘真的号码，我想跟他说我想要的感情很简单，喜欢就在一起，不喜欢就分开。所以如果你喜欢我，我们就在一起，我可能没有办法把天上的月亮摘给你，但我可以随时随地为了你去死。

“你有喜欢过我吗?”

“没有，你太凶了。”

我听见有什么东西在我耳边碎裂的声音，差点刺破我的耳膜。

“你早上在家睡到11点我在酒店边哭边等你的时候，你觉得我凶吗?你急着去打游戏我还叫你不用管我的时候，你觉得我凶吗？你数落我没有计划拖累你，我还劝你不要生气的时候，你觉得我凶吗？我在你面前不住地流泪你却无动于衷的时候，你觉得我凶吗?”我羞愤难当地反问他。

再好的排比也形容不出我此刻的忧伤。

“行了行了……”他很不耐烦地打断我。

“你是不是很爱你女朋友?”

“嗯。”

又是一阵破碎的声音，震耳欲聋!

我用颤抖的声音说：“那既然这样，以后就不要联系了吧。”

“那你以后不要找我啊。”他突破了我承受力的极限，说了这句话。

“是不是如果我不联系你，你就永远也不会联系我?”

他的回答斩钉截铁：“是!”接着说道，“我还有事，挂了!”

情感颠覆得如此之快，我觉得自己忽然被推到了镁光灯下，一丝不挂，整个世界开始在那一刻嘲笑我，我是如此的一败涂地。挂了电话，泪水奔腾着汹涌而出，我用颤抖的手用尽全身力气发了最后一条短信给他：“我爱你!”是的，都已经这样了，也许更糟糕一点才够凄美。发完之后，我的世界就开始摇晃，找不到一个支点。

我，就这样被甩了。这是一个如此惨痛和血腥的事实，这是我人生中何等严重的硬伤。

我止不住地去一遍一遍地思考到底是哪个环节出了问题。我在半夜起来像幽灵一样地登人人网，去扫遍他那里的每一个角落，那毫无遮掩的一切确实让我循到了踪迹。有人说，你发的每一件新鲜事其实都在等一个人的来访，如果他没来过，这篇日志、这条状态、这张照片就像没有发过一样。而扬州一夜后，我在人人网里写下了关于他的十多篇日志。而他，竟一篇都没有点击过。他，从来没有试图了解过我，这个事实深深刺伤了我。他唯一的一篇日志是写给他女朋友的，里面的每一句都足以让我心如刀割。我认识他以来他所有的状态都是只叙事不抒情，我一直以为这就是他的风格。而当我第一次打开他以前的状态，满目疮痍像虫子一样开始钻进我心里。

原来，他可以如此赤裸裸地说出爱和想念，原来，那些肉麻的情话他只说给一个人听。

而在他的个人主页特别好友栏里，只有一个人，备注名“漂亮老婆”。我点开之后，看到一个喜眉笑眼的女孩，这是多受上帝的眷顾才会有那样快乐的笑容？这是被多小心翼翼呵护的女孩才会有的笑容？她的一条状态非常醒目地映入我的眼帘：“刘真，你疯狂爱上的女孩是否依旧难以忘怀?”

“疯狂爱上”这个词瞬间开始膨胀，脑袋嗡的一声轰鸣。我一张张地看里面的照片以及照片下的每一条留言。后来，我的目光开始停留在她的留言板上，那是大概一年前，满页满目都是刘真的留言，他甚至会在凌晨三点留言说：“想着你，睡不着。”

我是一个笑柄，一个一丝不挂的笑柄。

我被甩了！不管从哪一个层面看，我被甩的都是如此狼狈不堪。一个女人究竟是要糟糕到哪种田地，才会获得上帝馈赠的如此境遇?

我很想冲到大街上，拦住每个花枝乱颤天真烂漫笑逐颜开的姑娘，问她们究竟是要怎么做才能获得上帝如此这般的喜爱。我想亲自跟上帝对质，我究竟做错了什么，满大街都是幸福得瑟的人，为什么就不能算我一个？我想把自己烂在家里发霉，又想冲到大街上砸酒瓶发泄，我想让自己失恋得诗情画意，惊天动得普天同泣。

可是，我必须要拖着自己去上班，在嘈杂的人群中听领导和客户的训诫和抱怨。他们不会因为你失恋而对你手下留情。转账引导的强行开展使得客户的抱怨情绪空前高涨，保监会的规定是不允许我们停止现金业务，而我们被转账率的指标压着只能是硬着头皮上。于是就出现了这样的场景：

一个客户坐在文菁面前："我要交保费。"

"您好，我们现在都进行银行卡转账了。"

"我要交现金。"

"转账啊。"

"我交现金。"

"转账啊。"

……

我就像干尸一样坐在柜面，一个满嘴金牙的客户开始在我面前不停地抱怨数落，耳边开始像飞机起飞一样轰鸣，对面的脸开始扭曲，我突然觉得喘不过气，一把摔了手里的键盘，对着客户大吼："你给我闭嘴！"大厅里瞬间死一般地沉寂，3 秒之后便炸开了锅，客户开始暴跳如雷。

Z 一把拉过我进了茶水间："怎么回事？"

看着 Z 的表情，已经是蓄势待发状，就等我说完理由大发雷霆。我低着头用无比忏悔的声音说："我心情不好加上昨晚一夜没睡。"

说完等了两秒发现没动静，小心翼翼抬头观察不小心跟 Z 对了眼，我想她是内心挣扎了一阵死去活来才吐出一句："你先回家休息吧，你这个状态肯定不能接待客户。"

我点头默认。

在更衣室换衣服的时候，文菁和马小猫进来对我进行诚挚的问候顺便对刘真进行强烈的谴责。我飞快地换完衣服，拎起包拍了拍她们的肩膀："放心，姐生气蓬勃着呢！"

走到公司大楼外，突然不知道要去哪儿。如果回家肯定会像当年上学时作业没做被老师逼回家做完再去时那样引起我妈的惊恐。我在大马路上漫无目的地行走，走过清净的小巷，走过繁华的街道，每个人的生活都那么有秩有序。笑声、鲜花、音乐，都像往常一样很有爱。是的，这个世界丝毫没有注意到，我是一个失恋的人。

这段感情，虽然是那么狗血加乱七八糟，但是依然有让我留恋的地方。比如那个分明的侧脸，那个疼爱的拥抱，那个空旷的电影院，那个炽热的热吻都曾经那样恰到好处地撞击过我的心房。所以我才会舍不得，才会选择一再对他的冷若冰霜视而不见，就算事实那么显而易见地摆着我都不肯恍然大悟。我突然很恨他，是他招惹我在先，始乱终弃，这比被姑娘追求但最终说抱歉的男孩可恶多了。

但是，我依然那么想打电话给他，说："对不起我错了，我不该这么不懂事随便瞎闹腾，请你原谅我。"不管他会怎么嘲笑我，我都想去求他，如果他叫我滚，我想跪下来抱着他的腿求他不要甩我，我做牛做马都没有关系，只要让我还能留在他的身边。

我就这样一路抽泣着走回了家，买菜的大婶停下来满脸愁容地注视着我走过，猪肉摊旁边的小狗也一脸忧郁地看着我，我抽泣着对它说："我失恋了……"

我就这样走回了家，走过一脸惊恐的我妈，走过躺在我卧室地板上的木吉他，倒在了我凌乱不堪的床上，死一般地沉沉睡去。

等我醒来的时候，我妈站在我床边，一脸惊恐地问："你姐夫走了，你哭什么？"我转过头不想搭理她，但还是忍不住笑了出来。突然觉得我妈真可爱，而当我沉迷于这段孽缘时，竟这么冷落了她。我坐起身含情脉脉地对她说："妈我好饿。"我妈愣了一下说："自己去吃呗，难不成还要我端给你？"然后愤愤地走了。这么没有爱心。我打开手机，发现有五个未接来电，都是文菁和马小猫打的。我苦笑了一下，她们是想知道我是否健在吧。

下了出租车，我就走向金鹰门口，文菁和马小猫早在那儿等着了。看见我生机勃勃笑容满面地走过来，马小猫惊诧了半天："你不会是回光返照吧？""为了男人去死，我的人生还没那么有气节。"虽然这样说着，吃饭的时候，我还是忍不住做悲痛欲绝状。文菁说："姐都失恋好几回了，有什么啊。"我突然想，要不我们成立个失恋俱乐部吧，部歌就用咱俩声嘶力竭唱的那首《下一次爱情来的时候》，俱乐部的宗旨就是和广大剩女同胞们分享失恋的痛苦，提供自强不息报复男人的交流场所。

马小猫一脸鄙视地说：“你那俱乐部别再成了连环杀人案的发源地。”

吃完饭，走在寒冷的街道上，我突然注意到我的失恋，没有酒吧，没有喝醉，没有哀嚎，没有黑眼圈，没有要死要活，只有欢乐的朋友和可爱的家人。心里升腾起妥帖的窝心，我回头想挽住她俩，突然看到马小猫指着金鹰刚摆起来的装饰：“Happy Valentine's Day！”两颗巨大的心升腾在高空向我宣示着这个世界上有无数对爱得死去活来的情侣，而我只是他们的笑柄。

情人节要到了，而我失恋了。我在那一刻突然想起，刘真和他女朋友要过情人节了。

第十六章 共赴鸿门宴

我一个人坐在空荡荡的末班车后排，有种被世界遗弃的凄美感。

夜已经深了，路边的商店都陆续地打了烊。走在路上冻得瑟瑟发抖，拐进回家的小道，正碰上张叔把门外的花盆搬进店里。看到我，张叔连忙招呼我进去坐坐，我迟疑了一下看见张记里很温暖的灯光就进去了。

张叔一边憨笑着叫我坐下，一边进去端了一碗滚烫的元宵给我。

“来，捂捂手。”

我捧着元宵，一股暖流从掌心一直传到心头，鼻子一酸眼泪就开始吧嗒吧嗒往下掉。

一看我这架势，张叔慌了，一个劲儿地给我扯餐巾纸。

“小能怎么了？跟张叔说说，没准叔叔能帮上忙呢！”

意识到自己失态，我赶紧擦了眼泪故作轻松地说：“没事，跟朋友吵架委屈的。”

“嗨，你们年轻人的事我还真不懂。”张叔笑着点了根烟。

我尝了一口元宵，突然想起什么似的问：“张叔，怎么平时就见你一个人在店里，您家里人呢?”

张叔吐了口烟，眯起眼睛盯着角落里说：“老伴很早就去世喽。”

“……那您孩子呢?”

“一个闺女，几年前嫁到湖南去了，过年过节回来。这次回来啊，小外孙也带回来喽，白白胖胖会叫外公了，就是满嘴的湖南话，蛮!”

说起小外孙，张叔又笑了，眼神里满是欢喜和疼爱，也许还有一丝无奈。

喝了碗热元宵，身上微微出了一层汗。我站起身要走，虽然离家就只有几步路，但张叔坚持打着手电筒把我送到楼下，他说姑娘都怕黑。

我在楼上看他打着手电披着军大衣的背影突然想起我爸。小时候晚上在田里拉屎，我爸就打着手电站在旁边，我说我怕黑硬是要拽着他的裤脚。

如果爸爸此刻在天上看到我，是不是也会难过心疼。他给了我敢爱敢恨的真性情，却没来得及教我如何保护自己不撞得头破血流。

早晨一到公司，同事们看我的眼神极其地缥缈和暧昧，果然没过几分钟，我就毕恭毕敬地站在了Z的办公室里。

“觉睡好了?”Z看着文件不紧不慢地问，颇有暴风雨前的宁静意味。

“噢，嗯。”我颤巍巍地答道。

“王小能你现在真是能耐啊，现在变成王大圣了？想把公司掀了?”果然，Z扔掉手里的文件开始发飙。

“那个……我……”

“我不想听你解释!”Z打断我，“现在是转账引导的关键时期，这次的事情影响太差必须严惩!”

我心头一惊，暗下决心，如果她说这个月扣掉一千块，我就扑通往下一跪，用夏紫薇的神态说：“不要，我资助的五个失学儿童还等着我给他们寄生活费，他们不能没有这一千块，求你不要!”

“你先就此事写一份三千字的检查，另外省公司要求这边出两个人星期五去转账率第一的机构学习转账引导的经验，你不是想当王大圣吗，打头去取个经，回来写三千字的学习成果报告。”

“行!”我心里一阵偷着乐。观音娘娘放心，要知道我王小能行走江湖靠的就两样，一张嘴和一杆笔，别说六千字，六万字也没问题。

伴随着嫌弃的眼神，Z把手一挥，我立马小碎步退下了。

有句话怎么说来着，情场失意职场得意，而我独独成了悲催的个案。本来就不轻松，现在又莫名其妙成了转账引导的先驱，而转账引导的艰难开展终于让我知道什么叫蜀道难。

一个戴老花镜的阿嬷手里握了一沓钞票，哆哆嗦嗦地坐到我面前。

“小姑娘，交个保费。”

“您好，我们现在都实行银行卡转账了，非常方便。”

“什么意思?”阿嬷数着钱的手停下来，老花镜滑到鼻梁上。

“就是您登记个卡号以后每年的保费就直接扣除。”

“你们没有密码就能扣我钱?”阿嬷眼神犀利地质问道。

“您授权了就不需要密码了。”

“授什么权我授什么权？你们开什么玩笑，你们想扣多少就扣多少啊，黑社会啊你们?”

旁边的客户找到组织似的围过来附和：“保险公司就是骗子!”

“用银行卡转账您以后就不用年年跑来，多方便啊。”看见Z正站在大厅，我只好硬着头皮说!

“我就喜欢跑，你们为什么不让我跑?”阿嬷坚信我们正想方设法骗她的钱。

“如果您哪次忘了，过了时间保单就失效了。”

阿嬷不屑地轻笑一声，打开一本日记本，上面清清楚楚记了十几份保单的被投保人缴费金额、缴费日期、缴费频次，以及保全业务。看着我惊讶的表情，阿嬷更激昂地说：“家里的所有保单都归我管，我家的每本日历上我都把缴费期标记下来，不瞒你说，我交了十几年的保费没忘过一次!”

我被憋得哑口无言，只有一个结论：没有点娱乐爱好的老年人真可怕。

而即便是在这样不和谐的气氛里，按照Z的要求，你还是得抱起客户的腿嬉皮笑脸地说：“求您帮我选个‘非常满意’!”

下午偷个空在茶水间里喝水的时候，马小猫突然破门而入，眼神看得我发懵。

“干吗?”我不自觉往后一退。

“Z 没跟你说?”

“说了啊，写检查，去转账率第一的机构……”

“你知道转账率第一的机构是哪个吗?”我话还没说完，马小猫就打断了我。

看着她诡异到神经质的眼神，头脑中两秒钟的空白。我赶紧冲出去，打开省公司刚发的还没来得及看的转账率排名表，颓然地一屁股坐在了椅子上，在表格的第一行赫然用红色黑体写着“恭喜扬州”。

“要出人命了!”我这一声哀嚎划破了更衣室里马小猫和文菁刻意营造的诡异的宁静，自从下午开始她俩就小心翼翼地不碰触我那敏感的软肋，而此刻我正把头扎进柜子里发出超越人类的怪叫。

“哎，只能说造化弄人。”马小猫在身后一声慨叹。

“造化尤其喜欢弄我。”我把头拔出来，转过身哭丧着脸说。

“放心吧，作为一同取经的二师兄，我不会让造化弄死你的。”文菁拍拍我的肩膀。

“谢谢你，八戒。”

“去死!”

周五，扬州汽车东站。

不管你多想离开，不管你想去哪里，不管你走得有多快，不管你会不会留恋地回头看，那些你费尽心机想要丢下的事总有办法以出乎意料的方式追上你，不管你愿不愿意，因为这就是上帝最重要的消遣。而当我和文菁拎着行李站在那个熟悉的车站时，我听见自己每一个缥缈的人格都在异口同声地说：“我愿意。”是的，我愿意以任何一种方式和他联系起来，来到他所在的城市再见他一面，不管会不会真的出人命。

我一直以为我很镇定，直到文菁气急败坏地朝我吼道，“王小能！这已经是我第三遍问你话你没有回应了!”

“王小能，你有没有想过他根本就不想见到你?”文菁在床上侧过身来猝不及防地问。

“想过，也很害怕。但是我很喜欢他，很想念他，我就抱着这样的心情去见他，我没有精力去管他的立场是什么。”

“而且，我不相信他真的那么狠心。”

黑暗中我有点哽咽，但我试图让自己听起来很平静。

“我明白的。”文菁手伸过来抱住我，“我也很想他。”

早晨和文菁一到公司，文菁突然拽着我小声说：“这女人真好看。”我一看把公司村姑工作服驾驭得极其立体国际化的小美正站在柜台前娇媚地抹着唇彩，一想起她跟刘真房间嬉戏的桥段，我不禁妒火中烧。她刚好看到我立马热情地过来打招呼，但是她矫情地“Hi”了一声后，张开嘴憋了半天最后给了我一个瘆人的微笑，显然她已经叫不出我的名字了。我正犹豫要不要用尖酸刻薄的方式让我的名字深入她的心房，她突然朝我身后惊喜地招手：“王凯！”

我猛一回头，看见王凯也正一脸错愕地看着我，在离我们一米远的地方停下来：“嘿！这么巧？”

“你们好像很熟啊？”小美有点萌，以她的记忆我跟王凯并没有交集。

“嗯，冤家路窄。”我顺口一说，目光却没有离开王凯。

小美正要说什么，却被经理叫走了，走时不忘对王凯回眸一笑。

“王小能怎么哪儿哪儿都有你？”王凯走过来夸张地说，一转眼看见文菁，“这位美女是？”

“文菁，跟我一起准备参加大龄剩女预备役。”我随口调侃。

他俩握完手后，文菁特有眼力见地急匆匆去了洗手间，留下我跟王凯站在大厅里。我笑嘻嘻地看着他，忽略掉丰满的黑眼圈，他眼睛里温暖光芒就是那么神奇的力量，让我从兵荒马乱里获得片刻的宁静。就算不开口，“好久不见”对我们来说也是一种心照不宣的默契。

“哥又帅了吗？”他摸着自己的脸自恋地说。

我斜他一眼：“就你那黑眼圈也有 C 罩杯了吧？”

“哎，昨晚隔壁折腾了一宿。”

“你真有耳福，直接现场 Live 立体环绕音效。”

“哈哈哈哈……”

整个大厅都能听见我们的笑声，刘真就在那一刻突如其来地出现在门口，我周围的世界变成静默的一瞬间听见了自己狂乱的心跳。他穿西装的样子让我恍神，我紧张地望着他，满心期待。但是扼杀我无端的期待是他的特长，他的眼神只是一扫而过，跟王凯点了下头，然后面无表情地走进电梯。而我就像是陈年累月摆在角落的垃圾桶微不足道，他甚至连一丝“王小能你怎么在这儿”的惊讶都没有。

因为没有哪个傻瓜会对垃圾桶说：“咦，你怎么在这儿啊？”

我排练了无数遍驾轻就熟的台词一瞬间像被扔进垃圾桶的废纸毫无用武之地。我拼命赶出的心里的慌张又成群结队千军万马地杀了回来。

但是，即便他视而不见的态度这么赤裸裸地针锋相对，我却依然幻想这只是他掩人耳目的方式而已。

早会一结束，扬州客服的经理就安排我们观摩他们独领风骚的转账引导。作为王大圣兼王小僧，我抱着工作笔记暗下决心一定要让 Z 感受到我改过自新的泣血诚意。工作时间开始，大厅里已经陆续有客户进来，小美因气质出众，被经理安排在大厅里站出少女般亭亭玉立的矫情姿态，我们一行小僧虔诚地站在边上，当然也包括泰州一哥王凯。

我们正耐心地候着，一位大娘拎着一袋葱行色匆匆地奔了进来。小美迎上去，带着标准的职业笑容问：“您好，请问您想要办什么业务？”

“我交保费！”大娘用地道的扬州话说。

嘿，取经的时候到了，我小声提醒文菁：“咱可看好了。”

只见小美不紧不慢地对大娘说：“您好，我们现在交保费有现金和转账两种方式，请问您是选择现金还是转账呢？”

“我转账！我转账！”大娘急切地嚷道。

我和文菁看得目瞪口呆，我瞬间以为自己穿越到了新闻联播拍摄现场。在社会主义市场经济逐步走向完善的今天，大娘这声声气出丹田的呼唤和她渴望的眼神生动诠释了她强烈的转账愿望。这位大娘不顾银行卡被保险公司窃取密码的危险，在 65 岁的高龄走在时代的前沿，毅然主动要求转账的行为是多么令人崇敬！她在办理转账时所流露出的自豪感是多么难能可贵！她高涨的转账热情值得所有盐城阿嬷学习！

大娘欢天喜地被小美带到柜台办理转账业务，留下我们一排面面相觑。我合上空白的笔记本看到她们经理正一脸激荡地站在另一边，暗想她修炼的是九阴真经吧？你不想泄露经验没关系，你想在省里独占鳌头没关系，你为这破事找托儿也没关系，但我人生的转折期你要我怎么向Z交代？

接下来的事可想而知，我们站在那里观摩了剩下的几个风格迥异的托儿之后被带进会议室里学习之前学过无数遍的省公司下发的材料，虽然意味着我那三千字的学习报告要纯靠想象力，但是能跟王凯叙叙旧也算是个不大不小的补偿，王凯的熟男魅力连一向中意花美男的文菁也被瞬间秒杀了。

我们仨一直在会议室里侃到下班时间过了才去楼上食堂吃饭。一到食堂，小美就热情地招呼王凯，我虽然不想跟小美一桌，但又不好直接拉王凯去别桌，只好厚着脸皮跟过去。眼看王凯要坐到小美旁边，我立马抢先拉了凳子把文菁按了上去，然后怡然自得地挨着文菁坐下，王凯见势只好坐我旁边。

我承认我对小美有敌意，除了女人的羡慕嫉妒恨，当然也实实在在地结下了梁子，不管是王凯还是刘真，她都点过我的死穴。

桌子很小，一张桌子只能坐六个人。坐下后发现小美Made in China的LV包放在她左手边的凳子上，我开始有种不祥的预感。我正揣摩着，小美就朝门口招了手，果然刘真和他的同事走了过来，小美笑盈盈地把占座的包撤下娇滴滴地对着刘真说："今天有你爱吃的红烧牛肉哎。"

我把手放在文菁腿上，用力按了下去，文菁立马心领神会地拍拍我的手背。

文菁知道，这一桌人对我来说是多么怪异，当然除了刘真带来的那个打酱油的小哥。于是整桌就只有蒙在鼓里的小美趁着吃饭的工夫展露自己，我也是那时才知道，在南京和我同住七天没跟我讲过几句话的文静女只是她的对象错位而已。

"哎，刘真，我叔叔家刚生的小孙女，前几天找我给起了个名字，他送了我两千块钱的金鹰卡感谢我呢。"小美得意地说。

"叫什么啊？"

"郭雨姬，下雨的雨，妖姬的姬。好听吧？"

"嗯。"刘真的表情明显是在附和。

“优雅吧？”

她把自己说得一脸陶醉，刘真在一边尴尬地笑笑，眼睛始终不愿抬起。

“优雅！”我差点脱口而出。转头看看王凯，他正装得一本正经，看来指望他说出实话是不可能了，我只好愤愤地夹起一块肉塞进嘴里和着还在嗓子眼里的刻薄话一同艰难地咽了下去。

“哎，我就不懂有些没文化的家长给孩子起的名字里面还有什么小啊大的，又不是小名儿，多俗啊！”

小美不知死活地说了这句，文菁立马转头惊慌地看着我，似乎预料到下一刻会发生什么。

“我大名叫王小能。”带着刻薄的微笑盯着小美，我不紧不慢地说：“我爸爸起的，他希望我做一个实在而不浮华的人，也希望一个朴实的名字能换来上天的佑福，平安而简单地度过一生。”

“我爸生前是作家。”看着不自在的小美我补充道。

小美的脸明显变了色，尴尬地笑着说：“你名字还好啦。”

王凯看气氛不对，而且我还是跟他曾经暗恋的小美杠上了，刚张嘴要说什么，却被我抢了先机。

“你觉得俗吗？王大凯？”我咄咄逼人的人格一触即发。

一桌子的人表情都凝固起来，除了一直低着头吃饭的刘真。王凯被我抛出了这么经典的问题，摸着下巴思考了两秒说：“要不你改名叫王雨姬吧，哈哈哈……”

“那不行，我爸要是花两千块给我起名字，我宁愿叫二狗子。”

“……”

小美幽怨地咬着嘴唇，一副受了欺负楚楚可怜的模样，文菁一个劲儿地在下面拧我大腿，王凯在桌下竖了个甘拜下风的大拇指。我终于心满意足地收了手，要知道我王小能辣手摧花的称号可不是浪得虚名。

为了缓和一下气氛也稳定一下自己的情绪，我站起身上洗手间。

冷静下来，我想也许我不该对小美这么刻薄，虽说她跟刘真还有王凯那千丝万缕的联系触怒了我，但即便是爱憎分明也始终掩饰不了自己出于自卑嫉妒的失态。当然，有时候讨厌一个人就像爱上一个人一样不需要理由，不需要原则，甚至不需要道德标准。

冲了水，一推开门，却看见小美早就候在洗手间里，双手抱在胸前，表情张扬而不屑。

我正打算给她一个友好的微笑以抿掉恩仇，她轻笑一声开了口：“想在男人面前出位你也不撒泡尿照照自己什么德行，就你那土渣样还想跟我斗，你还嫩着呢！”

说完，她一个华丽的转身，在门口时突然回头，带着遗憾的表情摇着头说：“噢，对了，王小能这个名字真土！”

整个过程发生得无比突然完全超出了我的想象，当她的嘲笑声在洗手间留下袅袅回音时，我才从傻眼中回过神来，不禁悔恨无比，我尖酸刻薄的DNA居然在刚刚受惊的一瞬间怯了场。我立马冲出去追她，可是等我跑到餐厅时，她正坐在桌上隔着文菁和王凯若无其事地聊着天，就像什么都没发生，刚刚在洗手间只是我心胸狭隘的幻觉。

我慢慢走过去，她抬起头笑盈盈地对我说：“小能回来啦，来喝碗汤吧，刚上来的。”

我冲上去一把按住她准备盛汤的手愤怒地说：“太假了吧，郭美晨？你以为你演宫廷剧呢，想奥斯卡想疯了你？”

“够了！”

这一声不轻也不重，却威力无比地炸飞我的五脏六腑。因为，那是我再熟悉不过的声音。我慢慢松了小美的手，不知所措地杵着。刘真终于第一次看着我，一脸严肃地说：“不要再咄咄逼人了。”

小美看准机会忙不迭演善解人意的戏码，拍拍刘真说：“算了算了，没事的，她没恶意。”

刘真拉着小美走了，文菁和王凯在说什么我一句也听不见。我站在那儿眼泪开始在眼里打转，千万个小美都不关我的事，我也不在乎我有多难堪，我在乎的是，在他眼里我只是一个咄咄逼人睚眦必报而自作孽不可活的怪胎，是这个事实击垮了我。

如果说这是一桌鸿门宴，那么我就是一败涂地的项羽。

第十七章　天使与魔鬼

一整个下午，我都沉浸在极其空洞的失魂落魄里。小美一副命运尽在她掌控的胜利者姿态，连那塑料般的假笑也终于掺杂了情真意切的沾沾自喜，别有一番韵味。洗手间里因我刻薄的人格受惊之下悲催地怯了场错过了反击的绝佳时机，此刻，在我巨大的悲伤里她只不过是微乎其微的角质层，我已懒得管她。而王凯，一反常态地沉默，像个有心事的少年，偶尔若有所思地看看我，用我从没见过的眼神。

文菁偷偷塞了一把糖给我，我一个接一个含在嘴里，嘴里甜到发腻可是心里却依旧苦到发慌，抱怨时间走得太慢却又害怕它走得太快。我就这样在矛与盾的边缘耗了一下午。

6 点，下班。

“哎……”犹豫地跟在他俩身后，我突然开了口。

“哥去买扎啤酒晚上到哥房间面谈。”王凯打断我。

“我是想说你们先回去，我晚上回去找你们。”我像做错事的小孩一样哼哼唧唧地说。

“不行！”文菁立马跳起来，“你要死在扬州我怎么办？”

开始他们谁也不同意，直到我赌咒发誓这是我最后的救赎机会，事实上每次我都会说这次是最后一次。但这一次，连听惯了狼来了的人们也开始相信狼真的来了。

所以这真的是最后一次了。

感情的潮水来得太汹涌，所以要逆流回去就必须要在坚不可摧的堤坝上撞个粉身碎骨。如果当面他还可以毫无阻碍地说出那句“没有喜欢过我”，那么我就回头。

几步奔回公司，明天是周末，大厅里的同事已经闪得差不多了，小美早就没了人影。我找了个稍微隐蔽的角落候着，眼睛紧盯着电梯。电梯里不断涌出陌生的面孔，从三五成群到零零落落，就是没有那张期待的脸。我焦急而忐忑地张望着直到大厅最后一盏灯骤然熄灭。随着一阵拉闸的声音，空荡荡的大厅里漆黑一片就剩下我一个人，只有电梯上那个楼层数字安静渲染着灵异的气氛。

我有点站不住了，我怕黑。我人生的恐惧历程分为三个阶段，童年时期整天被村里迷信的老人讲玄乎的故事，很怕碰上鬼，少年时期学了唯物主义知道世上本没有鬼所以就怕坏人，可是进入21世纪的青年时期“三观”明显开始混乱到里程碑的程度。把门关好坏人可能就进不来，就算进来了说不准也能被我的三寸不烂之舌感化，就算感化不了最惨也就是先奸后杀再分尸。但是厉鬼的性情难以捉摸，先杀后奸，活着分尸说不定只是前戏。

我终于把持不住进了电梯，在三楼走廊拐角迎面撞上保洁阿姨，我尽情地“啊”了一声终于把刚刚积压的恐惧释放了出来。没想到的是，保洁阿姨“啊”得比我更持久。我打断她问：“办公室还有人吗？”她才从恐惧中缓过来，拍着胸口说：“还有个小伙子。”我惊喜地脱口而出：“活的？”刚消散的惊恐又一下聚集在她的脸上。

我欢乐地丢下她跑到门口，宽敞的工作区里有一束白光，刘真正坐在白光下伏案工作，白衬衫蓝领带，西服外套挂在椅子上。此刻他专心致志的样子竟比任何时刻都要迷人，叫我不忍打扰，只想默默站在那里陪着他。其实还有一个原因就是我很怕他，我王小能活这么大怕的人屈指可数，可是我竟怕他怕得要死，怕他烦我，怕他凶我，怕他冷我，怕他真的说出决绝的话。

挣扎了一会儿，我还是走了过去。他听到声响转头看到我眉头皱了一下说：“你来干什么?”

“我……你什么时候结束，我们一起去吃饭吧。”我说出这句连我自己都觉不合时宜到可笑的话的时候，语气极尽所能的轻松活泼，因为我很怕被他抢了先机凝固气氛，然后说出我最害怕听到的那些话。

“你就是这样，总是把你自己的想法强加在别人身上。”他迫不及待地说，显然这不是他即兴的控诉。

他点了根烟继续说：“改改你的性格。”

他吐出的烟圈漫不经心地向我飘来，却一点点侵蚀我委曲求全的希望。

“那么能不能请你改改你的人格?”我反问道，语气铿锵。

“哎，你能不能不要这么刻薄?”他又皱起眉头不悦地说。

“真可笑，当初是谁说就喜欢小泼妇的……”

还没说完，他就打断我：“怪不得你没有男朋友。”

我以为自己听错了或者我出现了幻听，因为他猝不及防地说出这句话的瞬间如万剑穿心般把我击溃得体无完肤的话后，是那么的自在坦然。

“你说什么?”我颤抖地问，周围的烟雾袅绕飘荡得我头晕目眩。

“你听到了。”他掐灭了烟蒂，面无表情地说。

眼泪瞬间喷薄而出，但在那一刻，我突然清醒地意识到尊严是多么重要。我迅速地擦了眼泪飞奔出去，在这个随意践踏我的男人面前泪流满面是多么可耻的事。

小美正在走廊另一边的拐角处走过来，手里捧着两杯奶茶，看到我这副饱受欺凌的模样嘴边泛起落井下石的窃笑。瞟了她一眼，我一边走一边面无表情地警告她：“不要惹我，我没有让男人神魂颠倒的脸蛋，所以练就了心狠手辣的本事。”

路过她的时候，我都没再看她一眼，但从侧面依然可以感受她语塞的慌乱。对我来说，她就像脚上的死皮那样难以激起我的斗志。

冲到大街上，熙熙攘攘的人群里我突然失去方向，却感到一种喷张的力量从心底开始涌动。那些曾经哀怨的、怯懦的、忧伤的、疯狂的、委屈的情感都仿佛受到了极大的震动开始朝我用力嘶吼，是我给了它们卑贱的生命。它们声嘶力竭的呐喊就像暗夜里的摇滚，我抬起头，在眼前的一片迷蒙里看见远处的披头士还有脑门上弹孔清晰的约翰列侬。

爱，就这样变成了从最深处喷薄而出的恨。

我勇敢的追逐竟只是为了得到你如此恶劣的羞辱，给你们即将到来的快乐情人节增添情趣。天使的眼泪你不珍惜，那魔鬼上扬的嘴角定是你的最爱。不要怪我心狠，我本来就不是天使，我只是回到黑暗，做回恶魔。把我失去的尊严，一点点不顾一切地夺回来。

《Back in Black》，我最喜欢的摇滚在这一刻给了我有迹可寻的力量。

托了信息高科技时代的福，要找一个人的号码并不难，何况我是特工王小能。曾经公司一前辈坐在我面前愁眉苦脸地说，客户的材料里差身份证复印件，现在客户人找不着，没办法了。结果在他诉苦的5分钟后，我从打印机里把客户的身份证复印件抽出来的时候，他惊得目瞪口呆。我轻轻一笑，说："在客户过去的理赔材料影像里调出来的。"那之后没几天，他又来找我，说有个客户电话打不通，没有家庭住址，找不到客户很急。结果我在百度里输入客户号码，在客户的一份求职注册信息中找到了她的家庭住址。前辈立马感叹："王小能你是特工来卧底的吧?"

我用手机上了网，从他女朋友的个人主页出发，顺藤摸瓜地找到她一个把号码公然写在个人信息栏的朋友，从她那儿得到了他女朋友的号码，然后给她发了条短信："你好，我叫王小能，你不认识我，但你可以问问刘真我是谁。"

"说说看。"

不一样的人对出轨的定义不同，做出判断的出发点也不同。所以她问的时候，我诚恳地回答她哪怕技术性的细节。如果说我此时此刻的行为会伤害到另一个无辜的人，那么我唯一可以做的就是诚实，虽然这只是微乎其微的缓释。

"对不起。"

"对不起"，看着自己的这条信息我苦笑了一下。如果我说我是真心的，不知道是不是连上帝也会嗤之以鼻，但是我确实是真心的。我无法去想象，我给她带来了怎样的噩梦。我只知道，等我死后，在我的葬礼上，一定要让我的家人在悼词里加上："请宽恕她所有有心或无意的过错。"

幸好，那个真正的罪魁祸首不是我。如果就这样毫无痕迹地在他心里走过，那么我宁愿给他一个理由把我刻进他的心里，哪怕是咬牙切齿的方式。

我给他发了条短信，没有文字，就是他女朋友的号码。

他立马回了我说："你以后不要烦我了。"

"我只是想告诉你，生活没有你想象的那么容易，泡妞也有后顾之忧。"

当他说"以后不要再烦我"时，我第一次不觉得委屈。我实实在在地爱着他，也实实在在地触怒了他。我们一直处在不对等的感情里，他高高在上，我只能抬头仰望。而此刻，我们终于势均力敌。

收起手机，对着街上张扬的情人节情侣装饰，我一字一句地说："刘真，Happy Valentine's Day."

手机响了，我接起来，是他女朋友。

"他不承认。"

"我说的都是实话。"

"那你说他的内裤是什么颜色的。"

"我见过两条，你指哪一条……花的?"

"宽松的还是紧身的?"

"宽松的。"

"嗯，你说得对呢，是我给他买的。"

从她的语气听不出任何的悲伤或歇斯底里的情绪，直到她说："你知不知道我们要结婚了?"

呆了两秒，我不知所措地说："不知道，他说你们不能在一起了啊。"

"他说什么你都信啊？我们这个情人节本来就准备去买戒指的。"

"……对不起。"

"哎，他又没钱你图他什么啊?"

"我……"

"我有房有车他没告诉你吗?"

"……对不起。"

"我还要谢谢你告诉我这些呢。"

她的语气虽然不友好但是很平静，她没有骂狐狸精我就已经很感激上帝关照了。我们没有兵刃相见，但是她的一句“你知不知道我们要结婚了”却比任何一个辱骂的字眼都叫我自惭形秽。从现在看来，我自以为是的行为已经发生了质的变化，我从感情的匆匆过客变成了婚姻的破坏者，我嗒嗒的马蹄声已经变成了开花结果的实质错误。

坐在公车站牌下，抬头看着扬州绚烂到有些做作的夜景，我突然好想回家，我怕我再不回去就真的会冲到马路中央然后惨死街头。手机最后哀鸣了一声关机了，我在这个莫名其妙的时刻开始号啕大哭，我希望像电影里那样一个有着长长拖地白胡须的老人从远处空灵地走过来，用慈祥的语气对我说：“孩子，这不是你的错。”

是默默哀伤还是猛烈还击？天使和魔鬼的阵营，爱和恨的对立，无论在哪一方，我都一样孤独。

第十八章　天亮说晚安

不知道在站牌坐了多久，连街边的霓虹灯都已进入梦乡。我终于站起身，冻得发麻的双腿踩在地上一阵刺痛，我拖着自己路灯下瘦长的影子一瘸一拐地走在空荡的马路上，这个凄凉的场景又给了我一个顾影自怜的立足点。

没拐两步，一辆车突然从后面开上来，我转头一看，如果不是因为万圣节故意把车装扮成警车，那么它确确实实就是一辆警车。而生平第一次警车冲着我停下，并清晰听见里面开车的便衣按了几下喇叭，意外的是我居然有想跑的冲动。我很怕被盘问，要知道本来内心阴暗的人经不起钓鱼似的盘问。加上我此刻的样子，按照警察的逻辑，我现在要么是满街逛荡的贼，要么是上门服务的鸡，要么是嗑药吸毒离家出走的不良少女。

胖乎乎的小哥打开车门，看了看我畸形的脚冲我说："来上车我送你，这么晚了多不安全。"声音特乐呵，我在内心里强烈地谴责了一下自己做贼心虚的心态，我感激地说："嘿，谢谢警察叔叔！"

一上车，小哥就开始絮絮叨叨地说个不停，声音充满了喜感。

“你说你们小姑娘现在安全意识多差啊，歹徒最爱对你们这种残疾小姑娘下手了。为什么，容易得手啊。”

我鼻子一酸，作苦楚状。连警察都让我觉得温暖，可是我最爱的他却冰冻三尺。

小哥开着车转头看看我，急了：“哎，别啊，我不是这个意思，我就是想劝你以后别一个人走夜路，你腿不方便，容易成为歹徒目标……”

我给逗乐了：“我这是被感动的，看来这每个月的税没白交，改天给你送个锦旗去！”

“别，今晚这车我可是公车私用，敏感着呢！”

“啧啧，你要开个警车去泡妞那可真拉风。”说着我就把车里打量了个遍。

“那我老婆可饶不了我……”

5分钟后，警车在宾馆门口停了下来，一眼就看见王凯和文菁站在宾馆门口带着集愤怒焦急关心惊恐于一脸的表情看着车里，我这才想起手机没电了。跟小哥连声道谢后，我赶紧推开车门下了车。

他们已经迫不及待地迎了上来。

“王小能你干什么了？手机又关机，快急死人了，我们刚准备报警了！”说着文菁重重地一掌打在我的手臂上，幸好棉袄比较厚。

“啊！”我还是夸张地惨叫了一声。

“这警车都来了，王小能看来你动静闹得不小啊！”王凯拦在我面前。

虽然他的语气无尽地调侃和嘲讽，我还是觉得自己被一潭温泉围绕。但或许，还掺杂着一种若隐若现的怪异感觉。跟刘真老套的剧情如此生动活泼地呈现在他面前，让我有种被尊敬的校长当场撞见早恋的尴尬。

“走走，先上去，外面冷。”看我不说话，他立马缓和下来，拉着我进了大厅。

一进房间，一股酒菜味扑面而来，只见地上躺着两三个被压扁的啤酒易拉罐，旁边还有一扎，桌上横七竖八摆着好几个饭盒，场面极其糜烂。

“你们还无耻地喝上了？”

“我们这是借酒消愁。”文菁愤愤地说。

“正好让我一醉方休！”

我把棉袄脱下来扔在床上，冲去拿啤酒，却被王凯一把拉住。

“哎哎，先把事儿给说了，怎么把警察给招来了？”

于是下一刻，我被迫正经地坐在床边，以访谈录的形式，努力用无比平静的语气讲述我从委曲求全到奋起反抗的惊心动魄的心路历程，却依旧藏不住浓浓的鼻音。

“今晚的事情就是这样，我是电视剧里心胸狭窄的恶毒女二号。”当我以这句话结尾时，抬起头大义凛然地等着他们全方位三百六十五度的点评。

房间里却是一阵意想不到的沉默，文菁慢慢伸过手来，拍拍我的腿轻声说：“你没做错，这是他自找的。撕破脸也好，把他彻底忘了！”

朋友就是这样，尽管平时会为无关紧要的小事把你骂得狗血淋头恨不得杀之而后快，但总是在你最需要的时候抛弃玩味的评价，给你雪中送炭的关怀。在至关生死的问题上，越过个人的喜好，义无反顾地站在你这边，这就是朋友最坚定的立场。

就是这样的支持反倒让我鼻子一酸，眼泪就防不胜防地掉了下来。

文菁赶紧推了下王凯，嗔怪道：“说啊！”

王凯懵了两秒脱口而出：“你怎么会喜欢他啊？”

这一句立马遭来文菁狠狠的一招，他敏捷地闪开了。我抓起床上的毛巾，抹了把眼泪说：“你能不能先从人性的角度……”

刚刚还打闹着的他们在我眼前瞬间石化，我顺便把脸擦了个遍，边问：“怎么了？你们不知道人性什么意思啊？”

“不是，那个……那个是我擦鞋的……”王凯依旧保持凝固的姿势。

“什么？你是在我泡脚前还是泡脚后？”文菁气急地问。

“你们真没人性！”我咆哮一声把手中的毛巾奋力甩向他们……

于是用给我赔罪的理由，王凯把啤酒一罐罐“啪啪”地打开：“哥陪你喝到挂！”

我坐到地上，一把接过来，畅快地灌了一大口，冰凉地在胃里倾泻而下，那一瞬间的爽畅淋漓让人不能自拔。文菁看着我，也抓起一罐坐下来：“姐也陪你！”

“干！”三个罐子在空中碰撞出飞溅的水滴，我们在笑声中仰面豪饮。

“举杯望明月……”我举起易拉罐对着窗户特装地开始吟诗，却发现不对劲。

“举头！”

“头！”

“真没文化！”

“让我们红尘做伴，活得潇潇洒洒，策马奔腾共享人世繁华……”

文菁舞着手激昂地唱起这首久违的神曲，我和王凯顿时无语地额头挂了三道黑线。但是更要命的是，10 秒钟后，我和王凯居然唱得比她还带劲儿……

酒精，朋友，吹牛，这就是我此刻最需要的。在越来越不着边际的叽里呱啦中慢慢茫掉，我们终于混进了同一个世界。那么就请陪我来一场宿醉，让我忘了你是谁，让我忘了我是谁，把红尘俗世抛在身后，然后在醉生梦死中长眠不醒。

面前的世界慢慢模糊，我冷眼看那兀自生长的爱情在酒精的淹没里挣扎着向我求救，什么男人，什么爱情，仰头一饮而尽，一滴滚烫的眼泪却突如其来地顺着脸颊滚下来。

“哎，王小能，我到现在都觉得你真神奇！”王凯半眯着眼睛说。

“你不知道她来自‘不折腾会死’星球吗？”文菁顺势躺到地上。

“嘿，王小能你混出银河系了啊，火星都容不下你了？”

“哎，你没脑子就算了，品位怎么这么低？怎么想起来喜欢他？”他挪了下屁股坐近。

我斜他一眼：“少寒碜我，我喜欢的类型随着爱国主义的高涨已经有了质的飞跃。”我把腿盘起来，拉住他的胳膊兴奋地讲起来，但是舌头已经明显有点不听使唤。“我年少无知的时代狂迷过美男，你知道吗？我那时候的愿望就是以后赚钱开一个理发店，专招一米八以上的小白脸做伙计，晚上翻牌挨个儿宠幸！”

“你神经病！”王凯甩了手里的易拉罐笑骂，顺便推了推一旁死尸一般的文菁。

“哎，可惜了，这个梦想随着年龄的渐长而香消玉殒了，一不留神就喜欢他了。”说到这儿，我苦楚地低下头陷进悲伤里。

“你还不如喜欢美男呢！”

“还不都是因为你！”我猛地抬起头，气急败坏地朝他哭喊，“我开始喜欢的是你，是你先骗我的！”我不知道自己在说什么，只知道胃里憋得难受，好像被他按到了身上一个按钮，眼泪也不住汹涌而出，只知道一个劲儿地喊：“你开始说没有女朋友，后来又说有女朋友。我怎么办？我怎么办？”

我眼睛有点睁不开努力撑开，旁边的他愣在那里看着我说不出话。

“你……你当时……也没说啊。”他委屈地说。

“你有女朋友了我还说什么？你骗子！”我边说边握起拳头重重地捶在他的胸口。

然后只觉得一阵晕眩，一头栽在了他的怀里。那些痛楚仿佛戛然而止，就像依偎在爸爸宽阔的肩膀。不记得自己说了什么，迷迷糊糊地好像说了一句：“你抱抱我吧。”

可是没过多久，胃里开始翻江倒海，头炸裂似的疼痛。突然感到胸中一股热流上窜，我赶紧站起来，跑到厕所抱着马桶开始狂吐，王凯跟进来关切地问：“你没事吧？”我摆摆手，却说不出话。等到实在没有东西可吐的时候，我一屁股坐在地上不住地咳嗽。王凯递了毛巾给我，拍着我的背给我顺气，又出去端了杯热水，看着他紧张的表情，我开玩笑地说：“是不是喜欢我？”

他没回答，只是轻声说：“喝了水快睡吧。”

他扶着我走出卫生间的时候，天已经亮了。他把文菁从地上抱起来扔到床上，我在一边迷糊地问：“还有气儿不？我不能跟尸体睡觉。”王凯把手指放到她嘴边探了下，“活的！”我就爬上床挨着她躺下了。临睡前，我闭着眼睛对王凯说：“晚安。”

在天亮的时候说晚安，固执地让白天和黑夜打个照面。像说好的那样，我真的忘了我是谁，也忘了白天不懂夜的黑。

第十九章 悲伤女二号

我跟王凯，我们步调一致默契十足，有他在的时候我总是能觉得没来由的清新愉悦，但这绝对不包括我傻大姐般的酒后真言。我曾经迷恋他这件事，只有文菁马小猫知道。事实上，对她们来说我就是透明的，在她们面前我没有秘密。男人应该很怕女朋友有这样的闺蜜，因为搞不好哪天自己的尺长寸短会被摆到台面上公然谈论。

房间里，凌乱的两张床上横躺着更加凌乱的三个人，正睡得天昏地暗鼾声震天不明液体成片。这个场面，如果正值警察叔叔扫黄打非无处交差，非得逼供出三个不良青年在酒店涉黄不可。而此时此刻，我是最不愿醒过来的那一个，因为此时此刻我的世界比我那杂乱不堪的发型更要一团糟。虽然在悲情的渲染和酒精的催化下，上演“不能说的秘密”很符合剧情走向，但是这种不受控制的真情流露还是让我觉得尴尬。

一阵刺耳急促的电话铃声在房间里突兀地响起来，几声之后，房间里还是一片死寂。直到文菁在我旁边突然跳起来，迷失一般地狂喊：“几点了？几点了？”

我艰难地睁开眼睛，头一阵剧痛，抓起手边的电话。

“喂——”

“喂，你好，请问房间要续订吗？”

“……不用。”

“噢，那麻烦你们尽快退房，超过12点需另外收费。”

“现在几点？”

“11点50。”

我立马摔了电话，从床上跳起来，王凯正揉着眼睛坐起来。跟他对视的那一刻，清醒的我娇羞地低下了头，悄悄抬眼看见王凯正瞪着滚圆的眼睛饱含深情地看着我。这样不好吧，文菁还在旁边呢，我咬着嘴唇边收拾东西边在心里嗔怪他。谁知王凯还是依旧含情脉脉地看着我，正觉得有点不对劲儿，他终于忍不住开了口：“王小能，你那头发怎么睡得跟花伦同学似的？”

伸手摸摸前面高高翘起的刘海，我泄气地说：“等会儿用热毛巾捂捂。”

文菁在一边叫起来：“没时间了，你们动作快点。王凯，你快回自己房间收拾东西。”

一阵手忙脚乱后，我们拎着包在大厅退房，当然亮点就是我那前面一撮湿漉漉的毛发。这是我最讨厌冬天的地方，以前念书的时候，每天早上必须出现的画面就是，我坐在桌边吃早饭，我妈把拧好的热毛巾匆匆盖在我头上，然后吃完饭再匆匆揭开，我再匆匆奔向学校。碰上运气不好的严寒，等我奔到学校，头发已经变成坚硬的几缕挂在头上，那便是我少女时期寂寥的根源。

吃饭的时候，文菁和王凯狼吞虎咽，我却怎么也没有胃口，醉生梦死的感觉让我怀念，那不用想他的短暂时光之后竟是更空洞的感觉。我托着下巴拿起筷子，挑破一条鱼的肚子，神色忧伤地说：“鱼怎么还不交配啊？”

刚刚狼吞虎咽的王凯突然不小心呛到，不住地咳嗽，涨红了脸艰难地说：“鱼……交不……交配……关你什么事啊？”

“没有鱼了吃啊。”我悠悠地说。

“那你要等一阵子了，鱼要到夏天才交配呢。”文菁笑道。

王凯把头探过来，挑着眉毛说：“要不要哥给你点道村哥风味的菜？(暗讽刘真)”

我刚好心情不快，放下筷子认真地找起他的茬来：“你别老寒碜我，我喜欢你的时候……”

“别……”他打断我，“你眼光太差，刘真你都能看上，搞得哥觉得自己也很村。”

我白他一眼：“你就是嫉妒人家长得帅。”

“拜托，他能有哥帅？”

“……那我那会儿喜欢你，你知道吗？”

“不知道，我真不知道。”他立刻严肃起来，“你一点儿迹象都没有，深藏不露的高手啊。”

“我那时真是鬼迷心窍了，还幻想得到你一个拥抱就死而无憾了。”

正打算给他温故一下过去少女怀春的情怀，他话锋陡然一转，神情也立马猥琐起来：“当然了，暗恋哥的就如滔滔江水连绵不绝，从萝莉到女王……”

我斜了他一眼，故意提高了分贝一本正经地对文菁说：“咱们快吃，吃完了快点回家。”

王凯看我这架势，笑着说：“开玩笑，开玩笑，哥错了，哥错了。”

扬州汽车东站。

这是我再熟悉不过的车站，我和文菁手里拿着车票正排着队等着检票，虽然这个地方给了我冰冷的结局，但是也曾给过我温暖的回忆。所以要离开的时候，伤感不免随风而至。

王凯站在旁边低头跟我说：“王小能，开心点！那家伙不喜欢你，以后别犯傻了！”

他的目光头一次严肃得让我有点不适应，我轻轻地点头。快到检票口的时候，他突然张开双臂，我还没反应过来，就已经结结实实地在他的怀里了。培训的时候，我曾经多么希望能得到他的一个拥抱，我甚至会在睡前向上帝祈祷，如果有朝一日他能抱抱我，我愿意一辈子也学不会吉他。而现在，真的被他抱住的时候，竟像每天一定会到来的清晨那样自然温暖却让我暗自窃喜，耳边仿佛响起大提琴沁人心脾的勾魂伴奏。

松开的时候，我刚准备风情万种地跟他说声再见，他却看都没看我直接走上去给了站在我前面的文菁一个大大的拥抱，和刚刚给我的那个如出一辙。那个刚刚还在耳边轻扬的伴奏突然断弦般戛然而止，我撅起嘴默默对上帝说："拜托，我还是想学吉他。"

当车声隆隆，梦开始阵痛。

文菁把头枕在我肩膀上，昏昏欲睡了一会儿终于果断进入了另一个世界。我看着窗外，他那句"再也不要烦我"锥子一样扎在我心上，麻痹了这么久此刻钻心似地痛。我最后还是搞砸了，我像每个肥皂剧里腹黑阴险毒辣的女二号那样上演了"我得不到别人也休想得到"这样的桥段，这是连沙发前拿着面纸抽泣的大婶们都会唾弃咒骂的角色。翻开历史的长卷，没有哪个有情人终成眷属的典范里女主角的人生简历里会有这样的败笔。

可是我后悔了他知不知道？我不想这样他知不知道？我其实多么想演大方隐忍的女一号，在分开的时候，平静优雅地转身说："祝你幸福。"我可以接受他说再见，再也不见，我可以接受他说从来没喜欢过我，我可以接受分开时他心平气和地说"会有人照顾你"，我要的只是一个正面的力量，可以让我在以后孤单的日子里偶尔想起他，短暂沉默后依旧可以抬头坚强地微笑。

可偏偏，我就算潜规则也换不来女一号的命。

可是恨他终究只是一时，我在魔鬼的阵营已经茫然无措失去了叫嚣的力量，在充满血腥的世界里我的优柔寡断显得那么不合群。

文菁叫醒我的时候，车子已经停在了盐城车站。匆匆下了车，分别的时候她一再提醒我明天必须完成检查和学习报告。我把手一挥："放心吧。"

周一，公司。

马小猫一进更衣室对着我就嚷："呦，还活着呢？"

等听完文菁平铺直叙的描述后，马小猫一拍手："王小能，做得好！你现在什么也别管，让他们闹去！闹得越凶越好！"

完了又像想起什么似的，说："人女朋友没给你泼个硫酸什么的？"

"没有哎。"我回想了一下，把她对我说的话一五一十地告诉了马小猫。

“我觉得她态度蛮好的。”

马小猫一拍大腿：“你傻啊，她说的这些看起来不骄不躁，实际上每一句都在警告你，他们的感情不是你能插得了足的，连内裤都要告诉你是她买的，分不了，他们分不了。”

“管他们分得了分不了呢，王小能你赶紧找个新目标。”文菁边关柜门边说。

“哎，她跟我炫耀她有房有车呢。”

“你不也有辆破电动车吗？”马小猫哈哈大笑。

“去，两辆呢！刚好也是四轮！”我把头华丽地一甩，撅着屁股走出了更衣室。

我把两份花了我足足三个钟头写成的惊天地泣鬼神的六千字握在手里准备去Z办公室，文菁一把抓过去：“不错啊，大师兄，取经任务顺利完成，你要成仙了是啊？”我伸手抢了过来，激昂地说：“这次，是我王小能重新做人的机会，我要趁机一洗前耻！”

说着，我走过去头一次底气十足意气风发地敲开了Z办公室的门。

Z抬头看见我就问：“检查和学习报告都写好了？”

没等她说完，我就一脸媚态地走上前把整整齐齐的材料双手呈上。第一次这么反常的积极态度，让Z明显有点受宠若惊摸不着头脑。等她缓慢地接过我的材料时，还在一脸狐疑地看着我。而我，一脸阳光灿烂的傻笑更让她觉得不寒而栗。

“您看看吧。”看她有点发懵，我轻声提醒，然后就学着小美的样子以标准的站姿候着。

Z“噢”了一声，开始翻看我昨晚拖到临睡前三个小时熬成的结晶，表情也慢慢舒展开来。Z合上材料的时候，终于嘴角带着难得一见的微笑，说：“王小能写得不错啊，检查把自己的缺点认识得很到位，改正措施也有可行性，不浮夸，很好。”

“至于这个学习报告嘛，”Z又拿起材料翻了两下，“写得不错，跟我的想法很近，我们就按照这样做的话月底应该能看到效果。”

“这次做得不错，好了，你先去接待客户吧，这个月的月度例会要好好表扬你。”

Z头一次这么不吝夸赞，此时这个办公室史无前例的融洽气氛让我飘飘欲仙，就连她桌上那个特没品位的卡通水晶座也头一次惹人怜爱。于是我在这样的气氛之下，忘我地做出了让我悔恨整整一天的举动。

我走上前，欲言又止："那个……那个……"

Z把脸凑过来半天没听我说出个一二三来，急了："王小能！要说什么快说！"

我把心一横："其实吧，那学习报告上写的对策都太官方，效果甚微，最直接有效的方式是……"

"说啊！是什么？"我神秘兮兮的样子已经完全勾起了Z的好奇心。

我把头凑过去，右手放在嘴边，Z紧绷着神经等着我命运攸关的锦囊妙计，我轻轻吐出了那惊心动魄的两个字："找托！"

结果很显而易见，我在Z的那声地动山摇的怒吼里，落荒而逃……

出来后我趴在墙上不停地跺脚捶墙："王小能，叫你自作聪明！在这栋比社会主义还正直的'中国人寿'大楼里，你居然装神弄鬼说出这么猥琐的两个字，党能容你吗？党能容你吗？"

"干吗呢？干吗呢？"马小猫端着茶杯路过。

听我说完，马小猫笑得岔了气，用手指戳着我："王小能，你吃了熊胆了你？"

"你是不知道当时那气氛，比熊胆还有壮胆！"

"哈哈哈哈哈。"

不到一刻钟，我这件糗事就在整个客服部传开了。我那一洗雪耻，重新做进步青年博得Z欢心的雄心壮志就像枯萎的向日葵，彻彻底底地蔫了。我懊恼地坐在位子上，孑然一身无比凄凉，爱情和事业都捏着鼻子弃我而去。

正想着，早晨开门的第一个顾客出现在门口，柜台上一排发着呆的姑娘大婶此刻都振奋无比地抬起头，一个混血儿般的帅哥正向里面柜台走过来。刚刚还没精打采的一排，都无耻地调整坐姿翘首以盼，我非常合群地随着她们坐直，瞥见旁边的文菁一个劲儿地念着腹语。我也不甘示弱地念起咒来："过来过来过来……"

"混血男"在我们相互仇视的目光下坐到了离门口最近的一前辈大婶面前，大婶欢喜地差点喜极而泣。我和文菁对视一下，她挑衅地用腹语说："念咒没用吧？"我瞪她一眼，看了看Z的办公室，半天没动静，心里又开始悔恨，王小能啊王小能，你的人生格言是"不搞砸不成活"是不是？

我就这样为我一时的冲动付出了哀叹了一整天的代价，但是比我更悲壮的是我们那停滞不前的转账引导。我们淹没在大婶们无休止的抱怨争论里头昏脑涨，大厅乱成一团。Z站在一边表情凝重地看着一片混乱的场面，摇了摇头。

终于熬到下班，想起我那灰飞烟灭的雄心壮志不禁悲从中来，"今天的事拖到明天做，那才是我王小能。"这样想着，我心安理得地把乱七八糟的文件拾掇起来，准备先行告退回家歇息。刚一起身，Z突然开了门，吓我一跳。看了我一眼，她说："王小能，你过来一下。"

看来一番思想教育还是少不了了，我放下东西，不情愿地走了进去。Z像往常一样坐在办公桌前，只是神态似乎有些飘忽不定。

"那个，领导，我已经意识到自己犯了严重的思想认识错误……"

"不是这个事！"

"那是？"我疑惑了。

Z叹了口气，抬头看了看我，把手里的笔转了好几圈，眉宇间几分慌张。一看她这我从没见过的神情，我也慌了。

"不是给我介绍男朋友吧？"我忍不住问。

"去去！"

"是这样。"她终于下决心说，"转账引导看来不下点工夫不行，我仔细想想你今天的那个建议，也不是不行……"

……

除了目瞪口呆，我一时怔在那里不知道说什么。

"但你说这托儿上哪儿找呢？"

"这……"我回过神来立马兴奋地介绍，"我妈经常聚集一帮在家吃喝玩乐的牌友，她们有几个特点：爱凑热闹，爱演戏，爱帮忙，跟那些顽固派大妈有共同语言，找她们最适合。"

Z想了一下，说："听起来可行。这事我再想想，回头再跟你说。"

"行！您想好随时跟我说。"

Z点点头，无比温柔地说："那你就先回去吧。"

我立刻欢喜告退，出来时一脸喜气，看得她们面面相觑。我的上帝总喜欢跟我开这种天堂和地狱的玩笑，我的人生永远是这么戏剧化。我得意的是，这栋由党庇佑的沐浴在社会主义正直阳光下的大楼也阻止不了这种勾当的酝酿。要想不断前进登上更高的台阶，必要时走点歪门邪道也未尝不可，这套具有代表性的王小能理论被Z认可让我觉得特有存在感。

走到座位上，我犹豫了一下，坐下来，打开电脑，把刚刚拾掇起来的文件翻出来，我突然决定做完再回家，除了爱情，生活里还有太多值得追求的东西，所以是时候今天的事情今天做了！

我在逃避什么我自己也不知道，我不能跟他说我后悔了所以不要恨我，如果时间可以倒流，我也想做人见人爱的女一号，可是女二号的悲伤和无奈谁又会懂？

我只想要简简单单地在一起，我从来没稀罕这样的悲壮传奇，我知道再也等不来他的消息，所以我宁愿加班到精疲力竭。

第二十章 再遇火星人

这个世界上有各种各样的弱势群体，残疾人、农民工、同性恋……但是任何一个官方组织都没注意到，有这样一群姑娘，她们平庸到就像成年累月竖在郊区的电线杆，每天都沉浸在被上帝遗忘的苦痛里。在硝烟弥漫的雄性掠夺战里本来就没有她们的一席之地，却还要面对从韩国整容一条街涌出来的不公平竞争者。也许从 10 岁就开始企盼白马王子的从天而降，然而直到 30 岁，却连白马王子的背影都没机会亲眼目睹。

这就是爱情世界里的弱势群体，平凡得在她们一生最美丽的时光从没有得到任何男人短暂的停留。所以，当这样的姑娘有一天被一个男人用电影里让人脸红心跳的方式按在墙上或干脆直接推倒，她会感觉到被需要，这种被需要的感觉让她瞬间心乱如麻，即便这种需要只是肉体上的。更重要的是，她以为自己终于逆转了电线杆的命运所以不可自拔地陷了进去。

这种情况只能用一句话概括：没见过世面。所以这样的女人被抛弃，是迟早的事。当事后有人不解地问她：“你喜欢他什么?”

她会一脸茫然地无从回答，最后幽幽地说：“我喜欢他喜欢过我。”

站在公司对面的十字路口，我突然意识到，我就是这悲催的弱势群体中的典型个体，典型到可以拿出来作为教学案例做成 PPT。

手机突然响了，我一看竟是袁尹，心想这家伙怎么想起来给我打电话了。接起来就听见背景是震耳欲聋的音乐声，袁尹在嘈杂的吵闹中扯着嗓子喊："王小能，快到好乐迪来，大家 K 得正 high！"

"我这刚下班，你们年轻人玩儿吧，我现在只想着工作学习。"我尖酸地套了他当初拒绝文青的万能公式。

"少来！"袁尹压低了声音，"下次还要不要刘真号码了？"

"你威胁我？"

"你必须马上到啊！"

还没等我表态，袁尹就匆匆挂了电话，无奈我只好顺势拦了辆出租车直奔好乐迪。

一推门就看见包间沙发上一排身着正装的保险公司衣装笔挺，但此刻都是横七竖八衣衫不整，周围乌烟瘴气得就像跌入了群居的妖洞。大都是公司里认得脸但叫不出名的同事，一位大哥正抱着话筒用每个音都破掉的神奇境界声嘶力竭地吼着《死了都要爱》。

一坐下袁尹就朝我挤眉弄眼，我疑惑了两秒终于明白袁尹为什么硬是要我来参加他们部门的聚会。原来，那位破音达人就是袁尹精心为我准备的。我凑过去咬着牙对他说："哀家现在换口味了，下次进贡个猛男，哀家重重有赏……"正贫着，一个甜美的姑娘从边上走过来，袁尹一把拉过她："来认识下，我女朋友圆圆！"

我微微一怔，站起身不自然地打招呼。

坐下后我对着袁尹啧啧惊叹："能耐不小啊，这么快就把正妹骗到手了。"

袁尹笑着说："骗什么骗，一年的老夫老妻了。"

"一年？"我很想忍住，但还是以一种低沉的方式叫了出来。

"那我两个月前问你有没有女朋友你说没有？"

"拜托，那种情况是个男人都会说没有好不好，因为好奇啊。"袁尹一副很无辜的样子。

我不知道自己是什么感觉，只觉得每一个细胞都趁机分裂一遍。袁尹说得对，是个男人都会说没有，因为想知道是什么事，要怪只能怪我不懂男人，只能怪我打探之前没有潜心研读雄性心理学，才会让文菁无端地承受这样被蒙在鼓里的羞辱。我自己深陷泥潭，我最亲爱的朋友竟也不能幸免于难。我很心疼她，去承受那些无谓的切肤之痛。我们都是爱情里的弱势群体，在无情的暴风骤雨里丢失了唯一安然的栖身之所，衣衫褴褛地流浪街头。

手里突然被塞了话筒，我回过神来，拿起话筒走到沙发前背对着他们坐在茶几上，在我的视线范围内看不到任何闲杂人等。我想为我的朋友唱首歌，我想为所有在爱情里无助挣扎的人唱首歌。

“我以为要是唱得用心良苦，你总会对我多点儿在乎。我以为虽然爱情已成往事，千言万语说出来可以互相安抚……”

眼泪湿润了眼眶，慢慢顺着脸颊流下来，声音也开始沙哑颤抖，但是我全然不顾。在我一个人固执的世界里，努力唱完主歌。

“我已经相信有些人我永远不必等，所以我明白在灯火阑珊处为什么会哭……”

音乐结束的时候，包间里一片安静，而我泪流满面。我意识到自己婆娑地太突兀，慢慢站起身拎了包在众人茫然失措的目光中离开了。

出来后我不好意思地对袁尹说：“对不起，我就是来砸场子的。”

袁尹挠着后脑勺说：“没事，挺……挺感人的……”

我挑着眉毛看着他等他说下去。

“你平时看起来挺没心没肺的一个人……”

他虽然还是不知道自己要表达什么，但是我想我已经能理解了，我伸手拍拍他笑着说：“我走了。”

出租车里司机大叔全程黑面，脸色阴沉得像刚跟老婆干过架。我闭起眼睛，想驱赶脑海所有不安分的细胞，以换来片刻的宁静。

车子停下来的时候，我拿起包，瞟了一眼计费表，一边掏钱一边问：“多少钱？”虽然计费表上清清楚楚地显示着十一块，我并不指望司机说四舍五入就给十块钱吧，但是人每天都会说很多废话，所以我纯粹只是出于无聊随口一问。

可谁知，司机开口就说：“十五！”

我掏钱的手立马停了下来，不满地问：“表上明明是十一，为什么要十五？”

“一般这么远都要十五。”

“什么叫一般都要十五，我只认表给钱！”

“哎，算了算了，就按照表给吧，加两块钱燃油费，十三。”他特不耐烦地说。

“什么叫算了，本来就应该十三！”我愤愤地从钱包里掏了十五给他，边说：“居然敢欺负本地人！”

理亏的司机依旧嘟囔着：“一般都是十五。”

可就在我把钱递给他的那一刹那，计费器神奇而诡异地在我们眼前从11跳到了12，我惊讶得下巴都要掉下来了，回过神来发现司机已经忙不迭地把一块钱硬币放在了我张开的手心里。

看着手里的一块钱，我调整了一下气息，低沉而铿锵地说：“你应该找我两块！”

司机理直气壮地说：“表上清清楚楚地写着12，你不是认表给钱吗？”

“你已经跟我说了十三块了，表是刚刚才跳的，关我什么事？”

“口说无凭啊，我这儿不仅有表，我还有发票呢！”说着，把刚打出来的发票扔给我。

碰到如此极品的无赖司机，我不禁怒火“噌”地一下蹿上来。我一把推开车门，他以为我要走，谁知我把一只脚放在地上，屁股还在车里做好武装割据，摆好打持久战的架势，我把手抱在胸前愤怒地说：“你今天必须把这一块钱还我！”

司机毫不示弱：“肯定不可能！”

因为车子就停在靠居民区的路边，不到一分钟各路人马就浩浩荡荡跑来强势围观。我跟司机吵得面红耳赤，虽然我已经拉拢了一帮大妈和我一起声讨，但是司机仗着厚脸皮铁了心不肯还钱。周围路边摊的顾客们也陆陆续续围了过来，其实事情不是什么大事，但是小区生活实在单调无聊，每天巴不得碰上个事来凑凑热闹。

“警察来了！”不知谁大喊了一声，正互掐着的双方停下炮火。只见一个穿着制服的白白嫩嫩的片警挤了进来：“怎么回事？怎么回事？”看见警察叔叔我心头一热，自从上次扬州遇见警察小哥后，我对警察好感大增，赶紧主动向警察讲述起事情的经过，虽然这警察看起来无比稚嫩。

“车子停下来到表跳上去前后不到三十秒。”司机无耻地插话。

“你跟我要十五块钱那段都不止三十秒了，好吗？”

听了我的叙述，警察弯腰对着车里的司机说：“你看看你耽误这么长时间，少赚了多少一块钱啊？你把钱给她不就完了吗？”

“那不行，表上就是十二，我按表收钱！”

“那小姑娘，你看……”

我把手一摆：“我不可能让步的，他这种无良的哥今天让步了以后会更得寸进尺。”

年轻的警察见调解无望，摇摇头说：“怎么说你们也不能把道给堵了，你们既然不怕麻烦就跟我去局里解决吧。”

透过人群我看了下，路本来就不宽，确实很多车路过的时候都很艰难地绕行。我下了车，看司机还赖在车里，气不打一处来：“你去不去？你不有理吗？不敢去了？不去你给钱啊！”司机听我这么一说，跳了起来：“我倒要看看怎么解决，我发票都开了，我到哪儿我找不着理？”

生平头一次坐在公安局里，我居然有如同第一次坐飞机的小激动，但是随即便被旁边司机那死猪不怕开水烫的表情冲刷得一干二净。我四处观望了一下，来来往往的警察不少，可是一个偌大的办公室里就我们俩市井小民，相当扎眼惹火。过往的警察都忍不住瞅上两眼让我浑身不自在，年纪轻轻就到公安局一游毕竟这不是什么光彩的事。

我挪了挪屁股坐直，轻轻咳了一声，对着对面正在弄表格的警察说：“警察同志，我可是良民，我是在维护自己的权益。这不是一块钱的事，这是关系市民职业道德和社会风气的大事！你们有责任帮助市民扫清社会主义和谐社会道路上的障碍！”

我边说边若有所指地白了司机一眼，而这个四十多岁的中年男人摆出一脸九零后的叛逆和不屑，然后用鼻腔发出了一声类似猪发情的声音，极其挑衅！

“你这是什么声音？”手指着司机，我转向警察，“您能不能让他停止怪叫？”

“这位同志，用语言沟通确实比这种煽动性的声音更有效。”

警察和颜悦色的劝说让我很不满，以我的意思，警察最好抄起家伙狠狠拍他！我双手抱胸又狠狠瞪了毫无悔过之意的司机一眼，转过脸来，瞥见办公室门口一个高高的挺拔身姿，即便是在这种肝火郁结的状态下，我那花痴的本能还是瞬间占了上风，驱使我多看了两眼。

这一看不要紧，我顿时心咯噔一下，大脑里的脑浆直冲而上在颅腔里倾泻出一朵漂亮的喷泉。这位帅哥不是别人，正是处女座洁癖高傲无理喜欢正妹的张修远！上次在他面前丢脸已经丢够了，如果这次再让他看见，不仅我王家祖坟会气得半夜冒烟，就连我王小能脸皮再厚也不得不引咎上吊，天呐！我那光宗耀祖的惨烈遗愿啊！

和修远对视的那一刻，我立马慌张地低下头开始念咒“他不认识我他不认识我”，我抖着腿抓起桌上一本书挡起脸，谁知司机看我这怂样来了劲儿，大声地说：“刚刚不是能说呢吗？现在也嫌丢人了？”

我不停地小声哀求他不要吵，可是他却越来越得寸进尺。等感觉到修远站到桌边的时候，我绝望地慢慢放下挡着脸的书。再次与修远对视的那一瞬间，我把能骂的各路神仙通通都骂了一遍。而他盯着我的眼神，就像武侠片里的高手看到已经被自己亲手释放过多次的三脚猫小痞子再次来找事时那样，掺杂着犀利与玩味。

“哎，张科，你怎么到我们这儿来了？”对面的警察抬头看见修远。

“那边有个案子要借你们技术员小李用一下。”

我悄悄抬眼，看见修远说话的时候眼睛依旧盯着我，我立马缩了回去。

“他们是怎么回事？”

我后脑勺“嗡”的一下，我最害怕的事还是发生了。我哭丧着脸，如果上帝还有一丝怜悯，下一幕应该是：“这个不得了，她可是国际间谍，通缉要犯！”连警察都带着膜拜的表情，修远更是虎躯一震，五体投地！又或者是：“她是青龙帮的二帮主！”就算再不济，也应该是：“她在出租车里被这个色狼司机非礼了！”

这起码还能证明我有女人的魅力，可是现实是，耳边清晰地响起警察略带嘲讽的声音：“嗨！他俩为了一块钱争到现在了！”

是的，你常常乞求上帝点到为止，但其实上帝已经把你删进了黑名单。

我紧盯着修远，只见他虽然尽力表现出事不关己的淡定，但是脸上还是不由自主地闪过一丝轻浮的嘲笑，然后利落地转身上了楼。我懊恼地垂下头，刚刚的嚣张气焰已经消失了大半，只想快点回家。

后来事情解决得倒也顺利。警察找了司机所在的公司，一听见老板的声音，那司机立马软了下来，最后看在老板的面子上不情不愿地把一块钱以两个五毛硬币的形式扔给我，苦着脸说："你就是专门来找我茬的吧?"我抓了钱就想闪，我怕闪迟了又碰见修远。可是警察偏偏有一堆文件要我签字，匆匆弄完，我逃也似的跑了。

站在一楼大厅门口，回想起刚刚那一幕，我突然有种想睡在地上蹬脚捶胸跟上帝撒泼耍赖的冲动。幸好这时候手机响了，一个陌生号码，我疑惑地接起来。

"喂，王小熊！在哪儿了?"

我惊讶地用左手捂住了嘴，修远的声音从话筒里硬邦邦地传过来。

"呃……我……已经上车了……"我装作若无其事地说。

"噢，到哪儿了?"

"……刚上大桥。"

"这么巧，我也在大桥，你看见桥上两只猪了吗?"

"……猪？噢……看见了，哈哈。"

脑门上已经微微出汗，却听见身后"扑哧"一声，我惊恐地转身看见修远正手握电话带着一抹挥之不去的邪笑笃定地看着我。我僵在那里无处可逃。

"王小能，你一点都没变。"

修远走近了两步，用近在咫尺的距离，意味深长地说，仿佛见到陌路了几年的前女友。

"什么意思?"我有点发懵，但随即想到上次在他面前为了五块钱把手伸进厕所，这次为了一块钱闹到公安局，他应该是指这个。

想到这里，我羞愤难当地说："你嘲笑我?"

他轻笑一声，把手插进口袋："上车！送你回去!"

他说话的语气很稀松平常，却有种很奇怪的牵动力，虽然我想表现得有骨气一点，但还是乖乖地跟在他身后上了车。

"你住哪儿?"

"贫民窟。"

修远“扑哧”一声笑了，我把怨气紧逼过去：“偶遇抠门苦逼相亲女你是不是特有存在感?”

“是啊!”他边开着车，边邪笑着说，“遇见你能增加一天的幸福感。”

“还真是拐弯抹角地挖苦我。”我不满地说。

车子开到大街的时候，我从窗外看向路边，流光溢彩欢声笑语。我喃喃地说：“明天就是情人节了。”如果没有认识刘真，这个情人节应该会像过去23年的所有情人节一样嬉笑怒骂地度过，可是这个情人节，却孤独凄惨得让我永生难忘。

“明天我想挖个坑把自己活埋一天。”

“受什么刺激了?”修远转过脸问。

“这还用说吗？明天会有大把的姑娘手捧鲜花面色红润地刺激我。”

修远笑着不说话，看着他干净的脸，我突然有点晃神。我伸出手指借着车窗上的雾气，俏皮地写下：“你好，火星人!”靠在椅背上傻笑的时候，我并不知道上帝处心积虑的安排。

再遇火星人，其实是这个悲壮故事里唯一一个温柔的伏笔。

第二十一章 血染情人节

又是情人节！餐厅里又是各种情侣套餐，商场里又是各种情人节折扣，大街上又是各种横幅和气球，姑娘们又开始手捧各种鲜花挽着小伙无比欢乐地奔进招待所，电影院里又是各种成双入对，高的，矮的，胖的，瘦的，美的，丑的，老的，小的……满世界的触景生情让你无处可逃，你就算躲在家看《动物世界》也能抱着抱枕黯然神伤，连它们也有忠实伴侣，而你作为灵长类高等生物却给同类结结实实地拖了一次后腿。

我在车里对着修远喋喋不休地抱怨，最后靠在椅背上幽长深远地叹了一口气。修远转过脸看了看我，一脸坏笑地说：“你明天可以雇我一天，我给你送花，陪你看电影，带你去宾馆。”

我一听，各路神经为之一动。正抿着嘴猥琐地琢磨着这一充满建设性的建议，修远毫不留情地打断我：“想什么呢？共处一室的前提是你不许碰我。”

我花痴的表情瞬间切换，恨恨地说：“张修远！你最近在抓饥渴变态少女想钓鱼执法吧？”

“我举报你!”我举起拳头恐吓他。

“我是怕你明天受不了刺激做出有害社会的行为，我们警察有义务为市民消除任何安全隐患。”

“劳您费心！明天去借条公狗做个伴，应该会抑制作案冲动!”

修远笑着说：“王小能，我就说遇见你能增加一天的幸福感。”

车子转了个弯缓缓驶入小街，在张记面前停了下来。

“就到这里吧，我家就在前面，我走过去就行。”我拎了包指了指前面。

“前面很黑，我送你!”

修远和我一起下了车，关上车门的时候，突然感觉张记门口一股更年期的杀气直逼而来。我定睛一看，我妈正站在修远旁边一脸惊讶地看着我们。

“妈!”为了防止修远把她列为鬼祟的可疑对象，我不得不开口认领。

修远一惊，赶紧礼貌地打招呼：“阿姨!”

“这就是修远!”

我妈一听是修远，立马喜笑颜开：“哎哎哎，走，去我家坐坐!”

“不了，阿姨，我一会儿还要赶到局里加班。”

“哎呀，就喝个茶!”我妈把手放在修远背上开始往前推。

“哎哎哎！人家着急去上班呢!”我一边说一边朝我妈使眼色。

“阿姨，我下次再上去，今天局里真的有事。”修远近乎哀求。

我妈只好心不甘情不愿地作罢，等修远发动车子的时候，她依旧不忘喊上一句：“下次一定来啊!”回家的路上，我妈一直在偷着乐，一路慨叹：“多漂亮的小伙子啊!”开门的时候都不忘回头调戏我：“我就知道你喜欢人家!”

“您要不是我亲妈，我非得告您去！诽谤!”

“那他喜欢你?”她两眼放光地看着我。

“您觉得您闺女有这能耐?”我没好气地反问。

她打量了我两眼，终于无奈地排除了这种可能。

“那他怎么送你回来的?”进了屋我妈依旧不死心地追问。

“路上碰到的。”

我走了两步，突然想起了什么，回过头：“咦，你刚刚在张记干吗的?”

我妈微微一怔，眼神开始躲闪起来：“噢……我……我看你这么晚没回来，去等你的。”

“不是吧，您一直把我当男孩养，我以前半夜回来您睡得可是心安理得的啊。”

“你该不会跟张叔有什么吧?”这句话突然开始在我嗓子眼里乱窜，但是看着我妈慌张的神色，我还是用力把它咽了下去。这么多年，为了我们的成长她都没有任何再嫁的念头，我不想因为这个毫无根据的揣测触及一个单亲母亲的软肋，因为我想这应该是她这辈子很在意的事。

我最害怕的情人节魔鬼，终于在我睁开眼睛的时候邪恶地对我说“HI”，我知道这一天我都摆脱不了这个丧心病狂的恶魔了。事实上，一个上午我都感觉到它的如影随形，坐在位子上给客户办着业务的时候，突然有一瞬间，我觉得自己正坠下万丈深渊。

这不是一种修饰形容，而是真实的感觉，觉得自己慢慢在往下坠，而那个悬崖漆黑一片深不见底，不知道自己究竟会落在哪里。这种感觉我只体验过一次，是在我爸出事的那天，上着课的时候我突然有这种感觉，结果没多久噩耗就传来了。

这种诡异的联系让我有种不祥的预感。中午一进公司直奔更衣室，一路上从各个办公室弥漫出浓郁的花香，我忍不住不停地往里偷瞄。路过保费部的时候，芸芸桌上那一大束烈焰玫瑰中间用百合矫情地拼成“I LOVE U”的字样相当吸引眼球，虽然有点俗气，但却不容置疑地分外妖娆，分外气派，分外风光，瞬间映衬出我相当黯淡，羡慕嫉妒恨的心情油然而生。

正要挪步的时候芸芸发现了站在门口的我，我只好尴尬地笑笑：“好漂亮的花啊!”

芸芸立马神气起来：“当然啦，花是要配人的嘛，配吧?”说着把甜到发腻的笑容凑到花束边相映生辉。

那一瞬间我终于恍然了，是啊，花是要配人的。我终于知道为什么我活到这么大从来没收过鲜花，因为小伙子总不能跑到花店对着老板娘说：“麻烦给我包一束仙人掌，刺很多的那种哦，跟我女朋友很配!”

推开更衣室的门，马小猫正咬牙切齿地回顾着今年情人节的特大事件。原来她这个月勒紧裤腰带提前准备好资金，一周前就让老公在花店订了一大束特气派的玫瑰花，跟店家再三叮嘱一定要光明正大地送到单位，如此大手笔就等着今天风光一把。可谁知，今天中午，店里刚来的打工妹抱着花给送到她家去了，如此耗费财力物力的场面居然没有任何见证者，气得马小猫差点当场晕厥。后来店家弱弱地提出下午重新送到单位，马小猫无比愤慨地说："那显得我多假啊？"

"本来多美好的一个情人节结果搞成这样！"隔了N久，马小猫依旧难以释怀。

"哎，王小能，看你那样是不是作案工具都准备好了就等着下班去危害社会了？"

我关好柜子，做了个让她俩靠近的手势，凑过去阴沉地说："我们家楼下的那只流浪猫，中午我去给它喂食的时候，发现它居然有男朋友了！"

"连我家的野猫都在过情人节，你们说今大我还有什么脸活着？"

"这叫饱暖思淫欲，谁让你把它喂饱的？它要整天饿得发慌哪儿有那闲情逸致。"马小猫对着镜子系着丝巾，突然转过头来触不及防地问："刘真跟她女朋友怎么样了？"

我突然有一瞬间的恍神，那个情人节魔鬼仿佛正站在角落里一言不发地窥视着我。我一直害怕这一天的到来，因为在潜意识里我知道这是决定生死的一天。其实这是一个简单的逻辑，如果我身陷"落单即可耻"的囹圄中，他愿意用一句"情人节快乐"将我保释，那么我就赢了。

"他如果选我，我愿意折寿10年。"回过神来，我幽幽地说。

"神经病！"马小猫气急败坏地骂道。

当一个人说愿意为一件事情折寿10年的时候，其实也纯粹只是说说而已。因为他做这个假设的前提是笃定地知道这件事发生的概率微乎其微。所以这句话套用的经典句型是：如果我和王力宏一夜情，我愿意折寿10年。

而我，就在等这样一个渺茫的奇迹，这个等待的期限是今天结束以前。

一整个下午，坐在位子上我都觉得一种说不清道不明的心慌意乱，感觉那个伴随我一天的魔鬼无处不在，用他那毛骨悚然的眼睛冷冷地盯着我。我强烈地感觉到要发生什么事，可是我又实在不知道还有什么事比他忘记我的存在还要凄惨，就像现在这样。

下午5点拉闸前，这个时间要是往日必定有一群客户猫着腰赶场似的往里钻。但是今天，竟连个人影儿都看不见。整个柜面就只有马小猫面前有一个纠缠了许久的钉子客户。

“这个点都去准备烛光晚餐了吧?”文菁在一旁猜测道。

我刚准备好好给她分析一下，只见门口突然出现一个身穿花店工作服的小帅哥手捧一大束五彩缤纷的玛格丽特，粉色，黄色，白色，精巧地搭配起来中间零星点缀着紫色的丁香。玛格丽特是我后来知道的名字，而当时我看到的就是记忆中最漂亮的野花，而一次看到这么多玛格丽特聚集在一起还是头一次。

这束花一出现在门口，就凭借出类拔萃的规格和清新脱俗的气质吸引了大厅所有人的眼球，连见惯了世面的马小猫也当机立断地抛下客户，觊觎的目光紧紧跟随。

“天呐，谁这么幸福?”文菁惊叹道。

“反正跟咱们没关系。”叹了口气，我轻轻地说。

“哪位是王小能小姐?”

这一句就像是一颗重磅石灰弹从天花板上掉下来，所有人都齐刷刷地看向我，以目瞪口呆的方式。只有我后知后觉地一动不动，脑袋里飞快地闪过一个可怕的念头：天呐，难道是我想花想疯了居然出现了幻觉。

“这花是王小能的?”文菁站起来难以置信地问。

“是的！王小能。”帅哥微笑着重复了一遍。

我狠狠地甩了下头试图让自己清醒，确定自己不是幻觉后我晃悠悠地站起来怯生生地接过那束美得沁人心脾的玛格丽特，那一刻的感觉就像接过一个平凡女孩的梦想，庄重而温暖。原来第一次收花的感觉是这样的。

“原来今天压轴的是你，王小能你好有心机啊，花了多少钱?”文菁无耻地问。

“去你的，我王小能能做这么见不得人的事吗?”

马小猫送走客户急匆匆奔过来围观了一番，最后来一句总结性陈词：

"王小能，今天你赢了!"

"哪个帅哥这么有格调？卡片呢?"文菁站起来开始在花里翻腾。

"没有卡片。"

"还是匿名的？哎哟喂，王小能，你终于上市了!"

我疑惑地打量着人生中的第一束花，青翠的叶子上簇拥着朴素而淡雅的花朵，依稀能闻到泥土的芳香。像城市里五彩斑斓的梦想，没有任何附庸风雅的痕迹，清新自然地就像小时候傍晚在田埂上看到的一簇簇小野花，不惹人怜惜却有别样风味。比起娇艳欲滴的玫瑰，少了些妩媚却多了几分傲骨。

修远！我突然恍然大悟！除了修远，没有人有这种清爽的格调。除了修远，没有人知道除了仙人掌，我应该配什么样的花。

除了修远，我从没有向谁拐弯抹角地抱怨过没人送花的尴尬。

"你就知足吧，起码有男人愿意怜悯你!"文菁听完此花的由来，愤慨地说。

"唉……你是吃不到葡萄不知道葡萄酸哪……"

"滚!"

就在这时，Z 办公室的门"嘣"的一声开了，只见 Z 拎着包从办公室一把冲出来带出一阵风从耳边呼啸而过。转眼的功夫，Z 已经消失在大厅里只留下急促的高跟鞋声，留下我们仨不约而同地呆在那里。

"不是吧？才 5 点半啊，今天太阳从西边出来了?"

"她怎么可以如此狠心地丢下我们?"

接下来是一阵超有默契的心怀鬼胎的沉默，3 秒后我们立刻各自散开开始收拾东西，以最快的速度闪进更衣室。

当我抱着那束大捧农家乐鲜花走出更衣室的时候，马小猫又在一边感叹："跟这么小清新的花相比，什么假玫瑰真月季都弱爆了!"

话音刚落，芸芸就抱着她那束闪亮亮的拼字玫瑰突如其来地出现在走廊拐角，阴沉着脸盯着我怀里的花，气氛尴尬得让我和马小猫不知所措。

两秒之后，我把脸凑到花上，学着她的样子嬉皮笑脸地说："配吧?"

芸芸嫌弃地看了我两眼，绿着脸气鼓鼓地走了。

"捧着一束月季花坐个三轮车去招待所!"马小猫看着她荡漾的背影恨恨地酸道。

出了公司，芸芸正摇曳地穿过马路，只见她几步奔向一辆银灰色小别克，打开车门春光满面地钻了进去。

“真是小人得志，王小能你赶紧去找辆宝马!”

“唉……”看着那辆别克车，我叹了口气装模作样地说，“老娘现在不想兴任何风浪。”

随着那辆车的缓缓开动，看清车牌号的我突然尖叫起来：“我靠!”

这是张修远的车！我居然被他的外貌和职业欺骗，早就应该知道他非善类！看着手里的花，突然觉得就像他的品位一样轻浮而恶俗，厌恶感不禁扑面而来。

“猫，你晚上去吃烛光晚餐吧?”

“嗯，对啊。”

“去吃烛光晚餐手里没花多寒碜，来，拿着!”说着我把花塞到她怀里，她一个踉跄，还没弄清楚是怎么回事，我已经转身走了。

看着大街上风尘仆仆的幸福人群，我不禁一阵沮丧，这真是如此体现人生价值的一天，每个姑娘都竭尽所能地绽放。而像我这种选手，除了会不识时务地逞一时口舌之快，最大的价值就是回家陪我妈守寡。

人生真叫人泄气，刘真和他女朋友也许此时此刻正沉浸在跨过情路上小沟壑的幸福里，没准情更比金坚。而我，却被张修远这小子强奸了第一次收花的小欢喜。想到这儿，我狠狠踢了一脚路边的垃圾桶，谁知垃圾桶上的半杯豆浆掉下来不偏不倚砸在我脚上，白色的液体洒了我一脚。

变幻莫测的人生真的是避无可避，包里掏了半天连张草纸都没有，我只好走到路边扶着路灯把脚抬起来开始忘我地甩豆浆。甩着甩着，一辆车缓缓停在我面前，宝马的标志在我眼前一闪而过，我抬头瞟了一眼继续专心致志地甩豆浆。

“嘟——”宝马车主刻意地按了声长长的喇叭。

难道我功力太深把豆浆汁甩宝马上了？我赶紧停止动作抬起头，坐在驾驶座的男人似乎有点眼熟。“修远!”我惊叫出声，而他正紧着眉头一脸嫌弃地看着我。

“王小熊你在大街上练钢管舞?”

“洒上豆浆了。”我尴尬地说，声音也越来越小：“没有纸擦……”

修远一脸不可思议的表情："你是女人吗？"接着从车窗递给我一盒面巾纸："擦完上车！"

不知道为什么，每次修远叫我做的事情我都会乖乖去做，我接了纸顺从地把鞋擦干净。

"对了！你刚刚不是接了芸芸走了吗？我看见你的车了啊！"

"芸芸？"修远先露出惊讶的表情，不过很快又平息了，"先上车吧！"

我又乖乖上了车，坐下后我仔细回忆了当时的场景："我不会看错的啊，那就是你的车啊！"

"那是我的车，不过今天不是我开的。"停了一下，他转脸看着我说，"我爸开的。"

"那这车？"

"这车是我爸的。"

我赶紧转过脸不再问下去，两手抱胸靠在椅背上翻了个白眼，伴随着一声长叹，阴阳怪气地说了声："OK！"言外之意是：好吧，跟你们这种人手配备一辆四轮的家庭咱们没有共同语言。

看着我酸溜溜的模样，修远轻笑一声，突然转了话题问："花呢？"

这一问把我紧急拉了回来，我谦卑地放下手慌张地说："放……放办公室了，抱着不方便……"说完，我在心里长长地顺了口气。

"怎么这么早就下班了，要是我迟一点还接不到你了？"

"啊？你专门接我的？"

"昨天不是说了吗？这是警察的义务，你是个安全隐患。"修远边说边发动了车。

"去哪儿？"

"吃饭。"

"还有座位吗？"

"没座位给你加座。"

车子在拥堵的街道上开开停停。我把头枕在椅背上看着车窗外的自己，也看见了凌乱的心绪，我努力地想要心静如水却还是抵抗不了奔腾汹涌的想念。这个世界上那么多人，除去浮华的外表只有他能让我觉得安心。大街上的每一首歌，每一对情侣，每一个温暖的细节都让我情不自禁地想起他。我突然好恨自己，为了那一点点可耻的自尊心反目成仇，这是多么狭隘的行为。

如果他体谅我的挣扎，他会不会愿意原谅我？如果上帝愿意给我一个奇迹，我真的愿意折寿10年。我掏出手机，在长长的联络名单里找寻他的名字，这就是我现在最接近他的唯一方式。

“怎么了?”修远看了看我问道。

“没事!”我若无其事地笑笑，把手机放进包里。

铃声突然在这个时候响了起来，我掏出来一看，整个呼吸都凝固了，只听见狂乱的心跳。“刘大少”是我给他存的名字，此刻正眼见为实地出现在屏幕上。过了好久，我才想起来按接听键。

“喂!”刘真久违的声音瞬间把我的心绷紧。

“嗯，什么事?”我小心翼翼地让自己听起来稀松平常。

“情人节快乐啊!”

我立刻用左手捂住了嘴防止自己兴奋地尖叫起来，修远转过头困惑地看着我。

“喂？在吗?”

“……噢……你先等下!”

我掐断了电话，立马打电话给文菁，我激动得语无伦次。文菁感叹地说：“王小能你准备折寿吧。”接着，我又打给了小猫，她难以置信地说：“还真让你等来了?”最后我还是不放心又打给了边姐，让她用哲学的辩证法给我分析一下他这个电话的用意。边姐一边吃着火锅一边跟我说：“在这种情况下向你抛出橄榄枝，很明显你在他心中还是有一定分量的。”

挂了电话，我觉得那一瞬间整个世界特别美好，得意的窃笑难以克制地浮现在我的嘴角，甚至有了上帝待我不薄的感动，就像自己站在爱情胜利者的领奖台上，想感谢那些在我坎坷情路中举足轻重的旁观者。

电话又响了起来，连铃声都是那么急切，仿佛他有好多没来得及说的话。

“在干吗呢?”

“噢，没事。你的电话来得太突然，刚刚打了电话给朋友跟她们讨论下你下面准备说什么。”

“呵呵，她们怎么说?”

"她们说你准备说，王小能做我女朋友吧。"

说起这句的时候，我觉得自己整个人都要飘起来，腻歪到修远忍无可忍地用眼神谴责我。

"好吧，这个一会儿再说。我先问你几个问题吧，你为什么要找我女朋友啊?"他的语气平和舒缓，比任何时候都要温柔。

"我不知道，我当时很慌，不知道还能做什么，对不起。"如果这个时候说抱歉，我希望不会太迟。

"那你有没有想要告诉她然后毁掉我，有吗?"

这个问题毫无防备地抛过来，我突然觉得有点接不住，因为这个问题连我自己都没有想过，但是他在做决定之前想要对我的人格有充分的了解是那么的合情合理。

"还有啊，我们第二次见面我有脱裤子吗？没有吧?"他的语气依旧轻松活泼。

"有啊，我还问你是不是要去洗澡的咧。"

"到底有没有?!"一个女人的尖细的声音突然在电话那端响起。事情发生得如此突然，我呆呆地举着电话大脑一片空白。我就在那一刻开始从云端坠入万丈深渊，所有细胞都处于失重的高危状态，就像多年以前爸爸去世的那天一样。

"你先别激动，我来问。"刘真用一致对外的立场安慰她女朋友，转而继续对我说，"第一次我承认，我已经向我女朋友承认错误了，她也说了，一个巴掌拍不响……"

耳边开始轰鸣，慢慢听不见任何声音，那个跟随我一天的魔鬼在车窗的倒影里露出了得意的奸笑。如果说今天是至关生死的一天，那么我已经倒在血泊之中，血染整个情人节。

隔了许久，我终于攒起全身力气对着电话吼了一声："你给我滚!"

之后，整个世界开始摇晃，最后一丝温度从掌心逃脱，指尖冰凉。恬不知耻的幻想变成了最后的恶言相向，他却不知道我因难堪而有多慌张。

趴在修远的肩上，眼泪再也无处躲藏。我只希望有个机会能被你爱上，可是究竟要多久，多长，多流转的时光，你才能体谅我受过的伤。

第二十二章 爱情中转站

我想知道，在感情的世界里，任何一个三人对质的场景里，有没有人像我这样被一脚踹开血肉飞溅。在剩女阵营里待久了，自知之明就是我人生里最如影随形的日常必备品德。我从没奢望他在女朋友面前说“王小能我爱你爱得要死，没有你我就活不下去”，我只是希望，他能拿起男人应有的担当照顾我仅剩的尊严，而不是像现在这样，三个人对质的时候给我重重的反戈一击。

“女朋友”这三个字成功当选为我王小能 2011 年度最讨厌词汇。

睁着眼睛躺在床上，全身的怨气随着太阳的升起而不断汇流堵塞了任督二脉。我知道上班时间已经过了，但是我起不来。静音的手机就放在枕边，我想此刻它应该正承载着 Z 的夺命连环 call，虽然这是我第一次逃班，但对求死心切的我来说一点都不觉得可怕。事实上，我准备等 Z 责问原因的时候面无表情地说：“今天早上太阳升起的时候，我全身真气紊乱，窜行五脏，严重内伤。”

为什么琼瑶剧里的女主角失个恋全家可以跟着哭两集，没准还有时间穿个病号服套装在医院悠闲地做个无痛人流，而不用去上班？

我在上午10点鬼魅般地出现在班上，马小猫一把推开更衣室的门，指着我说："王小能，我一个上午都在嗅着你的味儿呢，你总算来了！"

我没有搭理她，面无表情地开柜子，换衣服。事实上，对于她的反应我早有预期。

昨晚我不记得自己在地下停车场趴在修远肩上哭了多久，修远一个字也没有问。当然，也许是因为这跟他并没有多大的关系，他并不需要关心。后来哭累了，我说我要回家了，修远就开车送我回家。在路口等红灯的时候，马小猫家的小奥拓正巧就紧凑在旁边，马小猫抱着我那束玛格丽特朝着我龇牙咧嘴地叫，害怕修远看见，我赶紧默默把车窗上"哈"满密密的水蒸气。

所以现在，她向我兴师问罪来了，可惜我现在无力解释。就像她想的那样，我跟宝马男情人节一夜春宵后飞上枝头便见利忘义。吵闹是种蒙恩，可我无心幽默，此刻我只想争取片刻脆弱的权利。

我转过脸走向门口，她看清我脸的那一刻明显吓了一跳，虽然意料之中但自尊心还是瞬间刺痛了一下。哭了一夜的眼睛加上浮肿的一张脸，此刻我一定像极了《快乐大本营》里的杜海涛。

刚坐到位子上，就看见Z拎着包低着头穿过大厅里嘈杂的人群匆匆走向办公室。

"你们今天怎么回事?"忙得头冒青烟的文菁突然转向我说。

原来Z没有逮住我，我视死如归的壮烈心态顿时一阵失落。叫号前我整理好前一天没来得及交给她的材料送到她办公室。一进门，我就感到了一种别样的气氛，一向寒气逼人的房间今天明显少了气场，而向来裸眼的Z今天戴了厚厚的黑框眼镜。我把材料放到她桌上，她才抬头看了我一眼。

"眼睛怎么了?"她突然开口问，要在平时如果她想要一个答案，那一定会狠狠瞪着你。可是今天她只是低着头，语气柔和得像朋友间关切的问候。

我在脑海搜索了一遍各种诸如"被蜜蜂蜇了"之类无厘头的答案。但是，真正经受过磨难的人才能在一瞬间突然体会到返璞归真的真谛。

"我被甩了。"

Z停下翻看材料的双手，却迟迟没有抬头。我淡定自若，她不动声色，这静悄悄的一幕，无比诡异却颇显荒凉。

“你先回家休息吧，连上周末，自己好好调整一下。”

“嗯。”我波澜不惊地应着。

Z今天的反常很显而易见，但是对行尸走肉的我来说连一贯敏锐的洞察力都苟延残喘。直到我收拾好东西在走廊里听到财务部两个大婶的对话。

“昨天黄英（Z的全名）在XX当场捉到她老公跟二奶……”

“哟！要我说，活该！你看她平时那样……”

我停了一下继续往前走，不带任何表情。从我脸上透射出来的冷若冰霜的杀气让她们立刻停止了议论，自动为我在狭窄的走廊让出一条道。而那时我突然回想起刚刚在Z办公室里那静止的一幕，默默对峙的不是习惯性偏见，不是难以逾越的岁月鸿沟，而是两颗同样受伤的心。

大街上，阳光灿烂出春天的味道，整个城市热闹而蓬勃。音乐声、欢笑声，连路边的蛋饼摊都那么的富有欣欣向荣的社会主义气息。走在马路上，我觉得自己处在这个城市的边缘，一触即发的边缘。就算眼前所有的东西都模糊了，我依然可以看见那条清晰的边界线，一条我无论如何都无法越过的分界线，分界线的那边是遥不可及的幸福的人群。

我掏出手机，在长长的联络名单里找一个可以随时随地将我从佛门路上拉回尘世的人。

“Hello?”听见王凯明明沙哑却故意搞怪的声音，我在那一刻突然松掉了全身紧缩了一天的弹簧，放下所有防备痛哭失声。

“哎，王小能……你这是干吗?”王凯显然慌了。

他越是这样说，我哭得越凶。

他急了：“别……别啊……王小能，你一大老爷们儿哭什么呀?”

他越紧张我哭得就越得寸进尺地凶悍。

“……你跟哥说，丢了多少钱?”

换了个嗔腻的声调继续哭。

“嘿，除了钱还有什么事能让你王小能哭得这么抑扬顿挫的?”

肺活量告急我紧急换了口气。

“行了行了，哥这周刚好去盐城……”

“真的吗？你什么时候来？”抽泣声明显轻缓了许多。

“明天上午吧，中午一起吃个饭吧。”

“嗯，好！”我抬起手用袖子抹了把眼泪。

说完再见，挂了电话，我长长地吐了一口浊气，顿时心里舒畅很多。王凯的到来，给了我前所未有的宽慰。比起文菁她们两肋插刀的坚定结盟，我更需要的是另一个人雪中送炭的安静陪伴，而这个人必须具备的特质就是比朋友疼你。

王凯，是我生命中唯一一个悬在空中无法准确定位的人，我实在舍不得就此给他贴上“哥们儿”的标签，但“爱人”的龙椅上已经稳稳当当地坐着刘真。我知道这其实很扯，但他是我舍不得解开的归类题，因为他很特别。

所以第二天，我特意穿了我压箱底的运动款小棉袄，背上我那引以为豪的欧美复古网购小包包，临走时又抓起了新买的小碎花围巾，自信满满地站在了王凯面前。

“嘿，王小能，你真是好明快的小伙子！”王凯看见我之后脱口而出。

几日不见，他健壮了不少，在人群中显得很高大，调戏我的时候眼睛里温暖如玉。他的眼睛是我最喜欢的部分，我一直想哪天去韩国整容一条街割个像他那么深的双眼皮。看见他，我情不自禁地咧开嘴，笑得像朵花。

“王小能，你真亲切！”看我一直愣着傻笑，王凯一声慨叹。

天气很好，周六的闹市区人满为患，马路上已经堵了一长条的车队，不时地传来忍无可忍的喇叭声，我在人群中游刃有余地穿梭着，王凯紧紧跟着，不时地抱怨中国人多。

“没事，反正你现在在我的地盘上，你要是愿意，你可以横过来走，没人敢拦你！”

“原来你是王少帅啊！”

我们就这样一路吹着牛晃到了小吃一条街，空气中饱满的香气飘散得我们一阵激荡，当机立断地坐在了烧烤摊上，豪迈地吃起来。

“盐城的烤脆骨这么好吃啊！”王凯满嘴油光地说。

“你等下！”

我抓起一根肉串匆匆起身，旋风似的抱了两盒鱼丸回来。

“你尝尝，这是盐城最好吃的鱼丸了！”

“是吗？”王凯半信半疑地挑起一个塞进嘴里。

“怎么样？”看着他慢慢咀嚼，我期待地问。

“没觉得好吃啊……”

“不会吧？你再仔细吃吃。”

……

这里热闹非凡，欢声笑语，任何一个失恋的人都会避而远之以免伤口被恣意宰割。然而，此时此刻，镜头却从我铺满阳光的笑脸开始越拉越远，然后停在俯瞰的角度。在这条喧闹的街上，我和王凯开心打闹着吃着路边摊，周围人来人往。这春暖花开的一幕里，看不到的是我面朝大海的倔强。

我本以为王凯神经大条忘记了昨天的事，但是当我们捧着红薯坐在公园秋千上的时候，他突然猝不及防地问：“昨天哭是因为刘真吧？”

我默默地啃着红薯不说话。

“王小能你怎么就不明白呢，那家伙不喜欢你，从头到尾都是在作践你！”

“一点点都没有吗？”我看着他赌气似的问。

“这本来就是个病句！喜欢就是喜欢，不喜欢就是不喜欢，没有一点点！”

“哎，你的用词很刺耳哎！”我不满地嚷道。

“我是看不下去了。”王凯挤了挤手中的烤红薯，“找个喜欢自己的多好，以后结扎的事都冲在前头呢！”

我嫌恶地看了他一眼，心里却在一遍遍重重地咀嚼他刚刚那些沉痛的字眼。

刘真曾经说“怪不得你没有男朋友”，当是否有男朋友成为评价一个人人格的标准的时候，我王小能就是首当其冲的怪物，从来没有人独具慧眼地发现我还有作为女朋友的潜能。王凯努力地开导我说，男人有很多女朋友是因为会装逼，会说谎。而女人有很多男人追是因为会挑逗，会发嗲。所以，诚实的男人没女朋友，正直的女人也没有男朋友，如何让好男人认识好女人，这是个世界性难题。

“所以你没有男朋友的真正原因是因为你太好了！”

我微笑着给了他一个感激的白眼。

“不过王小能，你好好的一妙龄少女怎么老把自己打扮得跟男流氓似的，你这不暴殄天物么？”说着，目光猥琐地移向我的胸。

“这什么包啊？”还没等我申诉，他就嫌弃地拽起我那引以为豪的包包。

“你懂什么？看见这英文字母没？这是特别时尚的复古样板风！比那满大街的LV稀罕多了吧？”

我还没说完，王凯就特不屑地走了。

“哎，这可是我花了50块钱网购的！”

“哎，我可是时尚界人士！”

“哎，你太没礼貌了吧？”

我追在他屁股后面一个劲儿地喊，他却依旧扬着头不理我。

在路口等红灯的时候，我们站在人群前头。一辆三轮车慢慢靠过来，我突然感觉五雷轰顶，蹬三轮的师傅裤子很短，露出一大截秋裤。这不是重点，重点是秋裤的花色跟我引以为豪的复古样板风如出一辙！

我痛苦地抿着嘴，心里一再乞求千万不要让王凯发现！这对自称时尚界的人士来说是件多么掉场子的事！

“哈！”王凯突然叫起来，我绝望地闭上眼睛。

“王小能，你看！”我的包又被他拽起来，“多稀罕的样板风啊！”

“哈哈哈哈哈哈！”

他的声音和动作很夸张，周围的人群都开始注意起我们。于是，在清冷的微风里，我那可怜的包包和三轮车师傅的秋裤，在我那命悬一线的审美观的见证下，悲壮地相映生辉！

我再没有底气去为我的审美观辩护，这是多么悲怆的事。在去车站的路上，王凯依旧沉浸在嘲笑我的乐趣里。本来我很懊恼，但是在看到青年路上那家“李善堂”药店时，我终于在心里奸笑起来。这不是一般的药店，实际上是一个成人保健品店，据可靠消息，这里有个满口胡言的江湖郎中，堪称男人救星。

“我去买点维生素片。”

跟王凯对视的时候，他扑哧一声笑了出来，看来憋了好久。我以淡泊的表情作回应，然后径直走向店里，王凯跟在身后盯着我的包傻笑。穿着白大褂的老郎中看我们进来，把老花镜滑到鼻梁，抬眼打量。我立马装作心事重重的模样深深地叹了口气，老郎中凭借职业敏感心领神会地盯着王凯。

“小伙子面色潮红，看起来很虚啊！”郎中果然语出惊人。

王凯一愣，四下观望确认整个店里就他一个小伙子，随即惊慌地说：“不……不会吧？”

“来，我给你把个脉。”郎中不容置疑地抬起手。

王凯一时没反应过来，手已经被他拽在了柜台上。一阵诡异的静默之后，郎中松开手：“小伙子……”郎中眉头紧锁，表情凝重，“你的脉象沉细无力，虚得很啊。你这是后天失养，长期劳累所致，也是造成你力不从心的根本原因……”

“开什么玩笑？”王凯惊呼起来。

“没事，幸运的是你碰上我了。我最擅长中西医结合治疗功能障碍了，你看看这是美国产的，效果特别好。我再配合着给你开点中药，保证你们一星期就能和谐！”

王凯一脸窘迫，抬头观察药架，才发现满眼全是壮阳药。在一边暗自窃喜的我，觉得也差不多了，走过去小心翼翼地打断李郎中：“那个……没有维生素么？”

……

街上，我扬着头走在前面，心里满是窃窃自喜的报复感。王凯懊恼地从后面追上来。

“哎，王小能！”

“什么啊？”我慵懒。

“你不会真信了吧？”他一脸介意写在脸上。

“信什么啊？”

“哎，你知道哥有多厉害吗？”看见他的表情，我差点憋不住，但依旧装成一副不谙世事的模样。

“哥会力不从心？哥简直是女人的福星！王小能，你要是信了你可就没文化了啊！”

我嫌恶地看了他一眼，意味深长地摇摇头转身就走。他追在后面一个劲儿地喊："王小能，咱俩谈谈!"

"王小能，你太没礼貌了吧!"

这是一个不大不小的城市，这里的每一条小巷刘真都在我的幻想里陪我走过，满心悸动；而此刻看着近在咫尺的王凯，宁静温暖，就像立竿见影的良药，他眼睛里的暖色调对冲了我心里冰蓝色的裂痕。

王凯，是我生命唯一一个悬在半空中无法准确定位的人。我常常迷失在他柔软的目光里，我有一千个理由爱上他，可是我爱刘真。他轻轻地拨弄我的头发对我说再见，当他随着公车远离我的视线的时候，满世界的怅然若失。我终于在那一瞬间明白，如果我不爱他，那么我就是在爱上他的途中。

而刘真，只是我此刻停靠的中转站。

第二十三章 戴罪的羔羊

有人说，如果在一段感情里你付出了太多，那么你就不愿放手，不是因为有多爱，而是因为不甘心，所以反过来说，如果在结束时你想洒脱转身，那最好的办法就是抱着片叶不沾身的心态游刃其中。

可惜的是，只有在你蓬头垢面心如死灰地在厨房抓起酒瓶的刹那，这样的道理才会后知后觉地在你的脑门儿上闪闪发光。

付出的真心就这样覆水难收。

想到这儿，我端起手中的热牛奶，荡气回肠地猛灌一口。

“发什么呆啊？吃饭！”我妈狂吼一声将我拉回。

“哟，这谁家要结婚？”我拿起桌上鲜红得刺眼的请柬。

“有能耐的人家呗！”我妈一边把筷子递给我，一边拐弯抹角地埋汰我。

“李佳琴小姐与夏金安先生……”念着念着，我开始端详起手中制作精美的请柬来，时尚又精巧，这竟是李二的请柬。小时候，李二是典型的智力迟缓型，天天挨老师棒槌，被打得满脸泪痕，放学就在河边洗把脸。

总喜欢屁颠屁颠地跟在我身后，我捉弄她嘲笑她，但也非常愿意两肋插刀地维护她。有一次，我在放学回家的路上，看见李二和一丫头在沟里打架，我当时二话没说冲进围观的人群里，趁着混乱，抓起一把沙子往她对手的眼睛里一撒，然后飞也似的逃回了家，没多久就听到李二凯旋的捷报。

所以，我的心狠手辣就是这么有迹可寻。什么是辣手摧花？就是连祖国娇嫩的花朵也不放过。我的小聪明让我频频成为大人们口中的“别人家孩子”，而李二总是悲摧的反面教材。我习惯于在任何方面胜她一筹，天真的我以为我的整个人生都将凌驾于她之上。

我叹了口气放下请柬，时过境迁，此刻她已经无敌了。

“粥是咸的！”喝了一口我惊叫。

只见我妈头也没抬，慢悠悠地说：“今天中午你们都没回来吃饭，我一个人懒得做菜就在粥里撒了把盐。”

……

我石化了两秒，慢慢合起张开的嘴巴，如果我这离谱的人生非要找个症结所在，那必定是因为我有个离谱透顶的DNA。所以我开始习惯于在挫折的时候耸耸肩膀，歪着嘴说：“You know，that's life.”

隔天拖着自己上街，无比阴沉和冷静地向马小猫和文菁宣布这个噩耗。两张脸上无比和谐地勾勒出“你自找的”四个金灿灿的大字，心领神会。“刘真这家伙怎么这么具有约旦河西岸禽兽风范？”她们一致对刘真的恶行表示强烈谴责，同时对我自掘坟墓的行为深表遗憾。我默默作苦楚状，虽然我一直拉不下脸来承认，但是我确实是血淋淋赤裸裸地被甩了。干号已经难以发泄羞愤，顿时有种想要拿根小绳默默上吊的冲动。天呐！我人生中的硬伤啊！是因为我天真烂漫时为了钓龙虾活剥了几只癞蛤蟆吗？

“心平气和最重要，买注双色球吧！”

“感情总是要有所寄托，谁中了就送另两个人每人一辆车！”

彩票站里大叔大婶们争前拥后，老板娘催促不停，我端着果汁在小纸片上写下我、马小猫、文菁的生日。

“还有一个特别号码写什么？快快，想不出来！”

“哎呀，就写那谁的生日！”

“噢，好。”一片慌乱之后我拿着彩票走到大街上，三个人并排走。

“我这张彩票……”我举着彩票，想说必定中之类的吉语，突然一激灵弱弱地说，“没给钱……”

大道上行进的三人顿时心照不宣地顺势并排拐进了一条小巷……

马小猫说：“要是这张中奖了，你就把钱狠狠砸在他脸上。”

“对，然后恶狠狠地说：‘没错，老娘用了你的生日中的……’”

“不过话说回来，王凯昨天来看他姑姑顺道慰问了我，我觉得时过境迁，他依然能勾起我少女怀春的情怀……你没觉得他长得很像冯绍峰吗？”

“王小能你不是吧？”文菁不可思议地瞪着我。

“哎，猫，同时喜欢两个男人是很正常的吧？”我转脸问马小猫。

“你不是喜欢刘真吗？”文菁抢着堵在我面前，一脸严肃。

“没错啊，刘真的位置无可取代。但是现在刘真死了，我也不能自绝后路给他陪葬啊，追求幸福的道路本来就很曲折，说不定谜底揭开的时候王凯才是我的真命天子呢？”

“你确定你喜欢王凯？”文菁追问。

“……不知道，我只是觉得我不能失去他。王凯这辈子都会在我身边，不管以什么样的身份。”

“王小能，我支持你！”马小猫一把拍在我肩膀上信誓旦旦地说。

“我也支持你。”文菁也微笑着饱含深情地看着我。

突然上演这么温情得让人摸不着头脑的场面，我无语地苦笑。即使有方向那有怎样，前路一片渺茫，就像歌里唱的那样，把一个人的温暖转移到另一个的胸膛，那需要流浪几张双人床换过多少信仰，以我浅显至此的道行只能是个美好的梦想。

所以，还是人民币比较实在。

文菁在凉皮摊上边吃边咋呼：“哎，晚上等我短信，我就俩字：账号！你们拿了钱就不要再找我了，从此相忘于江湖。”

“王小能你要是中了，估计明个儿一早整个盐城都找不着你了吧？”马小猫说。

“嗯，此刻我已经不想搭理你们了，因为我预感我会中……”一直安静的我庄严而凝重地说，“我终于悟出来了，老天爷如此煞费苦心地磨炼我，就是为了有一天可以如此宠辱不惊地接受这份恩赐！”

坐在我们旁边吃凉皮的小朋友问妈妈："她们在干什么呀？"妈妈耐心地解释："姐姐们在做中大奖的梦呢。"

……欢喜散去，回到家开奖之后收到文菁的短信，很简短很精练："苟富贵，勿相忘。"

我举起那张暗淡无光的彩票，我失去了把钱摔在他脸上扬眉吐气的机会，也失去了一个原谅他的借口。我拿他的生日去赌运气，就像当初我拿他去赌幸福那样义无反顾。可是，我精心演绎的凄美爱情最后却成了三俗拖棚电影，我却以为自己是个角儿。让我成为当之无愧的烂片之王，他却连句抱歉都没有就消失得无影无踪，只留下无法稀释的恨一次次腐蚀我艰难愈合的伤口。

我在失恋的时候伴随着一个可怕的并发症，那就是顷刻间变成了来自乡村从事畜牧业摇滚的下里巴族人。这种并发症的直接病因就是，甭管听到什么苦情歌都可以感同身受地往自己身上套，瞬间产生"原来有人懂我"的感动。这种并发症的直接表现就是，满大街的网络神曲都能轻而易举地唱进我的心里。

"万分难过问你为什么，难道痴情的我不够惹火，伤不起真的伤不起，我想你想你想你想到昏天黑地，电话打给你美女又在你怀里，我恨你恨你恨你恨到心如血滴，伤不起真的伤不起，我算来算去算来算去算到放弃，良心有木有你的良心狗叼走，我恨你恨你恨你恨到彻底忘记……"

我无比忘情地听着这首仿佛为我量身定做的歌。原来最懂我的不是 Taylor Swift，不是 Linkin Park，而是一个打死红不起来的网络歌手。这一点让我极其动容，直到马小猫和文菁忍无可忍地联名抗议："王小能！我们没有在跟你开玩笑，你再放这首歌，我们绝对翻脸！"

虽然此种并发症既伤大雅又殃及无辜，但是却让我却不可自拔的身心沉醉。而另一边经历老公出轨的 Z，却像什么都没发生一样，没有任何破绽地如往日一样严肃干练。

"也许她也有些非典型性无公害的并发症吧……"

我说了这句之后，她们俩人齐刷刷的对我瞠目而视。

"啊……比如擦玻璃强迫症之类……"

我的猜测毫无根据，只是觉得一个女人在老公出轨后能如此快速地复原人格是要多分裂。有一天，在她的办公室里，她突然问起我的情况，然后她淡淡地说：

“我离婚了。”

她淡然得就像她手里的业务表格上有这句话，她只是念出来而已。我一时局促得不知道说什么，从小到大的语文课本里都没有应对这种句型的答案。只有在英文对话里，我知道下一句应该是：“Oh！I'm sorry to hear that.”但是如果我真说这句，我难保自己不会笑场。

“打起精神来工作！如果我能做到，那你更应该做到！”

“Yes，Madam！”TVB句型，我这辈子就靠这句句型活了……

她和拥有上百万家产的老公离婚了，这件事逐渐成为公司里茶余饭后的谈资，说起的时候满是落井下石的嘲笑。我总是无奈地避开，如果你们看过那么多爱情移位，还敢不敢笑她狼狈？我后来听马小猫跟我说，她老公不止一次地哭着求她原谅，可是Z异常果断。她说男人从出生的时候就伴随着女人的痛苦，他们习惯踩着女人成长，但是除了他的母亲没有哪个女人有义务陪他成熟。如果他让她觉得痛苦，她不愿意多留他一秒。

这样全身而退的尊严就像冲击波一般震撼了我，同样身为女人，我开始反思自己致命的优柔寡断。接着就开始天地变化，风起云动，然后在一个月圆之夜，伴随着太阳穴青筋一动，一块“闲趣”在我手中震碎，姐突然顿悟了。删掉手机电脑里大片的网络神曲，我开始斗志昂扬起来。如果Z能做到，那么我也能一定能做到。

接下来的日子，我当然没有变身成勤奋刻苦意气风发的少年，因为我从来没有过这些优良特质。我只是，回到以前那个尖酸刻薄辣手摧花诡计多端的王小能。王凯常常用看姑妈的借口到盐城来，我暗自等待花开的那一刻。我和Z的关系也自此开始前所未有的融洽，找托儿的亘古大计也终于提上了日程。

一切都是那么有条不紊地往高潮推进，却突然传来了一声惊天动地的呼喊：“抢盐啦！”

这就好像夜幕下宁静的村头突然响起了枪声，然后哭声四起鸡飞狗跳。整个大厅开始骚动起来，接着大家纷纷拿出手机急切地拨打给亲友：“快抢盐啊！”

“有这么严重吗?”看着飞快离去的大妈留在我柜面上还在颤抖的一团面纸，我问文菁。

文菁的电话突然响了，接着看她愣了一下，笑着说：“我不是，你打错了。”

“我是盐城的。”说完这句，她苦笑着挂了电话。

“嘿，这女人居然说‘你好，请问你是秦雨墨吗?’……我说你打错了，她说那你是哪儿的啊？我说我是盐城的……真奇怪!”

“秦雨墨不是《爱情公寓》里的那个角色吗?”我问。

“对啊，奇怪吧?”

晚上回到家一进门就看见我妈一脸喜气地坐在桌边，桌上是一盘盘黑乎乎的炒菜。

“怎么回事？您做什么实验呢？新菜品?”

“不是，中午家里没盐了，去超市没抢着，就用酱油炒的菜。”

“没盐了？你开什么玩笑？你不是食盐大户么？盐不是多得没处花往粥里随便撒的么?”

……

“那您看起来挺愉悦的啊!”

我妈轻轻一笑，眼角的鱼尾纹很温婉，用满是回忆的口吻说：“下午我不甘心，又去抢了。结果在超市乱成一片的时候，你猜我看到谁了?”

“不会是我爸吧?”

“去!”

“……小沈阳?”

“是修远!”

……

“他们刚好在那儿维持秩序，看见我，他就把我给拉出来了。这小伙子多好，特意回家拿了一袋盐给我。”

“是吗?”我开始往厨房躲，顺便去拿牛奶。

“你也老大不小了，我……”

“修远给了你一袋盐，为什么这儿会有两袋?”看见架子上的两袋不同牌子的盐，我随口问。

“……还有一袋是……张叔给我的。”

真引人无限遐想……说实话我虽然不反对夕阳恋，但实在是会觉得有点毛骨悚然。

吃完饭打开QQ，突然有人加我，令我颇感意外的是竟是王凯的女朋友，我跟王凯无论从哪个层面上来说都只是朋友，我期待的那朵花还只是个小花苞。但是连我自己都不确定是不是对他有非分之想，所以我还是很心虚。

而她女朋友，也绝非等闲之辈。先是以聊天调侃的口吻询问了我目前的感情状态，然后用欲擒故纵的招数先鼓励我追求王凯，我当然是见招拆招。接着，她又用了借刀杀人恐吓威胁法：“你说怎么报复人才能最伤人呢？有什么方法呢，太善良想不出来。”

“……还是以和为贵啊……泼硫酸？”

“犯法的事不做。”

“抢她男朋友？”我觉得我真是坏啊。

“费神。你就不想想什么害她丢工作之类的啊？”

……我无语。

“杀只猫啊狗的天天扔门口之类的。”

……我继续无语。

“墙壁上泼点血之类的。”

……吐血。

其实我们之前就在网络上聊过天，那次是因为我跟王凯说话的时候她刚好在登王凯的QQ，她知道我是他盐城的朋友。现在我明显成为了她的靶心，这让我有点哭笑不得。我虽然有点七零八碎的小心思，但从来没有逾距过。空穴才会来风，所以肯定是王凯出现了反常，难道他真的喜欢我？

“女人的嗅觉很敏锐；男人不会平白无故被怀疑的，他肯定露出了移情别恋的马脚。”马小猫进一步加强了我的推测。

“是哦？他要是跟女朋友分手非要跟我在一起的话，我觉得压力好大的……文菁，你说是吧？”我推了推坐在一边低头吃饭的文菁。

“……我……我也不知道……”

“哎呀，我这不是觉得把你一个人留在硝烟弥漫的剩女阵营里孤军奋战，过意不去么?”

“得了吧，王小能你就偷着乐吧!”马小猫笑骂。

我一直认为我是一个足够聪明的人，小学时老师曾跟我妈说：“你闺女将来能上清华。”初中时老师说：“王小能你再这么混下去连复旦都进不了。”高中时班主任语重心长地说：“王小能你稳住了上南大没问题。”后来在高考的冲刺阶段，一同学突然大方地送给我渴望已久的全套正版精装《哈利波特》，我颇为感动。之后夜里看书白天课上睡觉成为我的主要基调。不出所料，我成了高考发挥失常的典例。

没错，我很聪明，但却太容易受到外界因素的影响。这种外界因素直接作用于我心里最脆弱的那一块，那就是信任。没错，我成天嚷着自己重色轻友，但是如果真没了朋友，我是第一个活不下去的人。无条件地相信朋友是我的本能，可是这种信任有时会误导我的判断力，就像现在。

文菁向我坦白的那天是星期六，她在电话里叫我去一家安静的咖啡屋。我欢天喜地地奔过去参加姐妹的聚会，到那儿的时候却发现只有文菁一个人不安地坐在角落里。

“马小猫呢?”我一边放下包一边坐下。

“没有，就我们俩人。”她看着我，很快眼睛就垂了下去。

“出什么事了?”

“王小能，我有件事想要告诉你。”她像是下定了决心，没有踌躇，没有嗫嚅，很利索地说。

我有点发愣，但另一边脑海里开始猜测究竟是什么事值得她如此虚张声势。突然一个画面撞进我脑海，我觉得浑身的汗毛都要竖起来了。我怕她说：“王小能，其实我喜欢女人，我喜欢你很久了。”这会让我很尴尬，虽然我并不反对同性恋，但目前还没有准备改旗易帜……

“我……我跟王凯在一起了。”我突然被她打断，半天才回过神来。

“什么时候的事?”我盯着她的眼睛，知道她不是在开玩笑。

“是昨天才决定的，他分手了。”

“什么时候开始的?”

“从扬州回来后……”

“他每次来盐城都是来看你的?”我努力平稳语调，声音却冰冷刺骨。

“嗯。”她开始揉搓手中的面纸。

“这么长时间看我笑话你很暗爽吧?”

“王小能……我也想过放弃的，可是……”她低下头去，“之前我想过告诉你的。”

“想过告诉我？想过?!”我一把抓起沙发上的包，站起身终于吼了一句：“你应该每天都在想!”

周围零零散散的人纷纷转头看向我们。

我开始转身的时候，她在身后带着哭腔说：“王小能，对不起。”

我突然觉得鼻子一酸，转过去对她说：“你知道我最不能接受的是什么吗?”

她抽泣着看着我。

“是你对我有秘密，而我却没有!”

我飞快地走向门口，听见她在身后哽咽着说“对不起”。我冲到大街上一路狂奔，我很生气，我气她瞒着我，让我难堪，让我出糗，还有，犯规降落了我悬在半空中的王凯。我一路奔过去，直到实在跑不动弯下身子喘着粗气。我突然很想很想刘真，因为我觉得特别特别孤独，特别特别心酸。

你会不会听见我的呼喊，青春兵荒马乱，只有你能让我勇敢，没有你我怎么办。

第二十四章 命里的污渍

我爸爸从小就教育我要做一个有尊严的人。所以，我长这么大不管遇到什么样的欺行霸市的人，都从没有低人一等的感觉。但是，爸爸去世后，我缺少了那根拉扯我的准绳，因为害怕被欺负，不卑不亢的意志逐渐出现了偏颇，慢慢衍变成了尖酸刻薄。

女孩子的尊严和怪癖一样是要被呵护的，这就是为什么不管我在爱情里如何卑微都无法扭转局面的原因。我很羡慕那些被小心翼翼呵护的尊严，那是即便你去抢她男朋友，她也不愿到你空间瞧上一眼的尊严。

我再怎么努力也得不来的爱情我认了，可是我没有想到有一天我的朋友也会让我这么难堪。我躺在床上盯着吊灯的花瓣，想起我曾经厚颜无耻地在她的面前说出对王凯的幻想，我羞愤地用被子蒙住头，惨烈地哀嚎一声。

手机突然响了，烦躁地抓起来一看居然是修远。

“喂！”我没好气地接起来。

“王小熊，上次给你送的花加上人工费一共是348，给你去掉个零头算

345，是给你账号还是你过来送现金？”

“什么？”一听到钱这个我生平最敏感的词汇我立马从床上一跃而起，“张修远你家开花店的吧？”

“噢，对了，还有你哭脏的西装，上面全是鼻涕我不要了，一套是2200，两样加起来给你打个折一共是2500。”显然他并不想理会我。

“哥哥，按照市场价你把我人卖了也没有2500！”

“既然没钱那就肉偿吧，你一个小时多少钱？”

“不好意思，卖艺不卖身。”

“算你一个小时300吧，你陪我八个小时，咱俩就一笔勾销。我半个小时后在你家楼下接你。”

“不想去，心情不好。”

“噢，那你还钱。”

……

“就这样，半个小时！”修远挂了电话。

没错，他抓住了我的尾巴——钱。

这算什么悲剧人生，想找个暗自垂泪的片刻都不得安宁。我在床上犹豫了三分钟，在翻脸和屈服之间左右徘徊，翻来覆去之间一不小心放了个屁，抬腿散气的瞬间，氢氧化硫气体扑面而来，我立马触电般从床上弹起来，好吧，我投降！

以我现在的状态，出门没有怀揣任何便携式炸药包，就已经充分体现了我无比高尚的道德水准，根本没有花枝招展的心情。可是当我灰头土脸地站在修远车前的时候，他发自肺腑的惊恐表情还是唤醒了我早已萎靡的羞耻心。我这才注意到我今天的装束：一套粉色运动服，帽绳的末端点缀着白色牙膏渍，色彩融合得相当拙劣。跟修远帅气正统的英伦风相比，我浑身上下都散发出浓郁的乡土味。

我不是别人，我是三烈村八队的村姑王小能……

“拜托你做人可不可以不要这么率直？”看着他鄙夷的表情，我忍不住抗议。

不过说来奇怪，也许是今天的阳光很灿烂，也许是今天的修远很帅气，我突然感觉这样的氛围很惬意。

“去哪儿？”

"先带你去买身像样的衣服。"

……

一路上修远不时地向我描述着他的"野猪大改造"计划。一开始我很抵触，想当年我可是三烈村八队的潮流领军人物，九岁的时候为了镇上那条绣花牛仔喇叭裤，我在地上打了一个钟头的滚；十一岁的时候，我穿了条相当大胆的绿色蹬脚裤，引来小朋友们集体哄笑，直到多年后的一天，我在一本时尚杂志上看到某国际名模用那一抹鲜亮的绿色生动诠释着当年的流行，不禁热泪盈眶。潮流转瞬即逝，只有风格永存。

多年后回想起自己当年的风采，多想再站在村头唱一曲"昨日像那东流水，离我远去不可留……"

"如果想跟过去说再见，改变造型是第一步。"

吹着牛皮忙着忆当年的我突然被修远若有所指横空而来的一句击中，滔滔不绝瞬间戛然而止。是啊，我是一个要跟过去说再见的人，造型只是我的傀儡，真正让我负重的是我自以为是的劣根性，所以我才一直无法从不堪回首的过去轻松抽离，不是我不想，而是负重的灵魂让我步履维艰。

那么，就从造型开始。

一进商场，我的底气就开始呈线性下降趋势，因为这个时候我才知道我自己究竟有多脱离潮流，相当对得起店员们向我投来的白眼。不过没关系，改造开始！我欢快地蹦跶到一家看起来相当有气质的店，你没听错，我说"气质"，如果要颠覆性地改头换面就必须把自己跟"气质"这个遥不可及的词大胆地联系起来！把修远按在休息沙发上，我开始认真挑选起来，太嘻哈的不行，太可爱的不行，太朋克的不行，太非主流的不行，太运动的不行……气质，气质，一定要有气质……哈！找到了！就是它！蓝色针织衫，右肩一个很大的白边蝴蝶结。高贵中透着典雅，典雅中饱含艺术，艺术中弥漫……气质！

"啧啧，多端庄啊！"找到它的时候我连连惊叹。

修远刚抬手想要说什么，我立马打断："让你看看姐的气质！"说完一头钻进了更衣室。

等我自信满满地走出来，照了照镜子，自己觉得相当满意！转过身面带羞涩地看向修远，他却坐在沙发上笑而不语。算了，指望他这么挑剔的人不吝溢美之词等同于在生物界挑战达尔文。不过看他笑得这么欣慰，我的眼光一定很靠谱。

“服务员，这小姑娘身上这件衣服拿给我试试！”突然一个五十岁左右极其富态的大妈窜到我跟前，羡慕地盯着我的上衣，急切地向服务员嚷道。

不知道为什么，有种奇怪的感觉从心灵深处渗透出来，但又说不出来。我理了理头发在衣架里翻起来，我要继续再接再厉为这件上衣挑一款天造地设的裤子。哈！找到了！就是它！纯正的黑色，配上大腿处金色的亮片，低调中透着奢华，奢华中饱含细致，细致中弥漫……气质！

如此合身简直是为我量身定制，我怀着忐忑的心情走出更衣室，想说接下来如果修远一拍手说：“哈！王小能你帅呆了！”我该怎么回应才能既认同又不失谦逊的风度。可是当我期待地看着修远的时候，他依旧是笑而不语。正想问个究竟，旁边更衣室的门帘意外掀开，大妈从里面探出头来张望，突然目光一转，盯着我腿上的裤子两眼放光，接着勒紧了嗓门喊道：“服务员，给我拿条跟她一样的裤子！”

您是要跟我穿亲子装吗？刚刚那若有似无的奇异感觉突然从心灵深处喷薄而出，我看向修远，刚刚还笑而不语的他现在已经张大了嘴巴笑得风度尽失。方才还得意洋洋的我一下子没了底气，服务员在一边挣扎着咳了两声果断抛弃良知说：“小姐，你这身衣服穿起来超大牌的，让人特别羡慕……”没等她说完，我就钻进了更衣室，她没说错，“让人特别羡慕”，只不过她巧妙地避开了宾语，其实这句话的精确表述是：“小姐，你这身衣服穿起来让大妈们特别羡慕。”

我必须承认，时过境迁，三烈村八队的辉煌转眼已成浮云，以我现在的时尚品位只能用来讨好未来婆婆。所以下一幕是我谦卑地跟在修远身后，从头到脚他只花了 20 分钟就让我焕然一新。白色 T 恤，蓝色短针织衫，配浅色七分牛仔裤和高跟鞋，简单大方。修远上下打量了一轮若无其事地说了句：“王小熊，其实你很漂亮。”还没等我回味过来，他就已经转身走了，我忙不迭地赶上去：“哎，我有时候照镜子也觉得自己特别美……”

……

今天的修远有点奇怪，我想他要不是闲的，就是家里有怪兽出没让他不想回家。他把我拉出来却又没有明确的安排，我们就在街上闲逛。我在路边摊吃臭豆腐的时候，他搬个凳子坐在旁边，凳子上铺了厚厚一层面巾纸，并且不厌其烦地一遍遍提醒我“不要滴到身上”，“胳膊不要碰到桌子”。

“干吗这么讲究，不累啊？”我不满地问。

“我很好奇，为什么你总能活得这么轻松？”修远把凳子挪了挪做预备促膝长谈状，摆着手势说，“比方说，你想哭就哭，想二就二，想邋遢就邋遢……”

“因为其实这个世界上没有什么事情是特别重要的，难过就哭，开心就笑，没什么大不了……You know，that's life。”我耸了耸肩，自己也不知道自己说的什么。

他低头一笑，露出两个儒雅的酒窝。

“王小熊，我记得你的飞刀很有名吧？”他突然若有所指地问，语气里透着戏谑。

“飞刀？”

“丹平初中。”他故意掩藏着笑意，嘴角却不自觉地上扬。

我全身突然一颤，丹平初中是我的母校，而当年的“飞刀事件”是我学校生涯中一直想要掩盖的丑闻，因为……因为实在太丑了……

这件事的罪魁祸首是我班一个叫小B的男生，在当时初二的一群青涩少年中，此男绝对是个极品。相貌不俗（奇丑无比），在女生私下的投票里稳占第一丑男宝座；极具个性（相当古怪），常被评为最讨厌的人。当时的我在班里是名副其实的“男流氓”，却因成绩好老师们总会网开一面，但也没少挨板子写保证书。被罚的多了，自然就很小心谨慎。因为班主任总喜欢在上课或自习时蹑手蹑脚地走到窗外向里张望，所以我每次干坏事之前总会习惯性地看一下窗外。没想到就这么一个谨慎的习惯会引发当时轰动一时的“飞刀事件”。当时小B坐在第一组四排靠墙，窗户正中间，我坐在第二组二排。那是一节自习课，班级里相当安静，我慢慢把手伸进桌斗，摸到刚借来的言情小说全身一阵战栗。我小心翼翼地回头看了一眼窗外，嘿，安全！正准备掉头，意外发生了。小B噌地一下站起来，指着我说：“王小能！再看我，再看我你试试！”所有同学都抬起头来捕捉这历史性的一瞬间，小 **B** 一脸愤怒地盯着我，一副“就凭你也想暗恋我?”的表情。等我意识到发生了什么不禁恼羞成怒，我顺手操起后面课桌上的一个坚硬的物体投掷了过去……只听“啊”的一声惨叫……

事后我才知道我扔过去的是一把瑞士军刀，幸好主人保管不善，已经不是很锋利，但是仍然在小 **B** 的脸上划了一道两厘米长的口子。

事实证明，小 **B** 这家伙还真没种，我妈人生中第一次谦卑而惭愧地站在班主任徐友亮的办公室，不停地向小 **B** 妈赔着不是的时候，他在一边哭得像个姑娘。这件事情对我幼小的心灵伤害极大，给我成年后感情道路上自卑心理打下了坚实而深厚的基础。

不过，等等……修远怎么会知道跟他这么不相干的事?

他轻笑一声：“我的祖籍也是三烈村的，徐友亮是我表哥。”

见我一脸的呆滞，他继续说：“你受处分的时候，我刚好在旁边。”

“啊！你就是那个帅哥!”记忆突然“嘭”的一声衔接起来，我之所以有印象是因为我当时一进门就看见徐老师身后站着一个帅哥，于是以当时青少年浅薄的价值观，我迅速装作很屌很 **hip – hop** 地颠进办公室。当然，我更记得在一个帅哥面前，我被板条打得哇哇直哭!

“天呐！你居然还记得！这么说，第一次见面时你就认出我了?”我忍不住追问。

修远坐正了身子，似乎要讲一个很长的故事。

“当时听阿姨提到你的名字，觉得很熟悉但一时没想起来，等看到你的时候才知道是你。”说到这儿，修远下意识地打量着我说，“王小能，你一点都没变。”

我有点局促地低下头，因为我不知道“没变”究竟是不是好事。

修远抬起脸理了理思绪继续说：“我妈经常逼我相亲，我一般都很会应付。相亲前，我都会跟朋友说好，过五分钟给我打电话，然后我装成有事先走……”

“但是，那次你没走，因为你依旧还是想看我笑话。”我打断他。

“不是，这样的重逢实在是太特别了，忍不住想知道会发生什么。”修远解释道。

“不好意思，丑小鸭并没有变成白天鹅。”翻了个白眼，继续吃我早已冷掉的臭豆腐。

“欸，王小能，那天你那么倔强地不肯道歉，怎么听说后来又声泪俱下地写了封道歉信呢?”

我抬起头，看了他两秒，今天阳光真好，他的声音也让人听了很舒服。如果换了旁人，也许我会说“关你屁事”，因为我一般不轻易向别人暴露我千变万化的做人准则。

“因为回去之后，我妈拿着菜刀架在我脖子上把我逼在墙角，说不写就杀了我。”

修远难以置信地耸起眉头，我赶紧解释：“我当然知道这是大人吓小孩的把戏，开始我也不信。但是我妈当时刀越逼越近，我脖子都能感到锋利的刀刃就要割下去了，再加上她当时那特别凶狠的表情，我突然觉得……她真的有可能被愤怒泯灭良知，把我这个小孩给杀了，反正她又不是只有我一个小孩……”

在这里，我必须要加一段旁白，因为这实在听起来很扯，但是当时以我对这个世界幼稚的认知，我真的觉得她是个很有可能一怒之下杀掉小孩的妈妈。

听完，修远哈哈大笑起来，酒窝也别致地突显出来，盛满了厚厚的阳光。我们开始不由自主地回忆起往昔的悠悠岁月，徐老师和李二是亲戚，李二自然也和修远是亲戚。人生很奇妙，原本以为互不相干如蜻蜓点水的人原来竟有着错综复杂的联系。好像一下子，修远那一直以来让我抵触的光环消失了。在书吧里泡着的一下午，我们一边看书一边交换了第一次见面后整整十年的光阴。我甚至即兴跟他讲起了我从小学开始的感情血泪自传史，以前惜字如金的修远也突然变成话痨讲述着他的趣事见闻和他那有钱老爸的风流韵事，引得漂亮的服务生不时侧耳倾听。

但是，独独对他的感情世界，只字未提。

我们出来结账的时候，已经是晚上7点了，我终于用八个小时赎回了自己。修远把会员卡递到收银台的时候，化着浓妆的收银员抬起头，微笑着说：“张先生，生日快乐，今天您的消费可以打八折。”

我惊诧地看向修远，他礼貌地跟收银员说“谢谢”。结完账修远匆匆出门，我不安地跟在身后，

“那个……”我觉得我应该说点什么，也许起码唱个生日快乐歌。

“千万不要唱生日快乐歌!”修远突然转身指着我说，“我最烦人家在

我生日的时候唱生日快乐歌。”

“为什么?”

“别人唱歌的时候都看着我，我眼睛和手都不知道往哪儿放。”

……

上车的时候，我悄悄在车窗上哈了口气，然后画了一个生日蛋糕。修远转头看到的时候，笑着说“谢谢”。

是的，爸爸去世后，我变得尖酸刻薄。可是修远说，我尖锐的时候让人觉得很真诚。我不知道的是，当我的缺点在他眼里变成了优点，当他生日的时候我成了唯一的陪伴，当我变成他相亲路上的那个例外，这个洁癖的火星人已经放下了所有的戒备接受我这个污渍。

一个他再也擦拭不掉的污渍。

第二十五章　我是演技派

年少无知的少女时代，我总是幻想有一个有钱有貌又多金的花美男，跋山涉水冲到我面前在众目睽睽之下冲我喊“王小能，我爱你爱得要死”、“王小能，没有你我就活不下去”。但是，十年过去了，这个人依然没有出现，而且，没有任何要出现的征兆……

当然坑爹的幻想远不止这一个，就像小时候一直很纠结将来应该选清华还是北大，长大后才知道自己真的是想太多了。

打印机里慢慢吐出客户的身份证复印件，脑海里这些令人遗憾的片段快速拼凑。

“那个……已经好了……”一个声音略有迟疑地在身后响起，我回过神来抓起 A4 纸径直走向柜台，连眼神都直直的没有半点绕弯。文菁有点委屈地叹了口气，马小猫也不忘百忙之中抽出点空观察怪异的两个人，然后无奈地摇摇头，她知道我的固执是常人难以感化的。

任何一场战争，都有掩藏的丑恶动机，所以开战的一方必须找一个冠冕堂皇的理由。对隐瞒和欺骗采取零容忍，这就是我的观点陈述。不管我的内心多阴暗，起码我发起的这场冷战是名正言顺的。

冷战，也是需要技术的。一条黄金规则就是无视那个人的存在，完完全全彻彻底底地忽视她的一切，包括她的声音。她在讲笑话的时候，不管多好笑你绝对不能笑；她在制造噪音的时候，不管多烦人你绝对不能怒；她走路突然被花盆砸得头破血流，不管多血腥你绝对不能急，千言万语汇成一句话："将冷战进行到底！"

"王小能，领导叫你现在去她办公室。"文菁突然站在我身后轻声地说。

30秒后，我起身去了Z的办公室，冷战的黄金规则就这样被文菁莫名其妙地打破了。

一进门，Z红色的新发型就扎入我眼里，很精致也别有韵味。看我进来Z热情地喊我坐下，精神状态完全不像一个刚离婚的女人。

"领导，啥事儿?"

"就上次跟你商量那事！"Z挤了下眼睛无限期待地看着我，表情竟有几分可爱。

"啊，找托儿的事！"

"嘘！小声点！"

"我跟我妈打过招呼了，她说没问题，随时。"

"那看看她们今天下午能不能过来?"Z的手不停地捏着手里的笔套。

"行！我立马给我妈打个电话让她准备一下。"

"嗯，你先去忙吧，中午下班前我们再开个会。"

出了Z的办公室，我觉得有点想笑，从来没看过她紧张的样子，看来这是她第一次采取这样厚黑的方式完成指标。也难怪，盐城的转账率指标仍然排在全省倒数，总部已经开始磨着刀子准备拿我们下手了，Z的压力可想而知。

下班前，部门开了一个简短的会议。Z简洁地向大家说明了下午要进行的计划，告诫大家为了部门的指标和年底的奖金一定要守口如瓶。散会后，马小猫异常兴奋，一个劲儿地夸赞Z的英明卓见。手机里不厌其烦地传来窦唯《无地自容》的彩铃，都被我无情地按掉了，我想王凯一定相当沮丧。

下午3点，客服大厅乌烟瘴气的黄金时段。文菁面前一头金丝卷的大婶一如既往地从包里掏出一沓“老人头”，往手指吐了口唾沫就开始数。门口前台负责第一步转账引导的前辈抓起面纸无比愤恨地擦拭着满脸的唾沫星子。此时，在角落里有一个身影正默默地注视着这一切，这个场面她已经忍受了两个多月，她知道她再也不想忍下去了，她要在今天改变这一切！

这个人就是Z。她低头看了看时间，激动人心的时刻就要到来了！透过玻璃墙，街上一拨凌乱的身影明快地拐了个弯，转眼的功夫就以行云流水的姿态零散地簇拥在了柜面，一时间人群中“转账”的呼声四起，并逐渐荡漾开来。

“为什么要转账啊？”有人开始发问。

“当然是转账好了，第一，这钞票带来带去的多不方便，我去年揣着五千块钱保费还没到保险公司呢就被偷了！第二，银行卡转账的话每年自动扣，你要是自己交哪年忘了保险失效了再办复效多麻烦！”我妈说得眉飞色舞，握着一张银行卡挤到我跟前大喊：

“来，姑娘，给我三份保险，全部都从这张银行卡扣钱！”

和她对视的那一瞬间，我起了一身鸡皮疙瘩，但眼神里的赞许还是倾泻而出。中午我只跟她讲了五分钟的戏，台词也就对了两遍，没想到她表演得如此声情并茂。果然女儿的智商遗传母亲，母亲的智商折射女儿。

“哎哎哎，你别插队啊！”我面前的大叔不满地责备。

“你先！你先！”我妈挪开位置。

“那给我也办一下转账吧。”大叔打开皮夹选了好久，抽出了一张工行卡递给我。

刚一接过手，大叔突然犹疑起来：“等等！”

“这扣钱你们不要密码就扣了，要多扣怎么办？”

这绝对是个好问题，周围的人都默默侧耳倾听。

“开什么玩笑？这么大的保险公司还能这么胡来？他们要是多扣咱一分钱，咱们一告他，他不就倒了？”我还在思考怎么解释，我妈一开口就用反证法的逻辑先声夺人。

“放心，他们要是多扣你钱，叫他们赔十倍！”不知哪个不靠谱的阿姨扯着嗓门喊了一声，一句话破了三个音。

面前的大叔总算安了心，手一挥："那就办吧!"

我瞥了一眼旁边的文菁，"金丝卷"大婶虽然这次坚持交了现金，但也拿了张卡说以后都从卡上扣。以往，靠我们苦口婆心地相劝，僵持上半天客户也不为所动。道理说得再动人也抵不上眼前大妈们的几句破了音的虚话。归根到底，还是人们普遍缺乏安全感，说的什么并不重要，重要的是，说话的人是他的利益相近者还是利益相对者。

大厅里渐渐温和起来，像熄了火的枪口，徐徐冒着温润的烟雾。只是目光所到之处，都闪耀着托儿们华丽的身影。休息区的凳子上，我妈正拉拢了几个大婶攀谈起来，我隐约听见她热情地邀请人家去搓麻将。这场景相当地沁人心脾，我为公司的客户们能在保险公司找回人性感到无比欣慰。当然更欣慰的应该是 Z，先前一直紧锁的眉头终于松开，此时正端着水杯俯在饮水机旁，杯里的茉莉花都嫣然舒展开来。

其实公司之所以压下转账率的指标裁掉现金业务，从长远考虑就是为了节省人力成本。从这个角度来看我们真是好样的，费尽精力地为公司将来好一脚踹开我们加把劲儿。我们的悲哀就在于，如果这劲儿加得不好，你现在就得卷铺盖走人!

所以接下来的几天，我妈那帮牌友们没事都会轮流到大厅里转转，一直像死水一样堵塞不前的大厅终于顺畅了，Z 心里的石头总算落了地。再加上后台业务员们的努力，指标果真就真的轻松地窜了上去。

而我跟文菁，依旧旷日持久地冷战着。只是这种冷战已经变成了一种形式，我缺少的不是释怀的心，而是一个 push 的力量。其实她也许并没有做错什么，我只是自己可怜自己而已，这就是人的阴暗面。这样的诡异人格让我在周末里，一个人带着浓重的阴影坐在电影院的角落，一个人倚在公园的长椅上喂狗，一个人在路灯下想起刘真眼角的皱纹，一个人去参加李二的婚礼……

当然比我更阴暗的大有人在，比如我妈。她在李二结婚的这一天把份子钱丢给我自己跑去青岛旅游，她实在不想面对这种让她羡慕嫉妒恨的场面，彻底破灭了李二妈想亲自在她面前炫耀一番的美好梦想。

我参加过的婚礼有很多，但是参加这种跟新娘几百年没见过的婚礼却是第一次。所以当我看到李二的时候，如果不是因为她穿着雪白的婚纱，而这又不是集体婚礼我真的已经认不出来了。我妈口中那个尖嘴猴腮的李二在我眼前丰满圆润，笑起来眼角微微上扬。她像小时候一样热情地叫我的名字，把我帮她打架的故事讲给站在身边微胖憨厚的新郎。李二妈匆匆凑了过来，愤愤地抱怨我妈没情没义之后拉过我小声说："阿姨给你介绍个对象，你肯定满意！"

我顺着她手指的方向看见人群中穿着西装神色淡定的修远。

有时候，缘分就是这么不可思议地疏而不漏，把两条平行线慢慢拉近。

我和修远不出所料地被安排在了同一桌，笑谈缘分的妙不可言。朦胧的灯光下，伴着《婚礼进行曲》，我们一起看着新郎和新娘幸福地拥吻。每一个女孩都会被这样俗套的场景打动，这一刻没有海誓山盟，只有坚定的承诺，承诺会成为陪伴对方一生，在挫折时不离不弃，在弥留时握紧她手的那个人。这是每个女孩的梦想，也是我的梦想。

"羡慕吗?"修远突然冷不丁地问。

刚刚酝酿好的情绪和湿润的眼眶一同清醒过来，我顿了顿转过头轻巧地切换了话题："李二真的变化好大啊！"

……

"真的，初二有一次做操在操场等着排队的时候，李二从口袋掏出手绢擦鼻涕，擦完之后我们所有人包括她自己都呆住了，因为她掏出来的是只袜子！她晚上洗脚的时候把袜子揣在口袋里……哈哈哈……"

"……我爸以前去她家找她爸，她刚洗完脚，洗脚布挂在椅子上忘了收，我爸抓起来就擦了把脸……"修远也不甘寂寞地爆料。

香槟"嘭"的一声，我和修远一起享受着新娘糗事带来的欢乐。这么大的一个婚礼，如果没有他我无论在哪个角落一定会茫然无措。有时候真的觉得这个骄傲的火星人真的还蛮讨人喜欢的。

我是说，有时候。

回家路上，我侧身靠在椅子上仔细端详着眼前专心开着车的男人，不禁开始疑惑起来。像他这么帅又不变态的男人，不管是不是公务员在市面上都绝对是抢手货。更何况，江湖上有关公务员的传说是，任何机关单位里，就算像猪一样的男人也是剩不下来的。在这个激情四射的年代，修远不得不让人怀疑，而且听说不少“公”友都跟修远一样有洁癖。

“看什么?”

我一惊，这家伙连头都没转，原来他一直知道我在看他，我赶紧慌乱地扭正坐姿。

“那个……你……对同性恋有什么看法?”

“世界上任何两个人都有相爱的权利。”修远想都不想随口答道，接着转头问：“干吗突然问这个?”

“不是，那个……”

我还在窘迫地努力想着怎么回答的时候，修远突然在路边停了车，我的车窗也跟着降了下来。街边路灯下一个穿着超短裙、黑丝袜，画着浓重烟熏妆的姑娘不情愿地踩着高跷扭了过来。她弯下腰的时候，一股浓重的香水味扑鼻而来，我顿时觉得嗓子有点发紧。我转头看她的时候，她正趴在车窗上嚼着口香糖看向车里。

“上车!”像是命令一般，修远的表情很严肃。

原来修远是这种口味！我还是比较希望他是 gay。

“上次你不是跟我保证过了好好找份正经的工作吗?”修远瞥了一眼后视镜对后座的丝袜妹说。

“张警官，做过我们这行的不干这个上哪儿赚钱啊？再说了，就算回头了别人一样朝我们吐唾沫！所以何必呢?”

丝袜妹说话的时候不停地捋着披散的头发，虽然语气里透着无限的轻浮，但依然有些慌张。

修远回头瞥了她一眼，突然指着我用特真情的语调说：“这位王小姐，曾经也跟你一样……”

太侮辱人格了!

“你……”我一脸愤恨地逼向修远，在对上他眼睛的那一刹那，突然垂下眼帘，顺势把悲愤的表情行云流水般的演绎成了无尽的悔恨和悲伤，“过去了的事情我不想再提……”

“你……你也?”丝袜妹从后面靠过来，用备受震撼后微颤的声音怯怯地问。

今天参加李二的婚礼，我特意穿得正式了点。虽然谈不上优雅，但也相当端庄。演个失足妇女的偶像绰绰有余。当然，我必须依旧沉浸在对往事的不堪回首中，但像我这样的演技派，根据情节需要还适时地从眼神中流露出些许的刚毅和坚强。

“这次我就当没看到，你回家去，下周我帮你找找工作。”修远看准时机打起了温情牌。

丝袜妹有些沉默，我都能听见她在耳后的呼吸声。

“想被关几天？”

“不，不是……我现在就回去！”被修远一吼，丝袜妹慌忙打开车门跳下了车。

修远发动车子的时候，我从后视镜里看见她笑着朝我们挥手，那笑容有种很古怪的清纯……

“演技不错嘛！”修远翘起眉毛似笑非笑地说。

“这年头，没点演技怎么混？”话一出口觉得自己很像瘪三，我连忙补充，“当然，我这是牺牲自己造福他人的社会责任感使然……”

车子又拐进了张记的那条街巷，我吹着不着调的口哨说了声“谢谢”准备下车。

“不请我上去坐坐吗？”修远半开玩笑地问。

我猛一回头对上他淡定自若的眼神，不由得有些慌乱。

“开什么玩笑，家里就我一个人。”

“怕什么？”修远嘲笑道。

“我当然怕了！你知道我有多饥渴吗？你是一男人，活的，我怕我把持不住！”

“嘭！”的一声，车门被我帅气地甩上了。

一个人仰在沙发上一动不动，周围一片死寂，唯一有生命的就是墙上已经斑驳了外壳的老钟上，那根细长的秒针。

这一刻，我的孤单被郑重宣誓。

抓起茶几上的钥匙，我飞奔出门，我知道我应该去哪里。

奔跑，打车，肯德基外卖，飞奔上楼，急切地敲门……

“王小能！”看见我文菁微微一怔，一周的冷战让她有些怯生生。

“我妈不在家，我一个人不敢在家睡觉。”我还是要找个借口，不管这个借口听起来有多扯。

文菁看着我笑了，然后一把抓过 KFC 袋子："我刚好饿了。"

这个晚上，我们窝在沙发上嚼着东西看着电影，骂着那个不着调的王凯。靠在她肩上，我看到自己那颗因陪伴而温暖的心。我终于明白，朋友之间不仅有欢声笑语，还有犯错和原谅。

谢谢你，不介意我那可耻的自尊心和坏脾气。

在这个世界上，没有人是完美的，而朋友就是你知道她的所有缺点却依然不由自主地喜欢她。这就是为什么我们常常看到，A 和 B 说 C 的坏话，B 和 C 说 A 的坏话，A 和 C 说 B 的坏话，看起来无情无义，但事实上她们却在这样一个奇怪的循环里乐此不疲。

"其实我对你也有秘密。"

"什么?"

"袁尹其实一开始就有女朋友，我知道后没敢跟你说。"

文菁笑着拍拍我的肩膀，在我耳边轻声说了句"谢谢"。我枕在她的肩上，跟她聊着天慢慢失去了意识，我记得迷糊中我跟她说的最后一句话是："生活不易，全靠演技，把角色演成自己，把自己演到失忆。"

第二十六章　小能的春天

想念，如果会有声音，那全世界都能听见我此刻惨绝人寰的哀嚎。

一个朋友说，当你可以看到一个人的时候，你只会用你的眼睛去感受他，你身体的其他细胞是沉睡的。可是，一旦你不可以再看见他，你会调动你全身的细胞去描画他的样子，你会注意到眼睛看不到的美好。这也是为什么思念会用尽你的能量，你的每一个细胞里都会有他的影像，这种挥之不去的循环回放让你哭让你笑让你浑浑噩噩不是自己。

可惜，“我想你”这句话对他来说太累赘。

我常常幻想，在一个月黑风高的夜晚，我一个人心惊肉跳地走在林间小道，身后几双发着绿光的眼睛紧紧相随。在这个时候，我就可以掏出手机给刘真打个电话告诉他，我要死了，然后在鬼扑过来的时候大喊“我爱你”。

是的，除非是在生命的最后时刻。否则，我再没有理由打扰他平静的生活。

可悲的是，我平庸的人生想要个跌宕起伏的悲剧都很难。

不过，我并没能就这个问题纠结多久，我妈不在的这几天里，温饱问题逐渐成为我性命攸关的首要问题。最让我头疼的是，修远每天都打电话来要死不死地问一句：“打算今晚吃什么？”拜托，大家都有选择性障碍，凭什么把这个问题抛给我？

“王小熊，今晚准备吃什么？”修远又一次不识相地问。

“回家喝粥，就老坛萝卜干。”费力地填着Z刚刚发来的表格，我随口瞎掰。

“好主意！我好怀念萝卜干的味道！”

电话那头传来“嘟——嘟”的声音，我从表格里回过神来抓着话筒觉得莫名其妙。一边骂着“神经病”一边放下电话。

一条系统邮件刚好发来，点开一看，活活涨了一百来块的工资。我正琢磨着是不是为了表彰下我妈精湛的演技，只听马小猫在身后大吼一声“王小能涨工资啦！”

“嗖”“嗖”几下，周围就围了一圈。

“王小能请客啊！”

“王小能咱们今晚吃什么啊！”

“全聚德全聚德！”

有你们这么敲竹杠的吗？一百来块钱去吃全聚德？买只鸭子你们自己烤？

“来来，都去我家，我请你们喝粥就萝卜干，我妈做的萝卜干嫩呢！”万众期待中我开了金口。

……

“切！抠死了！”

“王小能你太过分了啊！”

倒戈声此起彼伏，我心安理得地开始托着下巴正儿八经地思考今晚吃什么。

无果。

下了班，刚走出公司大门就看见修远倚在车上带着一抹娇羞的笑容向我招手。

“王小能！怪不得你这么抠，原来晚上是有约会啊！”肩膀被马小猫狠狠地推搡了一下。

“张修远！你这样很影响我的贞洁知道吗?”我一脸不满地踱过去。

“我想吃萝卜干……”

修远这句话的语调极其腻歪，让我想起了我未来的儿子。本想把包砸他身上叫他哪儿凉快哪儿待着去，突然一转念，连个男人都没有，要贞洁有什么用。

叹了口气，我把手一挥“走!”

修远第一次来我家，一进门我从鞋柜里拿了一双大号的拖鞋扔给他。他把脚伸出来，悬在空中迟迟不肯往里塞。

“穿啊!”

“……有没有……干净一点的?”

“没有!”我怒吼一声，破了尾音。

修远挣扎了一番还是乖乖穿了进去，在客厅转了一圈径直走向我的卧室。

“Stop！闺房！那是闺房!”

我在厨房狂喊，修远充耳不闻。当时正倒着开水的我，恨不得把一壶开水全浇自己头上。果然没几秒，就看见修远一脸惊恐地冲了出来。

“王小能！你是女人吗?”

“……噢，我早上忘了叠被子……”我假装漫不经心地说。

修远说的没错，我觉得我在他面前就像个男人。他仔细打量着我凌乱的卧室里每一件细小的东西，包括我贴在墙上的那个大大的“F × CK”。他抓起我靠在墙角的木吉他，坐在我床上自顾自地弹起来。他的眉头微皱，帅气的侧脸正对着我。

年少的时候，我曾经无数次梦想这样的场景。帅气的少年，奔跑的背影，橙子汽水和他手里的木吉他，这样拼凑的画面足以让我以身相许，更别说还会在我面前弹奏一曲小清新了。

而现在，我以大婶的心境面对这一幕时，目光逐渐聚焦在他的喉结，然后慢慢下移到他衬衫上的条纹。

赶紧清理下猥琐的思绪，我大叫起来：“加勒比海盗!”

“是加州旅馆!”修远轻笑一声，放下吉他。

我煮了两碗面，放了几棵青菜，考虑到修远第一次来我家做客，我觉得这样有些寒碜。于是我从冰箱里拿了两个鸡蛋，在里面撒了火腿丁和修远一直嚷着要吃的萝卜干丁，摊了一张蛋饼，被修远吃个精光。

真的不是我抠门，我翻遍了冰箱就发现几棵青菜和几个蛋。

“萝卜干你也吃了，赶紧回去!”我一边把碗筷扔进水池里一边送客。

……

修远倚在厨房门口，颇意味深长地叹了口气：“我上个厕所就走。”

我无聊地躺到客厅沙发上打开电视，突然听见厕所里传来一声铿锵有力的呐喊：“王小能，厕所没纸!”

我一屁股撅起身子侧耳倾听，修远正在厕所里哀嚎：“王小能，快给我纸!”

跳下沙发准备去拿厕纸的瞬间，突然想起第一次见面，修远说“王小能，你不是我喜欢的类型”时盛气凌人的样子，还有自作主张给我安排失足妇女的戏份。现在这么好的机会，我的阴暗人格已经急不可耐地跃跃欲试了。

“怎么给你啊，我一个黄花闺女，从来没见过这种场面哎。”

……

“再说了，撒个尿要什么纸啊？甩甩呗!”

“王小能！你……你流氓!”

“干吗这么客观地评价我啊?”我靠在卫生间墙上，玩着手指，用一种特别无耻的语调慢悠悠地说。

等了几秒修远都没有哀求我，我走到门口想趴在门上听听里面的动静。刚贴上耳朵，门就开了。我还没来得及站正，抬头就看见修远一脸邪恶的笑容径直走向餐桌拿了抽纸擦拭手上的水滴。我疑惑地把头伸进卫生间观望了一番，突然血液直冲大脑!

“张修远!”我伏在门框捂着要气炸的胃，“那是我的毛巾！我新换的!”

我一边怒吼一边冲过去，抓起沙发上的抱枕往坐在沙发上的他身上一阵乱砸。

“那可是黄花闺女的毛巾，你居然拿去擦那么污秽的玩意!”

修远一个劲儿地抵挡：“谁让你那么流氓?”

扔了抱枕，我还不解气，赤手空拳上阵，对着他的胸口一阵乱打。

“你禽兽！侮辱了我的小脸！”

修远一动不动地任我发泄，等我突然意识到不对劲儿的时候停下来刚好对上他微笑的酒窝。还没来得及思考，他突然轻轻地把我揽到怀里。闻到他身上淡淡的清香，大脑瞬间空白，一个声音在耳边响起：“王小能，你完了。”

“人潮人海中，有你有我……”黑豹的声音突然在身边响起，一瞬间满屋子的节奏感，手机在沙发上微微震动。

谢天谢地！

我赶紧挣脱了他去拿手机，不管是哪个王八蛋这个时候打电话给我，我真的很想谢谢他全家。

人的一生有很多转折的点，可能是悲剧的开端，也可能是幸福的初始。当所有的风暴都平息了之后，我有时会想，如果当初我没有接到那个电话，是不是就能免去后来的流离落魄。

看到手机的时候，我彻底惊呆了。我一屁股坐到沙发上，抹了好几遍屏幕发现真的是刘真打来的电话。这个时候，我已经忘了修远的存在，仿佛全世界就剩下我一个人。

“喂?”这是我再也熟悉不过的声音。

“嗯。什么事?”我小心翼翼地想找一个最恰当的语调。

“没什么。”他顿了一下，漫不经心地说：“我分手了啊。”

“哈?”我惊讶地叫了出来。

然后是片刻的沉默。却让我情不自禁地流连。

“我想你了。”

他开口打破了平静，也打破了我内心脆弱的屏障，我那隐忍的思念终于骚动而出。我花了两秒钟分析了一下他分手和说想我之间的逻辑关系和心理动机，我知道我终于等到了期盼的回应。

王小能的春天就这么来到了。

“我也想你。”

我终于可以不用等到生命的最后时刻，歇斯底里带着绝望喊出这句话。

放下手机，他的那句“我想你”如余音绕梁不绝于耳，我全身每个细胞做出紧绷的侧耳倾听状，身心愉悦。直到注意到旁边盯着我看的修远我才彻底回过神来，抓起手边的抱枕不自在地说了句：“你……你还在?”

修远摇了摇头起身走了，他落寞的样子在我的眼前一闪而过。

缘分，将两条平行线越拉越近，却忘了，不管多近，平行线永远不会有交点。

刘真再一次完全渗透到我生活的每个细小的缝隙，带着一个空缺的女友编制。我很理智地注意到了这一点，一个萝卜一个坑，我已经收拾好包袱随时准备跳进去。

“王小能，你就这么明目张胆地做备胎?”马小猫吐槽道。

“上次在扬州你差点暴尸街头，你忘了?”

王凯一边说着，一边把牛排里的小番茄夹给文菁。卿卿我我的样子很叫人上火。

“去去去！没你说话的份儿!”

“不要这样嘛，王小能，好歹咱们也是人寿战线上的好伙伴!”说着，嬉皮笑脸地把另一个番茄夹给我。

这两天，刘真跟我解释了几个月前的事情。他说他当时那么生我气，是因为我去相亲了，而且还故意拿“相亲”这个字眼来气他。换句通俗点的话来说，就是他吃醋了，吃醋也就意味着他在意。

他的解释打开了我最后一个心结。

听我说完，马小猫看了我两眼，说：“我还是觉得你应该跟张修远在一起，他明显喜欢你。”

“我也觉得。”文菁在一边附和，“你跟刘真在一起，我总觉得很不安。”

“放心吧!”我倔强地说。

女孩常常会给自己的理想型制定很多偏门的标准，例如肩膀要很宽，身高要比自己高一头，接吻的时候踮起脚尖刚刚好。但是到了我这个年纪，“理想型”已经变成了毫无意义的词汇。那个踮起脚尖刚刚可以吻到的完美男孩并没有打动她的心房，她不在乎他是矮是胖是高是瘦，只希望那个站在身边的人刚好是自己喜欢的人。

我知道终究有一天，我连这最后一条标准也会放弃。但是年轻的时候，我还是不能免俗地站在爱情这一边。

苏北的五月初，正是鸟语花香的春天。接到他电话的第四天，我拎着简单的行李，一路雀跃地来到了扬州，这个连空气中都有着爱情味道的城市。

我到的时候，天色已经晚了。他从广场的另一边走过来，一脸的疲惫，眼神却从未有过的温暖。我心疼地伸手抚摸他的脸颊，我们在人群中紧紧地拥抱。

我所有的人格都在这一刻安静下来，这一幕像极了两情相悦的鹊桥相会。我想我孤单的爱情终于在维纳斯女神的微笑中得到了平反，迎来了完满的结局。

至少在当时，我以为是结局。

躺在他的床上，打量着他不足三十平方米的房间。简单平常，不整齐也不是很乱，典型的男孩子的房间。除了墙上那个还没来得及揭下的很蠢的 Hello Ketty 败露了主人的爱情往事。可惜啊，我摇了摇头，哀家已经做好龙袍准备登基了，你还在卡通界混。翻了个身，看着坐在床边打游戏的刘真和他脚边我最爱的行李箱，突然很想大哭一场，就像小时候回家突然看到离家三个月的爸爸那样，狠狠地喜极而泣。

套上他的 T 恤，光着脚走下床。路过窗口的时候，我突然想起来，慢慢撩开窗帘的一角向楼下看去。修远的车就停在下面，没有熄火。其实在广场上等刘真的时候，我就看到了他的车。至于他为什么要跟过来，我不知道，我也不想知道。

我无暇顾及，这个世界上错开的情感。

“干吗呢？”刘真游戏的间隙突然转过头问我。

“噢……没什么。”我放下窗帘走过去，手从他的背后环过他的腰，把脸贴在他的背上：“皇上……”

“什么事？”

“我娘让我问你，蒲草韧如丝，磐石是不是无转移？”

他转过身一把揽过我的腰，把我抱坐在他的腿上，狠狠地亲了一口。

突然看见我光着的脚，他轻声责怪道："怎么不穿鞋？地板很脏的。"

我抬起脚丫子，看到一脚底的灰尘，突然觉得很好笑，像看到了心底的童话。

收拾好行李，看着他衣柜里塞满了我的衣服，心满意足。我终于知道为什么我长这么大都不爱做家务，因为从没有男人让我发自肺腑地想做一个贤妻良母。

苏北的季节很奇怪，刚脱掉棉袄就穿上T恤是很常见的事。夏冬的季节交替似乎掩盖了春天的存在。但是这一年，太平洋的潮水跟着地球来回旋转，卷走了我北半球的孤单。

我的世界，春暖花开。

第二十七章　春天花会开

很长一段时间，我都在孤单的思念中度过。而现在，一个眼神，一个拥抱，一个亲吻都是那么触手可及。这样亲感实受的幸福让我的智商跳跃性下降，情商也跟着荡漾。我想我的大脑已经跟着起了化学反应，每一个各司其职的区域都开始无所适从地磨起了洋工，只有一个功能间歇性地更加活跃，那就是辨别危险的区域。

我会突然在夜里某个点醒来，觉得心慌意乱。伸手握紧他的手，感觉到他真的在身边才会感到安心。我想这就跟中了五百万之后，每天夜里都把自己掐醒的心理是一样的。这不能怪我，我人生丰富的痛苦阅历提醒我，在你太得意的时候，上帝总是会想起来向你扔砖头。

但是，Anyway，我的故事应该不会太曲折。

我双手交叉在胸前独自跟墙上那个很蠢的 Hello Ketty 对峙了很久，最后决定随它去。我有必要刻意地播种一下我的气度，总有那么瓜熟蒂落的一天，刘真会和我一样觉得她碍眼。

文菁突然在这个时候发来短信：“王小能，今年的十一月十一号，要是你单身，我就请你看《失恋三十三天》。”

我把这条动机不良的短信念给一边的刘真听，他笑着捏捏我的下巴说：“那你可以骗她去看一下。”

虽然智商已经千疮百孔，但是我还是听懂了他的言外之意。我回头挑衅地看了一眼墙上的那只蠢猫，心里默默地宣誓：“哀家登基了！”

我欣然地做起了这里的女主人，以“我有编制我怕谁”的流氓面貌。但是我不得不沮丧地面对谈恋爱带来的恼人的副作用，那就是我的缺点都开始一点点身不由己地曝露在他的面前。

感激我那笨拙的人生，这些缺点的规模相当可观。

从夜里的自杀式磨牙开始到沾满口水的枕头。清晨，刘真劈头盖脸地问我：“宝贝，你是不是肚子里有虫？”蓬头垢面揉着眼睛的我突然觉得这句话好伤自尊。

从零起点的厨艺到业余级家务。刘真语重心长地跟我说：“宝贝，我觉得你还有很多要学。”捂着被热油烫伤的手，我暗暗发誓一定要赚钱请个保姆。

从推陈说理的龟毛性格到讨价还价的市侩大婶气质。买了两斤荸荠，正跟大妈就究竟是两斤一两还是一斤九两吵得热火朝天，刘真冲过来把我整个人拎出来：“不要占小便宜！”

“明明是她占我便宜！”

“你不说理就不行吗？”

“有理干吗不说呢？要是咱儿子以后在学校被老师辱骂，我是一定要去找老师说理的。”

“……那我不让你去呢？”

“……那就不去咯！”我一把挽过他的胳膊，歪过脸嬉皮笑脸地看着他：“我偷偷去……”

“你真讨厌！”他捏着我的鼻子怪嗔地说。

我想他说得没错，处女座常常当之无愧地当选为最讨厌星座，除了吹毛求疵的挑剔性格，还有眼里揉不得沙子的顽症。他是典型的摩羯座，喜欢沉默，常常用事不关己的态度把自己憋到内伤。而我的罪状，除了自以为是的尖酸刻薄还有讨嫌的爱管闲事。所以我常常会打电话给110，告诉他们哪条路上有适龄儿童不上学在乞讨之类看起来事不关己的事。我跟刘真解释，每个人都应该为自己或他人所受的不公正待遇去斗争，我这样并不是因为我的龟毛性格，而是因为我脱俗的人文素质。他惜字如金，不喜欢吵闹，而我能跟的哥侃半天，碰上街头翻车打架必须强势围观，我甚至喜欢到社区的澡堂洗澡，听家庭主妇们聊家长里短。

差异在热恋时叫互补，在爱情荡然无存的时候，任何一个细微的差异都可以被叫做难以逾越的鸿沟，所以能决定爱情是否长久的其实是爱情本身。

当然我的笨拙并不止于此，甚至逐步呈现出小儿科的姿态。我所到之处，常常会发出“嘭”、“咣当”之类的声响让他不厌其烦。

“你怎么这么笨?”

当我又一次“嘭”的一声脑袋重重地撞在玻璃门上的时候，刘真摆出一脸严肃的表情责备我。

“很痛的，好不好?”

“好好好，过来。”他把我拉到怀里揉揉我被撞的脑门安慰，语气里有稍许的不耐烦。

七天长假结束的时候，我拖着行李箱站在他家楼下的路口，迟迟不肯上车。他怒目圆睁假装生气，然后拍拍我说：“上车吧，我们以后日子长着呢!”

如果，这也算一个承诺，那么我真的后悔没让他当场立下字据。我并不指望兑现，只是希望在他往后悠长的岁月里，他会记得他还欠我一个来日方长。

张记里，我春光满面地描述在扬州的浪漫假期，马小猫心不在焉地听着，笑眯眯地拿着调羹拨弄着碗里的混沌汤，直到我实在等不到回应不耐烦地敲打桌子，她才回过神来。

“哎哎哎，想什么呢? Share 一下我的快乐，好不好?”

“王小能，告诉你个好消息!”马小猫挪了挪身子，红润着脸蛋神秘地说，“我怀孕了!”

“王小能你快去赚奶粉钱，我儿子要喝进口奶粉。”我还一头雾水呢，马小猫兀自噼里啪啦地嚷嚷。

“……不……不是我的吧?”

“王小能！你要做阿姨了！我这是给你机会在我儿子面前重塑慷慨的光辉形象！”

“……好吧！这是喜事！”

我笑嘻嘻地抓起筷子夹起一个刚端上来的南瓜饼，随口问服务员姑娘：“张叔呢？我好像有阵子没看到他了。”

“张叔啊，前几天去青岛旅游吃坏肚子了，这两天在家歇着呢！”

“……”我咧开微笑的嘴瞬间凝固，喃喃地问：“青岛？”

眼神打了个弯转向马小猫，她一脸幸灾乐祸地笑：“看来，你家也有喜事啊！”

回到家，我妈正在厨房忙活，桌上放着药房的袋子。我很想去给她一个拥抱，只是这不是我们相处的方式。

新的生命蓦然降临，亲爱的人找到归宿，还有心里的那个他……好想和上帝干一杯，感谢他不计前嫌的恩赐。

“王小能！你还好意思回来？”我妈从厨房冲出来一边嚷一边从门后抓起地上脑袋残破的小熊公仔逼问道：“这是怎么回事？”

感恩的心境瞬间幻灭。

我正琢磨着如何向她描述那天早上的惊悚情景。她不在的时候，我晚上都是一宿一宿地开着灯。然后有天早上我在睡梦中突然被烟雾呛醒，跳起来一看，靠在床头灯上的小熊已经被烧掉了半个头。八点我一如往常地上班，谁也不知道我在家扑了半小时的火。

“还有你卧室的吊灯，怎么现在就剩一个花瓣亮了？”

我妈的人生信条是：“钱是省出来的。”拉开她长长的省钱攻略清单，除了把闺女饿成营养不良外，省电也是减少开支的战略手段。在她的三令五申将省电进行到底的情况下，我知道说实话的代价是惨重的，所以我默不作声准备逃。

“家里是不是有男人来过？”我妈突然低沉地问。

“啥？”在卧室门口我被她这一问吓了一跳。

我是真没想起来，我妈见我装傻，轻笑一声拉开桌子抽屉从里面拿出物证，得意地举在我面前。

“噢！”我恍然大悟，“这手表肯定是修远在这儿吃饭的时候落下的。”

“修远上咱家来过？”

“……”看着她瞬间高涨的热情和绽放的笑脸，我突然觉得有些无语。

“那你赶紧拿去还给人家。”

我接过那块沉甸甸的看上去价值不菲的手表拖着步子走向卧室，听见我妈在身后喜滋滋地说：“要不请他到咱家来拿，顺便在咱家吃个饭。”

“嘭”的一声，我甩上了门。

我没有义正词严地告诉我妈我有男人了，修远只能是别人家的好女婿；我没有在人人网上晒他的照片；我没有改过包含他名字的状态；我没有写过泄露天机的留言，因为感情是冷暖自知的事，语言是最无力的工具。但也许这只是我倔强的措辞，其实我是不晒就会死的那类人。事实上是因为他还没有正式承认我是他的女朋友。我不能靠隐晦的言外之意自我加冕，我要等一个铁证如山的证明。

但是时间越长，我突然发现，真正横亘在我面前的并不是墙上的那只蠢猫，而是在他心里前女友深深的印记。哪怕是一个习惯，一首歌，这些看起来微不足道的事，统统都加上了EX的前缀。

他的个性签名一直是“无路用的人”，有一天我问他这是什么意思，他说这是前女友给他听的第一首歌。我立马也改了签名：“快来问我最讨厌的一首歌是什么。”

有时候，再成熟的女孩子也会做类似这样无聊的事。我恰巧也是这样的人，气浮于表，像极了韩剧里的女二号。但很多时候，女二号其实也很善良，偶尔耍些小聪明只是为了让别人对自己好一点。

可是对他来说，这就是不成熟。

爸爸的忌日。

刚刚跟刘真吵完架的我带着幽怨的气息跪在爸爸坟前。小时候我总喜欢跟爸爸要东西，他也总是用一些我渴望已久的小玩意儿哄我开心。

火烤得我的脸有些发烫，我眯着眼睛瞥了一眼虔心烧纸的我姐，清了清嗓门谄媚地说：

“爸爸，保佑我找个又帅又有钱的老公！”

“爸别听她的，找个差不多的行了。”

“嘿！为什么呀？”我直起身子不服气地说。

"这么高标准你叫爸多麻烦啊?"

我一听急了,抓起一把草纸说:"咱这不是烧钱给爸去公关呢嘛!"

"……"

我的祷告很快应了验。坐在 BRT 站台里等到修远的时候,我觉得我爸就在一边笑着对我说:"看,你要的人爸给你找来了。"我低着头晃着脚丫子,突然一双男式帆布鞋出现在我眼前,我一路打量上去,仰起头看到他双手插袋修长地站在我面前。

我们对视了一秒,他坐到我旁边,沉默。

我从包里掏出他的表,因为担心磨损,我用卫生纸裹了好几层。我在站台乘客繁杂的注视中,庄重地把一团红色的卫生纸递给了修远。

"王小能!"修远一把抢过去塞在口袋里。

意识到尴尬,我捂着嘴表示抱歉。

他看着对面驶来的 BRT 公车,说:"王小能你真二百五。"

有种咬牙切齿的愤恨。

我站起身说:"坐到下一站吧。"

他跟着上了车。

一路无话。车窗外的风吹开我的刘海,露出光亮的大脑门。

走出下个站台,路过 BRT 窗口的时候,里面的漂亮妹子正低着头。我伸手敲了一下玻璃,迅速地走掉,身后的修远来不及躲,被妹子娇媚地盯上了。我在出站口得意得看着他,他眯起眼睛笑了起来,又露出两个浅浅的酒窝。

等他走过来,我拍拍他的肩膀说:"我走咯!"

他看向车水马龙的街道耸了耸肩。

我们转身向着相反的方向,我头也没回地奔向旁边的公车站台,坐车去车站。

去扬州。

那里才是我爱情盛开的地方。

第二十八章　原来是虚惊

世界上最幸福的事就是你喜欢的人刚好也喜欢你，哪怕只是你一厢情愿的以为。

小时候，你不明白，为什么不管你多无所事事地在房间瞎晃，你娘总爱乐呵呵地看着你。直到长大后陷入爱里时，你才知道这就是爱最直接的表达。他再平凡无奇的面容在你的眼里都变得特别，你的眼神一刻都不想离开他。即便他不在身边，你也希望上帝能赐你一扇窗子，一打开便能看到他。即便是近在眼前，依旧想念。这种有心而发的注视让你莫名欢喜，一解相思之苦。

而我不能免俗地被嵌套在了这个花痴的框架里。我想不起来靠在他肩上心不在焉看的那些惊心动魄的电影。我总是不自觉地转过头注视着他的脸，他总是在发现后烦躁地扳过我的头。我想起小时候，我坐在凳子上做作业，我妈就搬个凳子坐在我旁边，一边吃苹果一边看着我。而我当时的反应是气急败坏地抱怨："有什么好看的？烦死了！"

每一段感情开始的时候，我都希望尽可能地尽善尽美。有画面的承载，有故事的饱满，有能够定格在明信片上的我们独一无二的姿态。我希望即便我们分开了，我在过去的某一秒钟里灿烂的笑脸会时常出现在他情不自禁的回忆里。

所以，我固执地认为，爱情里要有大事记。比如，某年某月某日，某男和某女在世界尽头的某个灯塔里一起等待黎明。

当然这只是一个非主流的例子。事实上，我酝酿了很久，有一天认真地对刘真说："刘真，等我们有钱了，我们一起去旅行吧。我们既然在一起了，有必要搞些喜闻乐见的活动以增进双方情谊。"

"去哪?"他刚一答应，游戏里传出一声惨叫。

"哪都能去!"我坐在床上，兴奋地把腿盘起来，拉过他看着他的眼睛说，"我要写一本书给你，名字就叫《和你一起牵手旅行》!"

"你还能写书?"他显然觉得我是在瞎掰。

"当然了，我可有文化了!"我把右手做了个兰花指的造型在空中转了个优雅的弧度。

"……"

刘真无聊地撇撇嘴转身继续游戏。

第二天我就为我的大言不惭付出了的惨痛代价。刘真正坐在床边看着央视新闻频道。那段文化体制改革的非常时期，滚动播出的都和文化有关。作为一名关心时政的技术宅女加准公务员，我一边剪着指甲，一边竖起耳朵听新闻。

"什么淘粪?"我突然抬起头来，踢着刘真问，"为什么大家都喜欢淘粪?"

新闻画面是一眼镜男正接受采访进行时。

"是韬奋！抗战时著名的文化斗士!"刘真无语地转过头来，"就你还写书?"

"……"我委屈地嘟起嘴。

"但是带颜色的书我相信你还是能写的啦。"他一边哄我，一边色眯眯地扑了过来，随手关了灯。

黑暗中刘真"啊"的一声。

"怎么了?"

"你撞到我牙了!"

“噢，对不起对不起。”

接着“咣当”一声。

“你把什么弄地上了？”

“不知道，别管了。”

“啊！”刘真又一声惨叫后，开了灯。

“睡觉吧……”一声叹息后，他侧身转过身去。

即便是这样遭遇迎头重击，我还是坚持了这个小小的梦想。我想向刘真证明，我对他的爱是那种就算我不能把天上的星星摘下来也要想方设法通过其他渠道去弥补。我要写一本关于爱情的书！我阅历尚浅，写不了一世情长，写不了倾世绝恋，可是我可以写我们自己，写一个平凡女子历经波折终于得到爱情的故事。

六月初，我脱掉了最后一件外套。我学着时尚秀里的姑娘在胸前戴了两个吊坠，告诉马小猫：“美女都带好几个项链，这样有层次感。”

“这种戴法适合骨感的，你个大胸戴起来在胸前荡啊荡的，时尚个屁！”马小猫一针见血地吐槽。

我和文菁哈哈大笑起来。

马小猫的儿子瓜瓜，我们是又爱又恨。怀了孕的马小猫在柜面整个一半残劳动力，我和文菁不得不帮准妈妈分流工作量，帮她省下望着天花板揉肚子的时间，用马小猫的话说这叫心灵胎教。当然，与此同时瓜瓜也给我们带来了诸多便利。出去吃饭马小猫只要挺起肚子揉两下就可以不用排队，而且我终于可以大声地喝止随地抽烟的家伙：“没看见孕妇吗？”而不用再像以前那样带着对上帝的愧疚感客气地说：“不好意思，我怀孕了。”

马小猫说，必须对瓜瓜进行高雅的胎教活动。鉴于我们都太粗俗，很不利于瓜瓜的健康成长。于是空闲时间，我和文菁都被召集起来在书吧里喝柚子茶看书听音乐，争取聊瓜瓜感兴趣的人文话题。

于是2011年六月初，我怀着对瓜瓜胎教的责任感，在书吧里翻完韬奋先生的大作后抱着笔记本电脑，听着Taylor Swift的《the Story of Us》，喝着柚子茶，带着两个吊坠，在给瓜瓜念英文的间隙里写下了故事的第一章。

期间，刘真的前女友曾问过我刘真的情况。如果要从她的只言片语里提炼出重点，那只有两句："我有男朋友了"，"如果不是你，我是不会离开刘真的"。

那时的我，被自以为是的爱情冲昏了头脑，没有深究这两句话的深意。

从秋天到夏天，才短短的一两个月。我跟刘真的异地恋感情，虽然没有惊喜连连，没有可以载入史册的大事记，甚至没有像我想象的那样志趣相投，就连我计划着一起去看五月天的演唱会，也因为他不喜欢而取消。但是在书吧里修养起来的人文素养告诉我，平平淡淡中也有情意绵绵，就像分隔两地时他每天都要问我的一句："你在干吗?"

我就像千千万万热恋中的女孩一样，把他当成我孩子的父亲一样去爱他。

我想抛开一切去他在的城市。

"王小能！他还没请我们吃饭呢！你就准备把我们都甩了?"文菁一拍桌子，瞪起俩眼珠子。

"你们又不是不知道我重色轻友的本性，要是可以，我家底都能掏给他。"

"哎哟喂!"马小猫一听"扑哧"一声笑了，揉着肚子说，"瓜瓜别听，瓜瓜别听。"

嬉笑怒骂中我早已做了决定，只要他一句话，我王小能拍拍屁股就跟他走。

当然，刚长出手脚的瓜瓜是听不懂阿姨异想天开式的卑贱的，但强大的黄金规则还是很快提醒了我：做人真的不能太得意。

一大早坐到柜面，外面就开始噼里啪啦下起了雨。

"哎呀，今天下这雨客户都被挡在家里了吧!"马小猫特欣喜地说，我不禁也觉得一阵轻松自在。

这时，从柜台的另一边响起一个前辈的梵音："就算天上下刀子也挡不住他们。"整个大厅在这一声之后两秒钟的万籁俱寂，然后大家都心照不宣地开始伏案工作。

果然没过多久，客户们就从外面水淋淋地跑进来。一个大叔从门口一路甩着水滴坐到我面前，我整个脑海里就冒出"咸湿"这个词。办着业务的时候，大厅里人越来越多，我一边飞快地操作一边想，要是真下刀子，估计客户们也是一边甩着血一边往柜面走吧。快要把大叔打发走的时候，一个大妈隔着一排人对着我喊："服务员！服务员！"

"哈哈！"电脑顿时跳出两封邮件，文菁和马小猫不约而同地嘲笑我。有没有搞错？我居然成了服务员！我在邮件里回复她们："我宁愿被叫小姐！反正天天接客。"

回到座位上，我给刘真发了封调戏的邮件他没有回，我想他也许在开会。下班的时候，外面下起了雨，马小猫开着她那辆小奥拓送我回家，下了车撑开伞刚走了两步，一道闪电就在我右手臂两厘米的地方硬生生地劈下来。吓得我花容失色花枝乱颤啊，我抬起伞对着天喊道："我还没结婚呢！"

其实我不知道，那个闪电是想警告我，明天有多水生火热。晚上，刘真突然消失了一整晚，就像很久之前那样。突然间，仿佛一切都回到了他有女朋友的时候。我想我也是怀旧的，我的例行失眠伴随着他的例行消失如期而至。

第二天一上班我就给他发邮件没有回应，给他发短信他也不回，我突然觉得很慌。给他打电话，打了五六遍都是无人接听。我开始没有办法工作，连客户都很郁闷："小姑娘，你拿错身份证了，这个不是我的。"我把手机放在柜面上，连给客户填申请书的档儿我都忍不住偷瞄，手机被我看得都对我反感了可依旧没有短信跳出来。在这心急如焚中，一双魔爪突然伸过来把我的手机拽到了下面，我转头一看 Z 正瞪着一双滚圆的眼睛："手机怎么能放在上面！"我开始有种很强烈的不祥的预感让我惴惴不安起来，我的天空开始阴云密布起来，而下一刻是阴沉多云阴雨绵绵还是雷鸣闪电暴风骤雨不得而知，或者下一刻就多云转晴，天朗气清。

就在这样的浑浑噩噩中到了下午，我依旧没有等到他哪怕吱一声。我打了电话到他的办公室，他接了电话说了声"喂"，听出是我的声音就挂掉了。我呆呆地握着电话，一只手捂住嘴突然觉得眼前一片黑暗。他这是干什么？为什么要这样？我一遍一遍地问自己。我就像行尸走肉一样坐在柜面，心里长起大片大片的荒草，随时可以把我掩埋。我甚至不想跟客户讲话，只想机械地办完该办的事。

直到感觉下一秒就要窒息死过去的时候，我赶紧奔进厕所，不停地揉搓着胸口。我觉得身上的每一个细胞都在对我说："王小能，我喘不过气了。"我就这样在厕所一直待到下班，期间文菁站在门口拍着门："小能你怎么样，别吓我啊。"我坐在马桶上把头埋在自己的大腿里用极其虚弱的声音说："文菁，我要死了。"她把门拍得更凶了："你到底怎么了啊？Z在外面一个劲找儿你呢。"马小猫也冲了进来："王小能，你是不是没带纸啊？"我抬起身子捂着脸说："没事，我拉肚子。你们去禀报吧，记得添油加醋就行了。"临走文菁又不忘叮嘱一句："你要真没事啊！"我说："好啦，真没事。"

我在厕所又拨了他的电话，他按掉了，我再拨他再按掉，再拨，传来关机提示。我默默地走出厕所，顺着楼梯走到大厅，突然觉得这一路第一次这么漫长，突然觉得走不下去随时想要瘫坐下来。还没到位子上，就碰到Z，她正做预备呵斥状，看我行尸走肉的模样也明显吓了一跳，嘟哝了一句："看来拉得不轻啊。"她拉住我说："你别出去吓客户了，先回家歇着吧，记得吃点药明天把上班时间补起来。"我看见她的目光第一次那么柔和，虽然依旧带着根深蒂固的嫌弃。

走在大街上，有无数个声音对我说："王小能，你被甩了，你被用最恶劣的手法甩了！"我想对他说这个世界上有那么多的人愿意对我好，为什么你不愿意。如果你念及哪怕一丝的旧情义，你完全可以礼貌地编辑一条短信："王小能，我嫌你太丑了毛病太多了，以后不要联系了。"可是你没有，你用了这种让我难堪到下地狱都难以启齿的方式。

看着街上的车水马龙，我很想走到马路中间睡下来，就这样被撞死。明天你就会听到这个噩耗，王小能自杀了。我想知道那个时候你会不会深深自责，会不会也像我一样难过得无法上班，或者你会不会庆幸幸好及时甩了这个有病的疯子。等红绿灯的时候，突然觉得一阵揪心的疼痛，恨你恨得撕心裂肺可是不能恨你。很想去死可是不能去死，怕以后再也见不到你。我想就这样一直幽怨地走下去，走到天荒地老，走到白发苍苍，起点回不去，终点到不了，只有在路上我可以选择。

躺在我凌乱的床上，我对自己说，我无论如何都不能接受这样的结局。我给他发了很多短信请他给我一个原因，他都没有回应。我是处女座，我生平最不能接受没有逻辑的事，而这件事就是我难以接受的典范。

我抓起手机，另一个声音对我说："够了，王小能，你难道没有尊严吗?"我放下手机，又一个声音响起："你被这样卑劣地甩掉就有尊严了吗?"直到这个声音从我全身每一个细胞散发出来，直到震耳欲聋。我飞快地拨了那个号码，好像拨的快铃声也会听起来急切一样。通了，按掉。再拨，无人接听。又拨，还是无人接听。我就这样一遍一遍地拨着，直到我能重复他那万恶的铃声，他依旧不肯接。每拨一次，我的心里就荒凉一次，每拨一次，我都期待也许这一次他会接。我知道自己停不下来，这是我难以抗拒的强迫症。这一刻，我不想要什么原因，我只想求他理我，哪怕他发一句"别烦我"，我就会立刻停下来。

我什么都不想管，就算所有人都嘲笑我，就算他会唾弃我，我也想求他可怜可怜我。我给他发短信，给他 QQ 留言，我说求求你接个电话，求求你回条短信哪怕骂我都行，求求你就当可怜可怜我，求求你不要这样对我。这一刻我不奢望他还记得过去的情分，我只希望他还愿意可怜我就像可怜一个乞丐。反正已经没有了尊严，那就让他践踏到底好了。可是，无论从哪个渠道，他都没有回我，他的铁石心肠冷落冰霜就像尖刀一样刺在我的胸口，一刀比一刀狠。

我说不上我有多喜欢他，我这么难过是所有被甩的人都有的羞愤难当和悔恨难堪，尤其是像我这样被甩。

我从床上滚到地板上，眼泪顺着脸颊滚下来，凉凉地划过耳朵。冰冷的地板把寒意侵入我的骨髓，我感觉自己正跌入万丈深渊。我很想擦干眼泪，爬起来对着镜头说："想甩我，谁稀罕?"或者励志地说："走着瞧，我会活得更好。"又或者恶狠狠地说："我不会让你好过!"

可是，我爬不起来，我很孬，我只想就这样躺着问上帝："天什么时候会亮，太黑了睡不着。"

我知道没有人能真正陪我，这一段要我自己走过。我知道文菁她们不想看到我这样。我知道他不会给我任何我想要的东西哪怕一句再见。我知道爱才是我最大的信仰而不是恨，哪怕受到再大的伤害。我知道总有一天我会微笑着想起今天发生的事感叹一句青春。

所以拜托时光飞逝，拜托让我白发苍苍。

凌晨两点，我躺在地板上感觉漫长黑夜也在慢慢老去。

此时此刻，有多少幸福的女人正在爱人的怀里嘴角挂着微笑安然沉睡。我从地板上爬起来，万恶的麻刺感从身体的四面八方传来。此时此刻，在世界的某些角落，也一定正发生着惊心动魄的谋财害命和生离死别。人生就是这样，你总是能找得到更糟糕的例子来让自己不至于真的去死。

我抓起桌上的一杯水一饮而尽，顿时痛彻心扉。

睁开眼睛的时候，发现光线正万箭齐发般射穿窗帘。谢天谢地，天终于亮了。我顶着昏昏沉沉摇摇欲坠的脑袋一路晃到洗手间，看着镜子里那张看起来沉迷于毒品的形容枯槁的脸，我对自己说："王小能，你这张脸还能失恋就已经是龙恩浩荡了。"

从洗手间出来，看见桌上摆着的一碗稀粥，我有气无力地问正沉醉在小沈阳重播了N次的段子中的我妈："菜呢?"我妈立马从沙发上跳起来，从厨房的某个角落里拿了一个罐子端到桌子上一脸自豪地打开："我做的萝卜干嫩呢!"我面无表情地看了她两秒，做了一个让她赶紧闪人的手势。这就是我动之以情晓之以理了无数次要求早餐含有蛋白质的结果。咯吱咯吱地嚼着萝卜干的我沮丧地想：王小能，你的人生就从早餐开始输起。

推开更衣室的大门，文菁和马小猫的目光就开始一路跟随，蓄势待发。我转过头避免跟她们眼神交流，我不想对她们说："你们的评价是对的，他就是个混蛋。你们的预言是对的，我自食其果了。你们一直是对的，我一直是错的。"不是自尊心作祟，而是我想再次逃避这个事实，就像做了场噩梦，醒来还能像什么都没发生一样。等整个更衣室只剩下我们仨的时候，她俩从背后把我整个人扳过来："王小能，别告诉我们你这脸色是食物中毒。"马小猫叹了口气："猜都能猜到发生了什么。"

我本想推开她们，大声说："别管我!"却在刚抬起手的时候痛哭失声，眼前一片模糊，只觉得有双手伸过来把我揽进怀里说："如果你现在不想说就不说吧。"

当更衣室就剩我一个人的时候，我拿起手机，翻开通讯记录目光定格在那个在我心里雕刻了无数遍的名字，告诉自己：我无论如何都不能接受这样难堪的结局，我无论如何都不能接受他就这样一路藐视我的感情践踏我的尊严，然后在我的世界里杳无音讯地消失得无影无踪。我从此不知道他的喜怒哀乐，不知道他英俊的侧脸何时爬满皱纹，不知道他是否会偶尔想起我。

我闭起眼睛，用颤抖的指头按下拨号键，听着万恶的铃声我突然很想有人此时能从背后刺杀我，这样我就不用面对渺茫的结果，就像走在大街上被星探选中那样渺茫。就在我刚要绝望的时候，电话里传来了他司仪般的声音："喂?"清脆而铿锵，宁静俏皮而理直气壮。我声音颤抖地问："为什么不理我?"

"没有啊。"

我突然觉得有种世事难料的惊悚感。

"没有不理我吗?"

"没有啊，我要赶紧去开早会了，先挂了啊，一会儿打给你。"

他的语气没有丝毫的歉意或不对劲儿。挂了电话，我觉得恍如隔世。就好像我做了个噩梦，醒来时发现只是个梦，却依旧觉得危机重重的心慌意乱。

"王小能!"Z声嘶力竭的嘶吼把我瞬间拉了回来，我立马冲出更衣室以最快的速度在Z身后以公司标准的站姿伫立好，Z回过头深不可测地看了我两眼。文菁在一边忍俊不禁地幸灾乐祸。

"对，就是这样，又回来王小能!"我在心里默默地说。

空档的时候，我给刘真发了封邮件："那你昨天怎么了?"我想他起码应该给我一个解释，就算他不知道我如何生死挣扎，对一个普通朋友也起码应该有个解释。他说："没事啊。"即便是我很想发飙，但我依然很诚恳地对他说："如果你不想说话，你可以说对不起我现在心情不好不想说话，没有人会逼你。可是如果你用这种不搭理的方式只会让人更着急，而且我们既然在一起了，应该坦诚相待。"

他回说："嗯。"

然后不再说话，他不会给我一个期待的解释甚至一句对不起。兜了这么大的圈，我发现现在竟还是像原来一样，每一次我想要走近他的内心的时候，他就这样把我拒之门外。

本想再说什么，但是突然意识到一个人独角戏确实很尴尬。我开始因为他而变得小心翼翼谨小慎微起来。我们之间就像一条脆弱纤细的绸带在关键部位打了一个大大的死结。但是还好，此时此刻，我没有被甩掉，起码技术上来说，没有被甩成功。就像什么都没发生一样，不是吗？

正想着，一个女人的声音打断我，她正坐在柜面聒噪地打电话，只听她对着电话说了句：“我现在就在吧台呢！”

“吧……吧台……”客户今天是怎么了，我承认柜面是有点艺术感，但也不至于是吧台啊，我转念一想：“原来我是吧台的服务员。”

快下班的时候，Z路过柜面的时候停下来对我说：“王小能，记得把昨天的上班时间补起来啊！”我当场要扑倒，至于这么压榨劳动人民么？昨晚一夜没睡忙了一天都快疯了。

晚上加完班，回家的路上刘真又恢复惯例打来电话。我撒娇地向他抱怨工作的辛苦，我向他描述我宏大的理想，我想从政，我想当官，我想做和人民生活息息相关的大事。他说：“这么辛苦那就不要做了哎！”

“可是你养我吗？”

“好啊，我养你。”

挂了电话，迎面吹来清凉的晚风，我忍不住开心的笑。

虚惊一场啊！

第二十九章 小美的逆袭

过了那天，我才发现，我是多么害怕失去他。我怕他像刚开始那样消失不见，我满世界都找不到。我怕他是飞鸟，拥抱后只剩下羽毛。

相爱容易，相处难，这也是感情世界里的一条黄金定律。经过那一天的事情，我及时地对自己做了深刻的自我检讨。我想也许我对他不接电话这件事实在是反应过激，不仅是男人，其实每一个人在感情里都是需要自己的空间的，Personal Space，这是一种平等的相互尊重。而我所有的表现都严重触犯了爱情里一个禁忌：我不信任他。

这样想着，我突然觉得豁然开朗。为了表达歉意，我精心准备了一份惊喜给他。

他生日的惊喜。

在很早之前，我就计划着这一天的惊喜。我想告诉他，这一天对我来说是多么珍贵。“我感激一个平凡而伟大的母亲，在一天勇敢地生下了我孩子的父亲。”我甚至想把这句话写在他礼物的卡片里。

这一天是周三。

我故意装作记不得今天是什么日子。他早上给我发邮件时，我也假装说：“现在有点忙，回头说。”

而另一边，我召集了马小猫和文菁开展了一场七嘴八舌的头脑风暴，讨论如何跟 Z 请假。深思熟虑后，我采纳了马小猫的“请假上祖坟的策略”。

选它的原因有三：第一，这个理由很有创意。比起肚子疼、奶奶生病之类的要原创很多，而且不会有诅咒自己和家人的愧疚感。最关键的是，以上两个刚被其他不上路子的同事用过。

第二，马小猫说：“‘祖坟’之事是神圣不可亵渎的，它的重要性小则关系到你王小能的个人人生，大则关系到你王家整个家族的荣辱兴衰。”

第三，还是马小猫说：“Z 要是不批这假，冒犯了仙界是她自己的事，但是日后王小能你要是倒霉到喝水都塞牙缝，你就可以全赖在她身上。”

事实证明，马小猫绝对是厚黑学的大师姐。Z 看了我这个荒诞的请假理由后时，先是惊诧，片刻挣扎后拿笔愤愤地写了“同意”，伴随着“王小能你赶紧消失”的背景旁白。

我立马像拿了圣旨一样的直奔扬州。

每个女人身上都会时不时上演些意想不到的打击，通往纯爷们的道路并不平坦。比如，新买的洗衣机突然不转了，到商场叉着腰吵得脸红脖子粗还不解气；比如，白富美新买的 iphone 手机在瑜伽馆里丢失，把你作为嫌疑犯；比如，女儿拿回的成绩单上，老师醒目的批注：“比她的数学成绩更差的是她的态度”。

这样看来，每个女人都是女超人。但是以上的任何一种情形，充其量只是小蜜蜂，被蜇一下会痛但是无伤大雅。吹一口气大喊一声“Refresh!”依旧可以振奋起来。而有一些意外，却会让此后的每一天都区别于今天，会让“Everything's gonna be alright”这句话变得苍白无力，会让你日后愿意付出所有来换一个时光机。

而我记得那天，我抱着我的吉他站在他门口笑得得意忘形，却看到那样血肉模糊的风景。

我蹑手蹑脚地趴在他门上，从猫眼可以看到里面的光亮。有一点小紧张，我重重地敲门，然后迅速地贴着墙躲到一边。过了好一会儿听见门

“吱呀”一声，我一下跳过去：“**Surprise!**”

刘真先是一惊，接着并不像我想的那样露出惊喜的表情，他惊诧后有些恼怒。

刚想责怪他，一个女人的曼妙身姿突然从他身后慵懒地走过来。我刚打开的喉咙还没来得及发声就被衣衫不整的小美那张熟悉的脸给死死卡住。

“王小能?!”

虽然我已经很晕眩，但是我依然能分辨出她惊讶的表情里有三成真七分假。她的手刻意地拉住了刘真的胳膊，身子也凑了上去，用一种轻佻的姿势和队形成敌对之势。

我突然很想立刻晕倒好讹他们一笔。

“你怎么在这里?”

我问这句话的时候，一直盯着刘真T恤上长长的蜷曲头发。

“刘真，你告诉她为什么。”小美推了一下刘真，挑衅地看着我。

我盯着刘真，却看到一脸的陌生。我站在他面前，中间隔着的不是小美，而是一道陌生的界线。我突然觉得很悲凉，想一巴掌狠狠扇在他脸上。

可是我下不了手。

小美等急了，晃着他的胳膊嗔腻地催促：“快说啊!”

“那你怎么来了?”小美反过来问我。

“我来给他惊喜啊!”我看向刘真，“你真的很懂得礼尚往来啊!”

从他们手臂的间隙看过去，桌上放着一个缺了一块的蛋糕。我扔下吉他，从他们中间撞开，抓起蛋糕对小美说：“不请我尝尝你的蛋糕吗?”

当然，小美还没来得及回答，我就把手里的蛋糕全盖在了她脸上。

刘真伸手准备挡却没挡住，小美发出“呜呜”的呻吟。我面无表情地走出去，听见小美带着哭腔骂：“王小能，活该你没男人要!”

我捡起地上的吉他，回过头指着刘真淡定自若地对着小美尖酸刻薄地说：“就这种男人，老娘不要了送给你！我要是你，我就在蛋糕上插一圈爱情胜利的小彩旗，飘啊飘的，那多威风啊!”

转身离开的时候，眼角的余光瞥到了杵在一边无动于衷的刘真。

他就是以这样的面目晃过我的生命里。

大街上，我觉得一阵晕眩，瘫坐在地上的时候我忽然想起，我还没有对他说生日快乐。我浑身发抖地想起他刚刚看我的眼神里，没有一丝怜悯和愧疚。

更没有心疼。

我还没有对他说："你真恶心！"

小美，她扬起了爱情胜利的旗帜。我有一瞬间想抱着吉他从刘真家的七楼跳下去摔个粉身碎骨。可是我觉得委屈，当我坐在路边花坛上号啕大哭的时候，我想质问上帝，我究竟做错了什么。

因为我对情对爱全都不曾亏欠他。

第三十章 故事的最后

这一天是2011年7月29日，我们认识整整一年，在一起三个月。

如果没有爱，所有事都会简单很多。一拍两散，恨都恨得干脆。

也许你也这样爱过一个人，不管他有多坏，不管他怎么对你，你都愿意原谅他。就算他一次次触及你的底线，就算他被大火毁掉容貌，就算他身患恶疾不久于世，就算他在月圆之夜变身成不同于人类的物种，你依旧爱他。

在还热爱的当下就失去，这种戛然而止的痛楚让我欲罢不能。尽管我尽力让自己看起来正常，还是被马小猫看出了破绽。她挺着小肚子从沙发上跳下来，抓起我的手机开始翻："这个王八蛋号码多少？"

我赶紧去夺了下来，文菁把她拉了回去，说："孕妇不宜动怒！"

她还是不解气，捂着肚子指着我说："王小能，别告诉我你没扇他巴掌！"

在这个场面下，我不得不故作轻松地笑着说："当然扇了，连那女的一块扇了。惹了我王小能，这是必偿的代价！"

“猫你息怒，回头我整点小硫酸泼泼。”我嬉皮笑脸地说。

“得了吧你，就你那出息，顶多自己整点小农药喝喝。”

“王小能，你赶紧找个靠谱的去。”文菁说。

“这能怪我吗？要是现在是一夫二妻制，我早是孩子他妈了！”

“……”

“这个问题在两会期间你还是可以向上反映反映的……”

“王小能你先从周围发掘发掘。”文菁乐呵呵地提议。

“窝边草吃了后患无穷，要爱吃你吃去！”

“上《非诚勿扰》？”马小猫推开文菁凑了过来。

“不去，怕出名！”

“上世纪佳缘？”

“怕碰到熟人。”

“大街上偶遇？”

“听你这么一说，我顿时觉得楼下王大妈的蛋饼摊有种神秘的浪漫气息……”

“滚！”马小猫扔起一个抱枕砸在我脸上。

从马小猫家扯完出来，我在十字路口的绿灯下发愣，文菁紧张地问我有没有事，我耸耸肩拍拍她说真的没事。

我不想让任何人觉得我有事。我主动从Z那里揽了很多重活累活脏活，我把桌子犄角里陈年累月的灰尘全掏了出来，下班后打电话给客户核对地址，主动帮其他部门的人复印一大摞的材料，我看到每一个熟悉不熟悉的人都热情地打招呼。

没过几天，公司里连打扫卫生的大婶都开始议论起来：“王小能……肯定有事！”

“她走在路上突然被雷劈中转了性。”马小猫揉着肚子不紧不慢地说。

我妈问我，最近情绪不佳是不是因为跟修远吵架了。我说不是，我跟修远吵不起来。

她笑逐颜开道：“不吵架好啊！”

是的，其实比愈合伤口更难的，是掩藏伤口。

半梦半醒间，我会突然去想自己是不是做了一个梦。醒来后，我还坐在他的床上竖着兰花指提着嗓门说：“小刘子，哀家要为你写书。”

日月星光，请告诉我他是否也念念不忘。

我妈终于嗫嚅着主动跟我们说了和张叔的事，征求子女的意见是例行习俗。

“妈，您这老来找个伴我们是绝对支持，二子你说是吧?”我姐边说边推了推我。

“妈遗产都给你!”听我姐这么一说，我妈高兴地开始拿出撒遗产的老招。

“嘿，凭什么啊？我也很支持的好啊?”我不满地抗议。

“你不把修远整咱们家来，你一分钱别想要!”

“……”

“现在好了，整个家里就剩我一个怨妇了……”我叹了口气幽怨地说。

“去你的!”

淹没在雌性荷尔蒙里这么多年，现在只剩我一个了，说真的，我真的有点伤感。而且每当我妈路过张记的时候，夕阳红式的打情骂俏我真有点架不住。没过两天，张叔穿了身西装，带着他的家人请我们吃了顿饭。

我知道我的生活又要有大变化了。

我妈从家里搬走的那天，我答应她帮她把东西打包好，前提是在遗嘱里加上我的名字，我妈很大方地同意了。其实她的东西自己早收拾得差不多了，我只是把它们打好包，等搬家公司来搬。结果那一天我等了半天她都没人影，快到下午的时候有“咚咚”的敲门，我箍着头发，脖子上围着条脏兮兮的毛巾，怀里抱着个装满杂物的盆子，蹩手蹩脚地去开门。

竟是修远。

我赶紧放下盆子，擦了擦额头，问：“你怎么来了?”

“阿姨说要搬家，请我来帮忙。”

我恍然大悟，挠了挠后脑勺，抱歉地说：“不好意思，她可能以为我们在一起。我们家一般都是把男人供起来的，不会差使男人干活的。”

修远笑笑说：“既然来了，就任你差使了。”

“好吧！这一摞要放在那个箱子里，太重了我搬不动。”

阳光从窗外射进来，我收拾累了坐在箱子看光线下跳动的灰尘。修远还在一边尽心尽力地忙活，我们相视一笑。他拍拍身上的灰尘，我把水递给他，他抓过来拿湿巾把瓶盖擦了好几遍，然后仰头灌了一大半。

喝完看见我在看他，笑着问："看什么?"

"你还是……那么……性感……"

"……"

我们开始傻笑。

"怎么没听你说起过你以前女朋友?"我突然问他，"你不会是gay吧?"

他低下头，眼神有些飘忽。

"没事，你不想说就别说了。"

门突然开了，我妈和张叔笑呵呵地站在门口，有种把姑娘卖了赚了一笔钱的喜悦。我无奈地摇摇头，站起来拍了拍修远的肩膀，叫他hold住。

修远和张叔往楼下搬东西的时候，我从房间里拿了我和我妈的照片，塞在她的包里淡淡地说："把它带着。"

突然有点想哭，我背过身，从箱子里拿了相机，握在手里摩挲了一会儿，把眼泪憋回去后，我转身把相机也塞在她包里："这个你带着用，我平时用手机玩儿自拍就行了。"

"小能啊，妈照顾了你这么多年，你也是时候学着自己生活了。"

从小到大，只要我一难过，我妈都能一眼看出来。

"没事。"我笑笑说，"我只是没想到先把你嫁出去了。"

"你会嫁到好男人的！你看修远……"

"哎，来啦!"没等她继续往下说，我朝楼下大喊一声溜了。

给我妈搬完家的时候，天已经黑了。我们在张记一起吃了晚饭，然后又一起把我妈送回了新家。回来的时候，修远说很渴，考虑到我家没有煮热水，我买了个大西瓜带回我有些空的屋子里。

"今天真的谢谢你!"我给他拧了条新毛巾递给他。

他接过去擦了擦。

我在厨房切西瓜的时候，他坐在客厅的沙发上。

"你最近怎么样?"他突然问。

"哈!"突然手一抖，西瓜切歪了，"我……我就那样呗。"

我把西瓜端到他面前，手在衣服上擦了擦水，坐到他旁边。

“让我抱抱你。”

他突然沙哑着声音侧身把我拉到怀里，我看见他泛红的眼眶。我没有拒绝，因为此刻的我是如此的需要一个怀抱。

他摸摸我的头发说：“以后要照顾好自己。”

我说：“嗯。”

“我以前有一个在一起七年的女朋友，跟你很像，也很二百五。”他抬起头看着窗外，像是在试着回忆。

“那后来呢？”我抱起腿窝在沙发的另一角问。

“有一次跟她一起出门，她在巷子里看到路对面有一只流浪狗，她没看车就跑了过去。”他停了下来，拿了块西瓜，咬了一口看着窗外说：“一辆车正高速行驶，撞上了。”

我觉得心里一紧，怯怯地问：“死……了？”

他看着我，然后笑着望着窗外：“没有，她命大。截肢后就消失了，我找了很多地方都没找到。”

胸口闷闷的，我说：“她一定不想让你看到她不完美的样子。”

“可她抛弃了我。”他终于垂下眼帘，眼神里有淡淡的悲伤。

我说不出话，窗外皎洁的月光照亮他心底的伤。那个女孩，一定是他的最爱。沉默之后，我伸出手笑着拍拍他的肩膀。

他离开的时候，停在门口看着我说：“有需要随时打给我。”

“嗯，行！”

修远走后，我抱着腿窝在沙发里，衣服上的帽子遮住我大半个脸。我想把自己藏起来，躲开明亮的月光。

我开始忍不住抽泣，我不能抵抗别人的故事带给我的悲伤。世事无常，也许下一秒就分隔两端。这个世界上，爱一个人要耗去多少能量。一辈子那么长，有多少人真的有能力去多爱几场。

人海茫茫，这个世界上却只有他能给我力量。我不敢去想，形同陌路会有多悲伤。不是我不放，是世界太大，爱上一个人太渺茫。

世事无常，我还能找到他就是希望。

我擦了眼泪，洗了个澡。第二天一早，我就去了扬州。我想告诉他，只要他愿意，我会忘了那天发生的事。我想告诉他，就像我当初承诺的那样，我可以随时随地为了他去死，所以为了他失忆这种事对我来说，只是小事一桩。

我穿了我最爱的长裙，带了我最爱的十字架项链去了他家。在走廊里，我觉得紧张得有点发抖。我在门口站了好久，闻着猫眼里透出的他家里的味道，我觉得很慌张。我开始打起了腹稿，他开门后，我该用什么表情说怎样的开场白。我该严肃还是轻松还是雀跃，我该如何才能收放自如，我该……

"你是?"一个清亮的女声打断了我。

我转头一看，一个扎着马尾的姑娘正疑惑地打量着我，她也穿着长裙，花色比我鲜艳。

"你来找刘真?"她继续问，神情中有些惊慌。

我突然意识到什么，反问道："你也来找他?"

我们打量着对方，走廊安静而狭窄，承载不了两个女孩心里的疑问和翻江倒海。

街边的小咖啡厅。

对面的姑娘在不停地哭泣。我看着窗外的车水马龙，脑海里一片空白。胸口发闷，能听见自已的心跳"噗通""噗通"。

"他怎么能这样，我从来没谈过恋爱，刚工作就遇到他，我还以为他真的喜欢我。"

"前天我们还在一起……"

"他说要娶我，我还说我偷了家里的户口本就跟他走。"说到这儿，她已经泣不成声。

我从包里拿了面纸递给她，然后继续看着窗外。

"我开始就觉得有什么不对，他从来没把我介绍给他的朋友。有一次，他去打篮球，我要去他也没让我跟。"

街上很热闹，对面花店的老板娘穿着短裙弯下腰捡花，露出一大块白花花的肉，很晃眼。

"上一次他送我回家的时候，把瓶盖放在站台顶上，说下一次看看还在不在。"

"我今天路过，看见瓶盖还在。我拿下来带在身上，刚刚还想给他看。"

“我现在不知道怎么办。每一次和他分开，我都记不得他的脸，我也许要记住了再走。”

心里突然觉得被拉扯了一下，我看向她，努力回忆他的脸，却怎么也回忆不起细节。

我蓦地站起身，拎起包奔出去。我想扇完他巴掌，问他：“究竟要多少女人的眼泪才能够让你在年老时向晚辈们吹嘘你年轻时的荣耀?”

我重重地敲门。

他开了门，带着额头上深紫色的淤青和肿起的嘴角紧皱起眉头。

这就是我朝思暮想的他此刻的样子，我突然愣住，不知所措。

“你……脸怎么了?”

我伸出手心疼地去摸他的脸。

他一把甩开：“你装什么？我已经报警了，你去告诉那小子，我会追究到底的。”

意识到发生了什么，我咽下唾液，从脑海搜寻该说什么。

“你不委屈啊，我刚刚在门口碰到小玲了。”

他不耐烦地看向别处，手抵着门。

“你从什么时候起不喜欢我的?”

“我从来就没喜欢过你。”

“你说什么?”我觉得胸口有团东西在涌动，我想象着如果吐出来应该是血。

“你想知道那我就告诉你!”他激动起来，盯着我说，“跟你在一起我就是为了报复你，我最讨厌自作聪明的女人。你知道我有多爱我前女友吗？如果不是因为你，她就不会跟我分手!”

他突然变得好狰狞。

我突然一片空白，整个世界都仿佛随着他那“砰”的一声，向我关上了通往温暖和宁静的大门。

有时候，我们总喜欢刨根问底，总喜欢找寻真相。可是真相，往往是最伤人的。

我在街上晃了一夜，趴倒在路中央期待车驶过来撞死我。

可是，我命也大。第二天，太阳也照常升起，我失魂落魄地回了家。

再给他打电话的时候，我想我已经被拉进了黑名单里。

回到公司的时候，她们说，不知谁打的小报告，分公司的老总知道了我们找托的事大发雷霆。她们在耳边叽叽喳喳地说着，不知谁推了我一下说："王小能，你知不知道是谁这么贱啊？"

"不知道。"我神色呆滞地说。

"哎，这主意是你出的。李总会不会拿你开涮？"

"王小能，你怎么了？脸吓得惨白惨白的。"马小猫走过来握着我的手说，"放心，没你的事，Z已经把责任全揽了下来，没提你。"

我突然惊醒。看向Z的办公室，人真是很奇怪，原本以为不喜欢的人才是真正对自己好的人，原本以为最爱的人却可以毫不含糊地伤害你。

推开Z办公室的门，Z正好抬头看我。

"王小能，什么事？"

我有点局促地走过去，把手里的水晶球放在她的桌上。

"这个，以前我偷偷放柜面上很多次，你都叫我拿下去。柜面放不了，送给你吧。"

"行，我早就想给你没收了！"Z拿起来放在手上掂了一下。

出门的时候，我在门口对她说"谢谢"，她有些发愣。

那天晚上，我缩在电脑前，打了长长的辞职报告。我妈说得对，我早该学会自己生活。人生很艰难，如果年轻的时候随波逐流，又凭什么过上自己想要的生活。

何况，我真的该停下来歇歇了。我要想清楚自己从哪里来，要到哪里去。

停下来，等灵魂。

第二天一早，我就去李总的办公室告诉他找托的事都是我的策划，我愿意承担所有的责任。

没有欢送会，没有散伙饭，除了文菁和马小猫说"日后算账"外，我走得很简单利落。在公司跟大家一一告别，我潇洒地说："就此别过，后会有期！"

之后整整七天，我没有出门，没有洗澡，没有跟任何人联系。饿了叫外卖，渴了灌红酒，累了就睡觉，不困的时候窝在角落里回忆我们曾经缠绵的片段，夜里在电脑前写下故事的后续章节。

直到有一天，门被撞开。文菁、王凯、马小猫还有修远四个人齐刷刷冲进来，惊恐地看着一片狼藉的家里。文菁捂着鼻子叫："天呐，王小能你都馊了！"

她走过来的时候，我手旁边饭盒里的飞虫一窝蜂地飞走了。

"王小能，你起来！"马小猫冲过来一把拉起我。

我从沙发上滑到地上，开始号啕大哭，我把压抑了那么久的痛苦全都喊了出来，我想揪着他的领子问他，你快乐了吗？我想问他，报复了我开心吗？惬意吗？幸福吗？我想问他，知道那种连尿尿都在哭的状态平息之后，在漫长的时间里酝酿成了怎样绵绵无期的痛苦吗？我想告诉他，他成功了，他一时兴起的风花雪月已经成为我一辈子的切肤之痛。我想告诉他，因为他我失去了太多东西，尊严，快乐，自信，朋友，安全感和幸福的可能性。我想告诉他，我想过无数理由去为他开脱，我告诉自己要宽容。我想告诉他，我不会跟他比谁活得更好，因为我每一分每一秒都活得比他真诚。

渐渐平息下来，我不想再挣扎，我连恨都不想再恨他，我想开始过新的生活。

文菁拉起我说："走，去洗澡。"

我洗了很长很长时间的澡，开始的时候地上的水流是黑色的，我把身上搓得通红才罢休。文菁把干净衣服拿给我的时候笑着说："幸好柜子里的衣服还是香的。"我用毛巾擦着头发出来的时候，惊讶地发现他们已经把我的屋子收拾得差不多了，还喷了空气清香剂。

"我的脏衣服，脏床单呢？"

"我送在楼下洗了。"修远说。

我捣了他一拳，说："我自己能洗。"

收拾完家里和我自己，我们一起出去吃了顿团圆饭。他们问我有什么打算，我说："我想从政当官。"

"来，哥祝你仕途顺利！"王凯举起了酒杯。

"来来，庆祝王小能获得重生！"

所有人都举起酒杯，他们真诚的笑声里那明亮的关怀照亮了我心里尘封的阴影。

温暖的阳光里，我想起的是那个简单的开始。我在尴尬中拉过他的手臂说：“我们拍张合照吧。”他的手臂很结实，而我唯一的感觉竟是：拜托快点结束。

原来，爱情的线索竟是这样充满戏剧性的伏笔。

后记 句点

之后的日子，我专心在家看书，累了就写写小说。几个月后，我如愿有了喜欢的新工作，文菁也辞了工作去了王凯所在的城市，只留下马小猫坐在柜面幽怨地揉肚子。

这是一个《志明与春娇》的故事，我曾经想给自己写一个诗情画意的结局，就像我写过的每一个诗情画意的句子。可是瓜瓜出世的时候，最开始的纯真生命让我突然觉得真诚的苦涩人生不需要矫情的幸福做装饰。如果爱情的世界里，也可以晒可怜的话，那我曾经做过来回九个小时的车，只为了躲在他办公楼下看一眼他的背影。

至于修远，我后来陪他去相过一次亲。我坐在餐厅的角落里，他见到女方三分钟后给我一个约定好的手势。我走出餐厅给他打电话，一会儿他飞快地奔出来，载我去赶场看水幕电影。

电影要结束的时候，他在人群的欢呼声中凑在我耳边说："我找到她了！"

我惊诧地看向他，他的眼睛在彩光的映衬下有蓝色的光亮。愣了许久我问："那你们在一起了吗？"

"没有。"他看着我笑着说，"其实跟你说的那天我已经找到她了。"

"那你……"我急切地问下去，却又突然卡住。人群在这个时候蜂拥着散场，我们一下子被挤开，我踉跄着惊叫一声。慌乱中一双手伸过来拉住我的手，我赶紧拽紧他，那个有着浅浅酒窝的火星人。

回到家，收到他的短信：“给时间一点时间，让过去过去，让开始开始。”

我说：“好，给时间一点时间。”

很长时间之后，我在充实的生活之余也会时常想起刘真。

我会时常想起，那一天给我拥抱的你。

我会时常想起，你冷漠的表情和泡我时的殷勤。

我会时常想起，我厚着脸皮去看你的情景。

我会时常想起，我的得意忘形和走廊里血肉模糊的风景。

我会时常想起，我心不在焉和你看的那些电影。

我会时常想起，我为你写诗的美丽心情。

我想我不爱你，我爱的只是你的名字，那个一笔一笔刻在我心里的名字。

我最后给他寄了张明信片：“我愿意在你的黑名单里长眠，如果伤得太深只因为我道行太浅。”

这也算是个有始有终的句点。